SYLVIA DAY

São Paulo
2022

In the Flesh
Copyright © 2009 Sylvia Day
All Rights Reserved. No part of this book may be reproduced in any form or by any means without the prior written consent of the publisher, excepting brief quotes used in reviews.

© 2014 by Universo dos Livros
Todos os direitos reservados e protegidos pela Lei 9.610 de 19/02/1998.
Nenhuma parte deste livro, sem autorização prévia por escrito da editora, poderá ser reproduzida ou transmitida sejam quais forem os meios empregados: eletrônicos, mecânicos, fotográficos, gravação ou quaisquer outros.

Diretor editorial: **Luis Matos**
Editora-chefe: **Marcia Batista**
Assistentes editoriais: **Aline Graça e Rodolfo Santana**
Tradução: **Felipe CF Vieira**
Preparação: **Pedro Monfort**
Revisão: **Monique D'Orazio e Carolina Zuppo**
Arte: **Francine C. Silva e Valdinei Gomes**
Capa: **Zuleika Iamashita**

2ª edição – 2022

Dados Internacionais de Catalogação na Publicação (CIP)
Angélica Ilacqua CRB-8/7057

Day, Sylvia
Possuída / Sylvia Day; tradução de Felipe CF Vieira. – 2. ed. – São Paulo: Universo dos Livros, 2022.
256 p.

ISBN 978-65-5609-272-0
Título original: *In the Flesh*

1. Literatura americana 2. Romance erótico 3. Sexo I. Título II. Vieira, Felipe CF

14-0872 CDD 813.6

Índices para catálogo sistemático:
1. Literatura americana

Universo dos Livros Editora Ltda.
Avenida Ordem e Progresso, 157 — 8º andar — Conj. 803
CEP 01141-030 — Barra Funda — São Paulo/SP
Telefone/Fax: (11) 3392-3336
www.universodoslivros.com.br
e-mail: editor@universodoslivros.com.br
Siga-nos no Twitter: @univdoslivros

*Este livro é para todas as leitoras que esperaram
pela história de Sapphire por cinco longos anos.
Espero que gostem!*

AGRADECIMENTOS

Minha gratidão vai para Sasha White, Annette McCleave e Jordan Summers. Obrigada por seus comentários. E obrigada pelo apoio e encorajamento durante os últimos anos enquanto esperavam impacientes pelo lançamento deste livro. Vocês são grandes amigas! Sou abençoada.

PRÓLOGO

Em Algum Lugar nas Fronteiras entre D'Ashier e Sari

— Ele está morto, Vossa Alteza?

Fechando o *scanner* biológico, Wulfric, Príncipe Herdeiro de D'Ashier, se levantou de onde estava agachado e olhou para o cadáver a seus pés. A areia do deserto girava ao redor do corpo, como se estivesse ansiosa para enterrá-lo.

— Infelizmente, sim.

Erguendo os olhos, ele vasculhou as encostas ao redor.

— No próximo *check-in*, envie o relatório. Não é necessário fazer isso agora e arriscar o sinal ser detectado.

Eles estavam próximos demais de Sari para comprometer sua posição. O rei sariano estava sempre procurando motivos para declarar uma guerra e, por causa disso, as patrulhas na fronteira nunca paravam.

A cada dois meses Wulf acompanhava um pelotão de soldados de D'Ashier durante a ronda. Sua presença não era requisitada, mas ele considerava uma tarefa necessária. Um bom governante deve viver as dificuldades de seu povo. Deve enxergar o mundo através de seus olhos, a partir de seu nível, e não do alto de uma torre onde vive desconectado de suas necessidades.

— Ele estava indo ou vindo, Vossa Alteza?

Wulf olhou para o jovem tenente ao seu lado.

– Não posso determinar. Está tão quente hoje que nem posso dizer há quanto tempo está morto. – o traje biológico que Wulf vestia o protegia da desidratação e do sol escaldante, mas era possível ver as ondas de calor emanando sobre a areia.

Após o recente conflito das Confrontações, a fronteira fora fechada abruptamente, o que havia deixado muitas famílias divididas. O infeliz resultado disso fora a morte de muitos cidadãos que tentavam cruzá-la para se reunir com seus entes queridos. Wulf tentava regularmente reabrir as negociações para uma trégua com Sari, mas o rei sariano sempre recusava. Apesar dos muitos anos que se passaram, o reino de Sari ainda guardava rancor.

Dois séculos atrás, D'Ashier era uma próspera colônia mineradora de Sari. Após anos de desavenças e injustiças acusadas pelos dois lados, uma sangrenta revolução libertara o pequeno território de sua pátria natal, criando uma permanente animosidade entre os dois países. Na época, o povo de D'Ashier coroou seu popular e amado governante como monarca. Com o passar dos anos, os ancestrais de Wulf expandiram e fortaleceram o jovem país até que fosse capaz de rivalizar com qualquer outro Estado.

Mas a família real de Sari ainda olhava D'Ashier com desdém, assim como pais frustrados olham para um filho rebelde. Sari permaneceu firme em sua decisão de ignorar o poder e a soberania de D'Ashier. As minas de talgorite que D'Ashier possuía eram o maior produtor da mais cobiçada fonte de energia no universo, o que justificava cada batalha e guerra travada para reaver seu controle.

– Tem algo errado aqui. – Wulf acionou as lentes de seu visor para vasculhar o céu.

Ele e o tenente estavam sobre um terreno elevado, a vários quilômetros de distância da fronteira. Seu *skipsbåt* esperava flutuando ali perto. Guardas vigiavam tudo ao redor. Havia uma dúzia deles, o número obrigatório para cada patrulha. De seu ponto de vista, ele podia enxergar a uma boa distância e se sentir relativamente seguro, mas os cabelos em sua nuca estavam eriçados. Aprendera a confiar em seus instintos há muito tempo.

Considerando a situação novamente, ele disse:

– Tem algo de estranho e artificial por aqui e muitas perguntas sem respostas. Este homem não poderia ter viajado tão longe sem transporte. Onde está seu *skip*? Onde estão suas provisões? Por que a areia não o enterrou?

Quando seu comunicador chamou, ele baixou o visor.

– *Não encontramos nada digno de nota, Vossa Alteza. Vasculhamos num raio de dois quilômetros.*

– Detectou mais algum sinal estranho, Capitão?

– *Nada.*

Ele lançou um olhar sobre o jovem tenente que esperava ansioso ao seu lado. As patrulhas de Wulf sempre saíam cheias de oficiais, geralmente com muitos recém-promovidos. O general havia feito esse pedido há muitos anos num esforço para demonstrar a seus subordinados como o peso do comando devia ser carregado. Era um manto que Wulf vestia sem pestanejar desde o nascimento.

– Vamos embora.

Os dois voltaram rapidamente para seus *skips*, usando os movimentos que eram inatos em habitantes de um planeta desértico. Quando estavam se preparando para montar nas motos flutuantes, o chão tremeu de um jeito ameaçador. A fonte do distúrbio era facilmente reconhecível, e Wulf praguejou ao perceber que falhou em detectar a armadilha. Abrindo o coldre que prendia o cabo de sua espada laser, ele gritou um alerta. Pulando sobre o *skip*, Wulf acionou o motor e apertou os controles com força, acelerando para longe segundos antes do perfurador inimigo emergir da areia.

– *Não consigo enviar um sinal de socorro!* – gritou o tenente em pânico. O resto da patrulha se juntou numa formação em V e acelerou para dentro do território de D'Ashier.

– Eles estão bloqueando. – o tom de voz de Wulf era sombrio – Maldição, eles devem ter perfurado através da areia por vários dias.

– *Mas por que não apareceram nos* scanners? *Estávamos diretamente sobre eles.*

– Eles desligaram a força. Sem essa leitura, ficaram invisíveis.

Wulf podia ouvir muito bem o poderoso som do perfurador atrás deles. O breve sinal de alerta que desencadeou a investigação devia ter sido disparado quando o perfurador entrou em D'Ashier vindo de Sari, antes de os motores serem desligados. O cadáver era apenas uma isca para que a anomalia não fosse dispensada como um mero erro de leitura.

– *Como diabos eles conseguiram ficar lá embaixo sem controladores de ambiente?*

– *Com desespero* – o capitão murmurou, voando para cima quando um tiro de alerta do perfurador lançou uma nuvem de areia diante dele – *Isso não é um perfurador sariano. São mercenários.*

Estudando através do *scanner* o terreno que se aproximava, Wulf disse:

– Não vamos conseguir fugir deles. É melhor nos separarmos depois daquela duna e entrarmos naquela afloração rochosa.

Ao ultrapassarem a duna, a patrulha se separou em duas linhas. Outro tiro do perfurador acertou o alvo, fazendo que um *skip* girasse descontroladamente antes de explodir e matar o soldado que o conduzia. O resto dos homens se abaixou quando passaram pela formação rochosa que se erguia sobre o chão do deserto.

Wulf praguejou quando um tiro do perfurador atingiu um pilar de rocha avermelhada. Uma nuvem de poeira vermelha como sangue se expandiu enquanto um horrível som de estalo preencheu o ar. Olhando para a tela de seu *skip*, ele viu pedaços de rocha do tamanho de transportes caindo sobre a outra metade de sua patrulha. Com a perda de sinais, ele sabia que poucos haviam sobrevivido.

Fazendo a curva, ele enxergou uma abertura que poderia dar-lhes uma chance para lutar.

– Desmontem – ele ordenou, conduzindo seu *skip* entre as colunas de rocha – Tentem atraí-los para fora.

No centro da formação rochosa havia um descampado circular de areia. Eles desmontaram e se posicionaram numa formação ao redor do círculo. Após desembainharem as espadas, esperaram em postura de combate; a tensão era palpável.

Tiros de *phaser* sacudiram o chão debaixo deles, mas os soldados estavam seguros ali. As aberturas e fendas entre as rochas eram grandes o bastante para um *skip* manobrar, mas não para um perfurador, que era muito maior. Se os agressores queriam matá-los, teriam que descer do perfurador e enfrentá-los cara a cara.

A espera parecia eterna. Suor escorria pela testa de Wulf. O resto de sua pele permanecia seca apenas por causa do traje *dammr*, que regulava sua temperatura corporal.

– Nós apenas queremos o príncipe. – as palavras ecoaram ao redor deles – Entregue-o para nós e os outros podem viver.

Wulf sentiu a raiva que se espalhou por seus soldados.

– Você terá que nos matar primeiro! – o capitão desafiou.

– Eu estava torcendo para você dizer isso – veio a resposta junto com um riso, e logo depois um tiro acendeu o ar e foi rebatido por um rápido movimento de espada, a poderosa lâmina laser mais do que capaz de superar a inelegante pistola.

Wulf mal teve tempo de piscar e logo percebeu que seus homens estavam cercados. Enquanto lutava com reflexos inatos, ele sabia que deveria haver mais de um perfurador. Todos esses homens não poderiam caber dentro de um desses pequenos transportes. Também sabia que não havia chance de vitória, não quando estavam em desvantagem numérica de quatro para um.

A vontade de se entregar para salvar seus homens era grande. Apesar do risco que seu resgate representaria para D'Ashier, Wulf estava prestes a ceder quando seu comunicador tocou.

– *Não, Vossa Alteza.* – o capitão lançou um olhar de lado – *Eles irão nos matar de qualquer maneira. Deixe-nos ao menos morrer com honra.*

E então ele continuou lutando, sentindo o peito cheio de pesar, raiva e frustração. Cada um de seus soldados deu seu máximo, apesar de saberem da inevitabilidade do resultado. Eles chutavam aqueles que chegavam perto o bastante, cortavam aqueles que cruzavam seu caminho, e se mantinham o mais próximo possível de Wulf num vão esforço para preservá-lo.

Um a um eles caíram, deixando o ar carregado com o cheiro de carne queimada. Cadáveres, tanto de soldados quanto de mercenários, cobriam o chão arenoso. E então, Wulf ficou sozinho contra muitos.

No fim, o Príncipe Herdeiro Wulfric de D'Ashier foi abatido, sabendo que lutara o máximo possível.

Para ele, isso era suficiente.

Sari, Palácio Real

Sapphire descansava no pequeno átrio privado ao lado de seu aposento e distraidamente estudava o estilo do palácio sariano em seu computador.

Pássaros chamavam de suas gaiolas, cantando em compasso com as águas das fontes. A luz do sol banhava as grandes folhas das plantas que se alinhavam pelas paredes e a protegiam com suas sombras, os raios escaldantes eram filtrados pelas claraboias.

As outras *mätresses*, concubinas reais iguais a ela, estavam fofocando no harém, mas Sapphire não queria socializar hoje. De fato, nos últimos anos ela vinha se tornando cada vez mais insatisfeita com a vida no palácio. Era uma mulher ativa com uma variedade de interesses. A vida indolente de uma concubina, embora altamente respeitada e estimada, não combinava com seu temperamento.

Apesar disso, Sapphire ainda se sentia agradecida pelo fato do Rei de Sari a ter escolhido entre tantas mulheres que se formavam na Escola de Artes Sensuais na capital de Sari. Ela se formara logo após o fim das Confrontações de D'Ashier, uma guerra franca com uma nação vizinha que havia dizimado os recursos de Sari. Por um tempo, as concubinas se tornaram um luxo inalcançável, e muitas recém-formadas foram forçadas a leiloar seus contratos para quem pudesse pagar mais. O interesse do rei a salvara de um destino semelhante, e também criara seu elevado prestígio social. Só havia sido preciso renunciar a seu nome. Agora, ela era conhecida como Sapphire, a joia real de Sari. Essa denominação era uma inegável declaração de posse do rei e a causa de sua fama.

Mas ela possuía o rei muito mais do que o rei jamais poderia possuí-la. O amor dele era obsessivo, seu desejo era insaciável. Ele exigia sua presença em todos os eventos públicos. Desde sua primeira noite juntos, o rei nunca levou outra mulher para a cama. Nem mesmo a rainha.

E esse último fato causava grande dor na concubina. Era óbvio que a Rainha de Sari amava seu marido. Sapphire não possuía experiência própria com essa poderosa emoção, mas podia imaginar que a dor seria devastadora: amar um homem que, por sua vez, amava outra mulher. Ela odiava ser a causa de tanta tristeza.

Nos últimos anos, Sapphire aproveitava todas as oportunidades para falar bem de sua rainha. Comentava sobre a beleza de Sua Majestade, sua postura e facilidade ao comandar, mas os elogios eram solenemente ignorados. Seus melhores esforços para ajudar a mulher sempre acabavam em fracasso.

Deixando o computador de lado com um suspiro, Sapphire se levantou e começou a andar pelo caminho de azulejos.

– Odeio ver você entediada – soou a voz melodiosa vinda da porta.

Sapphire virou a cabeça e cruzou com olhos de um verde pálido e suave. Vestida com uma camisola rosa esvoaçante, a mulher de cabelos dourados era uma visão feliz.

– Mãe!

– Olá, minha querida. – Sasha Erikson abriu os braços e a filha correu para eles, aninhando-se no abraço maternal – Senti sua falta. Diga-me o que você tem feito.

– Infelizmente, nada.

– Oh, querida. – sua mãe beijou-lhe a testa – Cada vez mais eu acho que fiz um desserviço a você por não enxergar sua verdadeira vocação.

Sasha sempre adorou a vida de concubina e incentivou sua filha a seguir a carreira. Já aposentada, e agora professora titular da Escola de Artes Sensuais, Sasha era muito apreciada por sua beleza e adoração por seu marido idolatrado. O sucesso de Sapphire era largamente atribuído à tutela de sua mãe, e ela era muito grata por essa vantagem. Entretanto, Sapphire percebeu tarde demais que sua vocação pendia muito mais para a ocupação militar de seu pai do que para o trabalho sensual da mãe.

– Não pense assim. – o tom de Sapphire carregava uma leve repreensão. De braços dados, ela puxou sua mãe para o átrio – Eu não teria seguido esta carreira se não quisesse. Acontece que minhas expectativas eram irreais. Isso não é culpa de ninguém, somente minha.

– E o que você esperava?

– Eu esperava demais, aparentemente. Mas posso dizer o que eu *não* esperava. Eu não esperava as Confrontações ou a venda do meu contrato para o rei. Não esperava que o casamento político entre nossos monarcas fosse de fato amoroso apenas para um deles. Eu nunca teria aceitado a oferta de Sua Majestade se soubesse. – Sapphire franziu o nariz – Eu era tão ingênua.

– Você? Ingênua? – Sasha apertou sua mão – Minha querida, você é uma das mulheres mais pragmáticas que eu conheço.

– Você não diria isso se soubesse o que eu queria na época. Eu queria encontrar aquilo que você e o papai possuem. Vocês possuem uma grande história de amor: o lindo general heroico que se apaixona e se casa com sua linda concubina. Você disse que quando o viu pela primeira vez foi como se as suas veias pegassem fogo. Isso é tão romântico, mamãe. – ela suspirou dramaticamente e sua mãe riu – Viu? Você acha que eu sou boba. Acha que é só uma fantasia de menina.

Sua mãe sacudiu a cabeça.

– A maioria das pessoas não encontra o amor enquanto está trabalhando. Mas eu não acho que você é boba.

Sapphire arqueou uma sobrancelha desconfiada.

– Oh, certo – Sasha admitiu – Talvez um pouquinho boba.

Sorrindo, Sapphire chamou um *mästare* para trazer vinho. Depois, sentou na beira da fonte para quebrar a monotonia com uma conversa agradável com sua mãe.

Em apenas alguns momentos, seu marido iria deixar o exótico refúgio do aposento real para ir se deitar na cama de sua concubina.

Desesperada por ele, Brenna, a Rainha de Sari, falou sem rodeios:

– Você precisa fazer amor comigo, Gunther, se quer que eu engravide. Não posso fazer isso sozinha.

Quando o rei começou a andar impaciente na frente dela, sua frustração ficou clara. Ele era um homem muito bonito, alto, com cabelos e pele dourados. Em toda sua vida, ela nunca conhecera um homem que pudesse se igualar a ele. A cada vez que respirava, Brenna o amava mais.

– A regra é clara e não pode ser quebrada. Eu não posso engravidar artificialmente – ela o lembrou – Todos os herdeiros reais devem ser concebidos naturalmente.

Correndo a mão sobre os cabelos, Gunther lançou um olhar fulminante. Ele cruzou o quarto a passos duros.

– Eu conheço as regras!

A relutância do rei em se deitar com ela machucava profundamente a rainha. Ao pensar na concubina, as unhas dela cravaram nas palmas. Sapphire era a *karimai* – a mais preciosa de todas as *mätresses*.

O alojamento das concubinas permanecia cheio de mulheres de todos os tipos, mas nos últimos cinco anos as outras *mätresses* foram saciadas sexualmente apenas pelos *mästares* que as protegiam e serviam. Somente

Sapphire compartilhava a cama do rei – uma posição que deveria ser de Brenna, e em breve seria novamente. Em breve.

– Liberte-a – Brenna sugeriu pela centésima vez. Isso sempre acabava em discussão, mas ela se recusava a parar de tentar. Ela se livraria de sua rival. De um jeito ou de outro – Sari deve possuir um herdeiro.

Ele rosnou e continuou andando a passos firmes.

– Estou cansado da sua insistência.

– Estamos casados há anos! O povo está se tornando inquieto. Estão começando a duvidar de nossa fertilidade.

– Isso é mentira. Ninguém ousaria falar coisas assim de mim.

Ela se levantou.

– Mas eles pensam. E sussurram.

Parando de repente, o olhar de Gunther vasculhou ao redor como se ele estivesse preso. Com certeza se sentia assim.

– Gunther?

– Então, faça.

Ela prendeu a respiração.

– Amanhã, Brenna. Antes que eu mude de ideia.

– Sim, é claro.

Gunther a encarou por um longo tempo. Depois, sacudiu a cabeça e se retirou do quarto.

Para ir até ela. Para encontrar Sapphire.

Brenna lutou contra a bile que subiu até sua garganta. Agora restavam apenas algumas horas de espera até que a *mätress* desaparecesse.

E então, o rei seria apenas dela novamente.

Enquanto Sapphire fazia amor com o Rei de Sari, sua mente se concentrava firmemente em seu trabalho. Ela mal registrava a opulência dos arredores, notando apenas de passagem e reconhecendo o quanto ajudava com seus deveres. Luz de velas simuladas e fumaça de incenso pairavam preguiçosamente pelo quarto. Arcos de pedras brancas cobertos com veludo azul circulavam o divã onde ela dava prazer ao rei. Mais à frente havia uma banheira rasa, e a melodia de água pingando das fontes era mascarada pelo som rítmico do sexo.

Ela se concentrava nos sinais do corpo do rei – a rapidez da respiração, os movimentos impacientes dos quadris, o olhar perdido em seus olhos azuis. Usando os poderosos músculos de suas coxas, Sapphire subia e descia com toda sua graça, consciente de sua aparência, pois sabia que o rei gostava de observá-la. Ela foi recompensada pela satisfação masculina que curvou os lábios dele.

Logo ele estava agarrando os travesseiros ao redor e soltando gritos roucos enquanto ela o servia. O todo-poderoso Rei de Sari gemia e o suor cobria suas belas feições.

Sapphire arqueou as costas quando o orgasmo do rei pulsou dentro dela. Após o trabalho bem-feito, ela fechou os olhos e chegou ao próprio clímax. Seu gemido de prazer ecoou através do quarto junto com o gemido do rei.

Saciada, Sapphire mergulhou no abraço dele e suspirou. Gunther era um homem alto com uma força musculosa que ela admirava. O monarca era dourado desde o topo da cabeça loira até a ponta dos pés cuidados por manicures, e era gentil com ela.

Sapphire já sonhara em se apaixonar pelo rei, no entanto, isso era impossível. O Rei de Sari colocava seu próprio prazer num lugar acima do prazer de Sapphire. Ele não sabia nada sobre ela, e não se esforçava em aprender. Após cinco anos, ela ainda recebia comida que não gostava. Eles ouviam as músicas que ele gostava, e as roupas que ela recebia eram feitas de cores e materiais que ele escolhia sem considerar as preferências dela.

Uma vez que uma concubina aceitava um contrato de trabalho, ela ficava presa ao seu protetor escolhido até ele decidir libertá-la. Sapphire se perguntava se algum dia o rei iria permitir que ela fosse embora. Até quando ela permaneceria como sua concubina? O interesse dele não parecia diminuir.

Sapphire queria encontrar uma pessoa que gostasse dela de verdade – por dentro e por fora. Queria fazer amor com um homem porque ela se entregava com todo seu coração, como um presente para o homem que amava.

Isso nunca aconteceria se o rei não a libertasse.

Acariciando seu pescoço com a ponta do nariz, Sapphire soltou uma risada rouca quando a evidência de seu desejo renovado inchou dentro dela. Seus olhos se encontraram.

— Permita-me um momento, meu rei. — a voz dela se tornou um ronronado sensual — E então darei prazer ao senhor novamente.

Ele segurou o rosto dela nas mãos e a olhou ardentemente.

— Não importa o que aconteça no futuro, você deve me prometer que sempre se lembrará que você é minha *karisette*. Sempre foi, desde o momento em que a vi pela primeira vez.

A intensidade de seu tom de voz surpreendeu Sapphire, assim como suas palavras. *Karissette* – "amor verdadeiro".

— Meu rei...

— Prometa!

Ela acariciou seu peito suavemente, transformando a voz num gentil sussurro.

— É claro. Eu prometo.

Ele rolou para cima dela e a tomou novamente.

Inquieta e irritada, Brenna andava de um lado a outro na sala do trono. Sempre que se sentia impotente, era no símbolo de seu poder que ela buscava se acalmar. Quando chegara, ainda era madrugada. Agora, o enorme saguão se iluminava com o sol nascente, que lançava luz pelas claraboias acima.

— Vossa Majestade.

Ela virou a cabeça e encontrou o mensageiro curvado à porta.

— Levante-se.

Ele se ergueu rapidamente, endireitando a vestimenta azul e dourada que proclamava sua posição como membro da equipe real.

— Tenho uma mensagem para o rei.

— Você pode me dizer o que é. — ela disse, precisando de uma distração — Vossa Majestade está ocupada.

— Uma família perto da fronteira relatou uma perturbação semelhante a tiros de laser. Uma unidade foi despachada para investigar e, na luta que se seguiu, um mercenário foi capturado. — ele fez uma pausa — É Tarin Gordmere.

Brenna ergueu as sobrancelhas. Gordmere era fonte de constante irritação para Gunther. O criminoso não tinha problemas em saquear certos setores, muitas vezes custando caro aos cofres reais. Se ela pudesse entregar o mercenário para o rei, isso o deixaria num ótimo humor, o que poderia ajudar em sua busca pela aprovação do monarca, mesmo que só um pouco.

– Onde ele está agora?

– No centro de detenção do sul.

– Excelente. – ela presenteou o mensageiro com um sorriso luminoso – Eu passarei a mensagem para o rei. Você está dispensado.

– Ainda tem mais, Vossa Majestade.

– O que é? – o tom de voz dela foi seco, num claro sinal de paciência se esgotando.

– O tenente de Gordmere nos procurou na cadeia logo após a prisão e ofereceu uma troca.

– Ele não possui nada que nos interesse – ela zombou.

– Ele diz que capturou o Príncipe Herdeiro Wulfric de D'Ashier.

Ela parou no meio caminho:

– Impossível.

– O capitão assegura que não traria essa informação para o palácio sem provas. O mercenário carregava um anel com o brasão de D'Ashier.

Atordoada, Brenna tentou pensar nas implicações disso.

Gordmere. E o Príncipe Wulfric.

Que delicioso, se fosse verdade. Certamente, se ela presenteasse Gunther com o príncipe, ele passaria a admirá-la muito. Ela provaria que era digna de ser sua rainha e digna de Sari. O rei finalmente enxergaria aquilo que cegamente ignorara nos últimos anos – que ela era perfeita para ele.

– Guardião – ela chamou.

– *Sim, Vossa Majestade* – respondeu a voz masculina do computador do palácio.

– Informe os guardas para prepararem minha partida. – ela passou pelo criado, precisando se trocar e partir antes que seu marido ficasse sabendo dos eventos do dia – Irei partir dentro de meia hora.

Sari, nas Fronteiras

Ajustando o cinto de sua vestimenta de veludo, Brenna desembarcou do veículo antigravitacional. Olhando ao redor, franziu o nariz. A vasta caverna para onde foram conduzidos fazia sua pele se arrepiar, e o cheiro naquele ar sujo era forte demais.

– Onde ele está? – Brenna estava ansiosa para terminar logo aquela tarefa desagradável.

O grande homem coberto de areia que esperava no final da rampa fez uma reverência, dobrando-se na cintura, o que era um grande insulto para a rainha, já que deveria ter se ajoelhado diante dela.

– Por aqui, Vossa Majestade.

Brenna poderia ordenar aos guardas para forçarem Tor Smithson a se ajoelhar, e o faria, se o mercenário não tivesse algo que ela quisesse. Mas ele tinha, então ela o seguiu, cercada por seus guardas. Eles atravessaram um longo corredor, depois viraram numa esquina.

A visão que encontrou a fez engasgar.

Cobrindo a boca, ela precisou de alguns momentos para recuperar o fôlego antes de falar:

– Se ele estiver morto – ela engasgou de novo – você não receberá nada!

– Ele não está morto. – Smithson encolheu os ombros – Apenas brinquei um pouco com ele.

Brinquei.

O estômago dela se embrulhou violentamente. Aquele homem era louco. O que a rainha enxergava diante dela era quase um massacre. As paredes de pedra estavam cobertas com tantos respingos de sangue que ela mal podia acreditar que pertencia a apenas uma pessoa.

Disfarçando a náusea debaixo de seu exterior gelado, Brenna se aproximou. O homem que eles diziam ser o Príncipe Herdeiro de D'Ashier estava pendurado inconsciente diante dela, com os pulsos algemados e presos em paredes opostas. Todo o peso de seu corpo estava sustentado por aquelas correntes. Seus poderosos braços e ombros largos estavam esticados ao máximo e as mãos estavam arroxeadas por sustentar seu grande corpo.

Ela usou as duas mãos para erguer sua cabeça e se surpreendeu com o que viu. Com exceção de seu marido, Brenna nunca vira feições tão bonitas. Cada linha e plano havia sido esculpido com maestria para criar a perfeição.

Infelizmente, seu rosto era a única parte que não estava coberta de sangue, ou cortada, ou queimada, ou chicoteada. O resto dele – um corpo de guerreiro bem definido – estava gravemente, talvez mortalmente ferido.

Ela se concentrou para detectar algum sinal vital, e conseguiu ouvir sua respiração – superficial e errática. Era o som de um homem morrendo.

– Tire-o daí. – ela se afastou.

Smithson gemeu.

– Primeiro, entregue Gordmere.

– Não. – Brenna analisou seu corpo massivo com um olhar de puro desgosto. Nunca encontrara uma criatura tão vil – Quando o príncipe estiver seguro em meu transporte, eu libertarei Gordmere.

A troca foi feita em questão de momentos: um perfeitamente saudável Gordmere por um homem que possuía apenas horas de vida. O transporte decolou e cuidadosamente manobrou para fora da caverna.

– Envie um chamado para as tropas. – ela ordenou – Quero aquele lugar destruído.

A distância até o palácio foi rapidamente percorrida, mas a condição do príncipe parecia piorar a cada minuto. Com medo de transportá-lo sem os devidos cuidados, Brenna o deixou no transporte quando aterrissaram. Ela queria apresentar uma captura viva, mesmo que morresse logo depois. Correndo contra o relógio, a rainha se apressou para encontrar seu marido. O caminho mais rápido até ele era através do harém, então essa foi a rota escolhida.

Virando uma esquina, ela parou de repente ao avistar o rei. Brenna estava prestes a falar quando notou que ele não estava sozinho. O rei estava com *ela*. Sapphire.

Quando Brenna registrou a intimidade de sua pose, ela arregalou os olhos. Gunther estava de pé na porta do aposento da concubina com o rosto dela nas mãos. Pairando sobre ela de um jeito possessivo, seus lábios pousaram sobre a boca da *mätress* com óbvia afeição. Quando ele ergueu a cabeça, o tormento em suas belas feições era claramente visível.

Ele a amava.

Brenna desabou sobre a fria parede de mármore, chocada com a descoberta. Ela não poderia ganhar seu coração, pois este já não mais pertencia ao rei. Seu coração já tinha dona.

Algo dentro dela estalou, depois se partiu completamente.

Enviar a concubina para longe não seria suficiente. Enquanto Sapphire vivesse, ela seria uma ameaça.

Endireitando-se e se afastando antes de ser vista, Brenna lembrou a si mesma que ela era a rainha e possuía recursos ilimitados. Ela podia, e iria, lidar com essa ameaça de uma vez por todas.

Tudo que precisava estava ao alcance de suas mãos.

Sapphire entrou na sala do trono da rainha, admirando como sempre a beleza da luz natural que inundava o lugar pelas claraboias. Quando o computador do palácio fechou a porta deslizante atrás dela, Sapphire se abaixou para fazer sua reverência, levando a testa até tocar os azulejos do chão:

— Vossa Majestade, estou aqui como ordenou.

A voz fidalga da rainha ecoou pelo teto abobadado e desceu pelo longo e estreito saguão:

— Você pode se levantar, *mätress* do rei. Venha e sente-se a meus pés.

Movendo-se ao ser comandada, Sapphire atravessou a grande extensão da sala do trono em direção à linda Rainha Brenna. Dourada, assim como seu marido, a rainha era como o dia em comparação à noite de Sapphire. Abençoada com uma graça esbelta, a rainha era mais alta que a concubina, mas não possuía nada de sua generosa voluptuosidade. Entretanto, não era a aparência da rainha que desencorajava a paixão do rei, mas a sua frieza. Enquanto Sapphire se aproximava, ela podia jurar que sentia uma onda gelada irradiando, apesar das roupas de veludo que a rainha vestia.

Quando alcançou os fundos do saguão, Sapphire sentou-se no degrau de baixo da escadaria do trono e esperou.

— Nós duas entendemos nossas respectivas posições, *mätress*, então serei breve. Sari precisa de um herdeiro. Já conversei sobre isso com o rei e ele concorda. — Sapphire ouviu a notícia sem piscar. A rainha a observava atentamente — A ideia do rei em minha cama não afeta você negativamente.

Era uma afirmação, não um pergunta.

Inclinando a cabeça para mostrar seu entendimento, Sapphire disse:

– É claro, minha rainha. O rei é seu. Nunca pensei de outra maneira.

Brenna se recostou no trono com um sorriso triste.

– Vejo que você não está tão enfeitiçada pelo rei quanto ele está por você.

Sapphire não disse nada, o que por sua vez disse tudo. Ela nunca afirmara que amava o rei. Ele era um bom homem, um homem belo e gentil, mas não era seu *karisem*. Ela nunca poderia amar um homem que a enxergasse apenas como um objeto e não como um indivíduo com pensamentos e emoções próprias.

– O que tenho a dizer para você, *mätress*, não será do seu agrado. O rei não acha que poderá compartilhar a minha cama se você permanecer no palácio. – a amargura estava muito clara em seu tom de voz.

Sapphire baixou os olhos para esconder sua pena. Ela sentia muito pela rainha.

– Você será aposentada com todas as honras próprias da *karimai* do rei – disse a rainha – Como sua favorita, você será levada imediatamente para um lar nos subúrbios da capital. Receberá quatorze *mästares* que a servirão até a sua morte. Todos os seus desejos serão concedidos, *mätress*, por seus exemplares serviços prestados ao rei.

Sapphire ficou chocada em silêncio por um momento. *Aposentada*. Mais do que liberdade, mais do ela já permitira a si mesma almejar. Ela receberia uma pensão, após apenas um contrato.

Geralmente, quando uma *mätress* era libertada, ela ficava livre para encontrar outro protetor, e seu valor agora seria muito maior por ter compartilhado a cama do rei. Seu salário se tornava ainda mais exorbitante, seu valor aumentava com cada protetor até ela conquistar os meios para sustentar seu estilo de vida indolente. Mas esse não seria o destino de Sapphire. O rei a valorizava e amava tanto que estava disposto a aposentá-la.

Aposentadoria. A palavra girava na mente de Sapphire com um prazer inebriante. Era para isso que ela trabalhara, a razão de seus pais a encorajarem a se tornar uma concubina. Não apenas era uma posição respeitada, também era uma das poucas carreiras em que o trabalho duro garantia uma existência luxuosa para a vida toda. Além de sua pensão, ela também receberia quatorze *mästares* – homens lindos e viris que dedicariam a vida para servi-la.

– Fico muito agradecida, minha rainha. – suas palavras eram sinceras. Brenna fez um gesto com a mão para dispensá-la.

– Vá. Suas posses estão sendo empacotadas agora mesmo. O rei está fora do palácio e não vai se despedir. Tenho certeza de que você é esperta o bastante para entender a razão.

– Sim, Vossa Majestade. – agora ela entendia a urgência do rei na noite anterior e sua declaração apaixonada. Ele sabia que seria a última vez juntos.

Sapphire se dirigiu para fora do saguão fazendo uma reverência. As portas se abriram quando ela se aproximou, depois fecharam novamente quando ela sumiu.

Era inacreditável, mas estava livre.

Brenna esperou até as portas se fecharem atrás da *mätress*. O fato de a concubina dispensar tão facilmente o amor do rei apenas solidificou a firme determinação da rainha.

– Guardião – ela chamou no meio do saguão vazio.

– *Sim, Vossa Majestade*.

– Meu presente já foi entregue na casa da *mätress* Sapphire?

– É claro, minha rainha. Com a maior das discrições.

A boca dela se curvou num sorriso selvagem.

– Excelente.

CAPÍTULO 1

Sapphire desembarcou do veículo antigravitacional com as palmas molhadas de tanta expectativa. A casa que o rei havia concedido a ela era, de fato, um pequeno palácio. Em branco luminoso com janelas multicoloridas, ficava sobre os montes dourados de areia como uma joia brilhante.

Enquanto cinco de seus novos *mästares* descarregavam suas posses, ela se aproximou da porta da frente. A brisa quente que soprava sobre sua pele provocava uma sensação agradável e bem-vinda. Ela passara os últimos cinco anos dentro do palácio, bronzeando a pele artificialmente e respirando ar purificado. Quando saía com o rei, sempre entrava em veículos com ar-condicionado através de garagens igualmente climatizadas.

Respirando fundo o ar natural pela primeira vez em anos, Sapphire sorriu diante da sensação levemente arenosa deixada em sua boca. Ela gostava do calor de Sari e da fina camada de suor sobre sua pele que evaporava instantaneamente no ambiente seco do deserto.

Pousando a palma da mão sobre a tela de reconhecimento, ela esperou uma fração de segundo enquanto o sistema identificava suas impressões. A porta se abriu e *"bem-vinda, Madame"* soou na melodiosa voz feminina do computador da casa.

Sapphire entrou em sua nova casa e foi imediatamente atingida pelo ar gelado e limpo.

– Guardiã.

– *Sim, Madame?*

– Purifique o ar, mas baixe sua temperatura apenas no quarto de dormir.

– *Como quiser.*

Absorvendo sua nova casa com olhos arregalados, ela encontrou seus *mästares* alinhados nos dois lados do longo corredor de entrada. A semelhança que os homens possuíam com o rei não passou despercebida, e Sapphire sorriu. Altos, loiros e com músculos vigorosos, eles eram todos notavelmente belos.

Sapphire atravessou o corredor olhando um por um, depois parou no final e franziu a testa:

– Contei apenas treze.

O *mästare* mais perto dela se ajoelhou.

– Madame, meu nome é Dalen.

Pousando a mão sobre a cabeça dele, Sapphire deslizou os dedos entre seus cabelos sedosos.

– É um prazer conhecê-lo, Dalen.

Ele se levantou e sorriu com um charme de menino.

– O outro *mästare* ainda está na câmara de cura, Madame.

Ela franziu ainda mais a testa. A câmara de cura levava apenas alguns instantes para curar ferimentos pequenos.

– *Ainda?*

– Ele estava gravemente ferido quando chegou. Já faz meia hora que está na câmara. Provavelmente estará curado em breve, mas precisará de descanso antes de voltar ao trabalho. Mas o resto de nós está pronto. Podemos mais do que compensar sua ausência.

– Não tenho dúvidas de que vocês todos irão me agradar. Mas estou preocupada com o *mästare* ferido. Como isso aconteceu? E por que ele foi enviado a mim num estado desses?

– Eu irei levá-la até ele, Madame. Não tenho respostas paras as suas perguntas. Você terá que perguntar a ele quando acordar.

Oferecendo o braço, Dalen a conduziu através do palácio. Sapphire admirava o tamanho e a beleza do lugar com um prazer atônito. Não havia maior sinal de seu valor para o rei do que essa demonstração de generosidade.

Eles cruzaram a larga sala de estar com seu divã enorme e desceram um corredor arqueado até o átrio central. A visão de uma grande banheira espumante cercada de plantas exuberantes a encheu de alegria. O resto de sua vida começaria nesta casa, e seu sangue acelerou ao pensar na liberdade de que desfrutaria ali.

Dalen parou diante de uma porta na ala dos fundos do pátio e fez um gesto sobre a tela de reconhecimento. A porta se abriu, e Sapphire entrou. No centro da pequena sala estava o cilindro envidraçado da câmara de cura. Ela olhou o homem inconsciente lá dentro e sua resposta instintiva foi tão poderosa que pediu para Dalen se retirar. Quando a porta se fechou atrás dele, Sapphire se aproximou da câmara.

O homem ferido roubou seu fôlego. Alto, sombrio e devastado com marcas de chicote que lentamente cicatrizavam diante de seus olhos, ele ainda exalava uma potente e crua masculinidade. Ele era muito diferente do rei ou de seus *mästares*. Era diferente de qualquer homem que já conhecera.

Seu farto e reluzente cabelo soprava gentilmente ao redor da nuca enquanto a pressão do ar o mantinha de pé. Sua pele estava profundamente bronzeada e esticada sobre poderosos músculos definidos. Ela nunca vira um homem com tantas ondulações debaixo da pele; nem mesmo seu pai guerreiro exibia tanto vigor.

Suas feições eram marcantes e atrevidas, como o resto do corpo. Maçãs do rosto altas e um nariz imponente davam-lhe um ar aristocrático; o poderoso queixo e os lábios sensuais o deixavam perigoso. Ele era simplesmente magnífico. Sapphire imaginou qual seria a cor de seus olhos. Castanhos, talvez, como os dela? Ou talvez azuis, como os olhos do rei?

Sapphire circulou a câmara lentamente, estremecendo diante da quantidade de ferimentos que listravam e talhavam sua carne. Aquele homem fora torturado dolorosamente. A quantidade de tempo que já havia passado naquele lugar mostrava que ele deveria estar perto da morte quando o trouxeram. Quem teria selecionado um homem assim para Sapphire? Ele era diferente dos outros *mästares*, assim como ela própria era diferente da rainha. Mesmo inconsciente, este homem irradiava autoridade. De *mästare* ele não tinha nada.

Voltando para frente da câmara, ela continuou sua análise ardente, sentindo os mamilos acordarem enquanto o desejo acelerava sua pulsação. O largo e poderoso peito do homem já estava quase curado. Um leve caminho de pelos suaves conduziu o olhar de Sapphire pelos sulcos do abdômen até chegar a seu membro. A boca dela secou quando notou os cachos cuidadosamente aparados na base e o saco totalmente desnudo. Ela se aproximou da câmara até que suas mãos e seios fossem pressionados contra o vidro aquecido, os olhos fixos na virilha. Mesmo flácido, seu pênis era impressionante. Ela imaginou como ficaria quando ereto.

Como se ele pudesse ler a mente dela, seu pau de repente pulsou e começou a inchar. Erguendo-se lentamente, ganhou um tamanho considerável. Excitando-se diante daquela visão, Sapphire esfregou os seios contra o vidro, depois congelou quando o impressionante falo cresceu em resposta à libertinagem dela. Surpreendida, ela ergueu os olhos e encontrou deslumbrantes olhos verdes. Brilhantes como esmeraldas, os olhos analisaram o corpo de Sapphire como se estivessem famintos, capazes de enxergá-la completamente através do fino tecido de seu vestido. A pele dela se arrepiou e se aqueceu enquanto o homem a estudava com uma audácia cativante.

A nudez não transmitia nenhuma vulnerabilidade para a inegável arrogância do homem. Sapphire ficou tão excitada que se sentia pegando fogo por aquele estranho com o corpo machucado e o belo rosto. Pela primeira vez em sua vida, ela sentiu a atração do verdadeiro desejo, inebriante e arrebatador.

– Quem é você? – ela sussurrou, mesmo sabendo que ele não podia ouvir através do vidro. Ele estendeu uma das mãos, pressionando do lado oposto da barreira que os separava. Suor cobriu a pele de Sapphire quando ela imaginou como seria tocá-lo. Ela queria entrelaçar os dedos com os dele. Queria acariciar sua pele bronzeada para saber se era tão macia quanto parecia.

Ele já estava quase curado. Em breve, poderia sair da câmara. Passar tanto tempo no processo de cura era muito cansativo. Provavelmente desabaria no chão diante dos pés dela. Com um suspiro de pesar, Sapphire deu um passo para trás e se assustou quando ele se impulsionou contra o vidro como se quisesse apanhá-la. *Não vá*, ele disse, apenas movendo os lábios. A súplica em seus olhos causou um aperto no peito de Sapphire.

– Guardiã. – a voz dela saiu apenas como um sussurro rouco – Quem é este homem na câmara de cura?

– *Ele é o Príncipe Herdeiro Wulfric de D'Ashier.*

CAPÍTULO 2

Abalada com a informação, Sapphire se afastou da câmara. Wulfric permaneceu inclinado contra o vidro, observando-a com um olhar cerrado e alerta.

O príncipe herdeiro de D'Ashier.

A recusa do reino de Sari em reconhecer o verdadeiro poder de D'Ashier muitas vezes levou à guerra. O General do Exército Sariano se tornou um herói nacional com sua vitória nas Confrontações de D'Ashier apenas alguns anos antes.

O belo homem na frente dela era o lendário guerreiro filho do atual rei de D'Ashier. Wulfric era o mais velho, o herdeiro do trono. Era conhecido por ser impiedoso e por ser um gênio militar. Rumores diziam que era ele quem realmente comandava D'Ashier, enquanto seu pai servia apenas como um símbolo.

A voz de Sapphire tremia com a confusão.

— Por que ele está aqui?

— *Ele é um de seus* mästares.

Ela sacudiu a cabeça.

— Isso é impossível. Este homem governa um país. Ele não pode permanecer aqui. Sua presença em Sari poderia recomeçar a guerra.

— *Seu povo acredita que ele está morto.*

Os olhos verdes altamente inteligentes que a estudavam reconheceram o exato momento em que ela percebeu quem ele era. Ele cerrou os lábios e endureceu o olhar.

As mãos de Sapphire subiram até sua garganta.

– Eu não posso mantê-lo aqui.

Mas ela queria. Com uma fome primitiva que nunca experimentara antes. Havia um fogo dentro de suas veias, semelhante àquele que sua mãe descrevera. E a maneira como ele olhava para ela...

O suor voltou a cobrir sua pele.

Ela conhecia esse olhar. Ele também a desejava. Mas o Príncipe Wulfric era perigoso em todas as maneiras imagináveis. Ele era o mestre; ela, a escrava. Ele era o príncipe; ela, a concubina. Sapphire acabara de ser libertada dessa vida e nunca mais voltaria para ela.

– Como posso mantê-lo aqui, e por quê? Quem o escolheu para mim?

– *Ele é um presente da rainha, Madame. Ela pede para você domá-lo assim como fez com o rei.*

Uma risada seca escapou de sua garganta. Este homem não era presente coisa nenhuma. Era uma punição rancorosa por roubar o afeto do rei. A rainha provavelmente esperava que o príncipe a matasse. Ou que ela o matasse primeiro.

– *A rainha destacou sete de seus guardas pessoais para ajudá-la.*

– Entendo. – Sapphire lambeu os lábios secos e observou quando os olhos de Wulfric se acenderam em resposta.

Olhando para ele, Sapphire sentiu uma estranha e profunda lástima. Ela nunca poderia desfrutá-lo do jeito que ele deveria ser desfrutado. Eles estavam em mundos opostos mesmo sem dizer uma palavra. Ele era um prisioneiro e ela era sua guardiã, mas se tivesse a menor chance, Wulfric facilmente reverteria os papéis. Ele era sexy. A resistência dela não duraria. E embora ela provavelmente fosse adorar cada minuto disso, Sapphire não podia permitir que acontecesse.

A concubina ofereceu um triste sorriso. A boca de Wulfric se curvou num dos lados, seu olhar ainda queimava com desejo, mas também parecia desafiador. Sapphire podia enxergar em seus olhos a resposta de Wulf quando ela se afastou. Foi um olhar implacável, inflexível – e era isso mesmo que se dizia sobre ele. O príncipe Wulfric sempre conseguia aquilo que queria, e ele queria Sapphire.

– Guardiã, o que acontecerá se eu quiser libertá-lo? – ela perguntou.

– *Mas você não quer. Seus sinais vitais me dizem que...*

– Eu sei o que meus sinais vitais estão dizendo a você. E é exatamente por isso que ele precisa ir embora.

– *Sim, Madame. Não recebi nenhuma ordem forçando você a mantê-lo aqui. Concluo que isso deixa a escolha em suas mãos.*

Sapphire encarou de volta o olhar do príncipe. Algo acontecia entre eles, uma ligação que se intensificava a cada segundo. Como ela podia sentir algo assim por um homem com quem nunca falara ou em quem nunca tocara antes? Até onde sabia, ele podia ser um homem cruel e egoísta.

Porém, sentia que não era. O olhar dele era direto demais. Ele permitia que ela enxergasse tudo que estava sentindo: atração, desejo, desafio, determinação.

Ela suspirou.

– A rainha sabe que eu não farei nada para chamar atenção sobre isto. Nós dois poderíamos ser executados por traição. A amargura de Brenna deve ser realmente profunda para ela conceber esta vingança imprudente e tola.

– *Como quiser, Madame.*

– Como ela poderia prever minha reação a este homem? – Sapphire se perguntou em voz alta. *Ela* própria estava surpresa pela profundidade do que sentia. Como uma estranha poderia saber?

– *Minha conclusão é que ela esperava que você sentisse raiva, por causa da posição de seu pai.*

O corpo de Sapphire enrijeceu. Seu pai. Se ele descobrisse que Wulfric estava aqui...

Ela precisava escondê-lo.

No momento em que concebeu essa ideia, ela a rejeitou. O que estava pesando, querendo proteger o príncipe? Apenas dois homens tiveram lugar importante em sua vida: seu pai e seu rei. O príncipe era inimigo dos dois. Por que estava considerando sua segurança em primeiro lugar?

– Guardiã. – erguendo os ombros, Sapphire se virou em direção à porta – Chame os três guardas da rainha. Sua Alteza está quase curado e logo sairá da câmara.

A porta se abriu quando ela se aproximou. O calor do olhar de Wulfric queimou suas costas até a porta se fechar atrás dela. Sapphire se recusou a responder ao olhar.

— *Quais são suas ordens em relação ao Príncipe Wulfric?*

— Vista-o, alimente-o, depois o tranque em seu quarto para ele dormir. E me avise quando acordar. Enquanto isso, junte toda a informação que conseguir sobre ele e me faça um relatório. Quero saber com o quê estou lidando aqui.

— *É claro, Madame.*

— E mostre-me a planta deste palácio. Quero estudá-la para saber como poderei confiná-lo aqui.

— *Você poderia usar um anel de confinamento.*

A imagem daquele instrumento apareceu em sua mente. A tira de metal, que parecia tão inocente mas podia ser mortal, era presa no calcanhar de um prisioneiro. Enquanto o prisioneiro permanecesse numa determinada área, não havia problemas. Mas se cruzasse o limite, o anel explodiria e mataria quem o usasse.

Com a beleza viril de Wulfric ainda em sua mente, Sapphire estremeceu ao pensar em sua morte.

— Não. Isso seria um exagero. Se ele escapar, eu o caçarei pessoalmente.

— *Como quiser. Você precisa de mais alguma coisa?*

— Sim. Envie um agradecimento para a rainha por sua consideração.

Wulfric entrou no saguão com toalhas limpas nas mãos. Com todo aquele trabalho, ele estava ganhando uma nova apreciação por seus próprios criados. Era preciso muito esforço para manter um lar funcionando direito. Ele nunca apreciaria isso se não estivesse fazendo o trabalho braçal pessoalmente.

E também apreciava as tarefas constantes, o que mantinha sua mente longe de seu recente confinamento e tortura. Dormir era uma dificuldade, seus sonhos o atormentavam. Trabalho duro era a única coisa que o distraía.

Notando o brilho de joias com o canto do olho, Wulf virou a cabeça para vislumbrar sua linda guardiã morena que saía do saguão.

Na verdade, o trabalho não era a única distração. Ele estava fascinado pela mulher que parecia um anjo devasso diante da câmara de cura.

Ele sempre parecia estar um passo atrás dela. E não ajudava o fato de ela parecer estar evitando-o. Nos últimos três dias, ele apenas enxergou vislumbres daquela figura de roupas provocantes. Vislumbres breves e tentadores. Depois de estar à beira da morte, a maneira como ela acordara seus sentidos parecia um milagre que ele queria explorar.

Mas Wulf controlou sua impaciência. A hora de ficarem juntos logo iria chegar. Ele já teria escapado se não tivesse certeza disso.

Olhando ao redor do saguão, ele reparou nos outros homens cuidando de suas várias tarefas. Então, se aproximou daquele que estava ao seu lado e que parecia menos desconfiado. Todos pareciam iguais para Wulf – altos, loiros e cheios de músculos esguios, diferentes dos seus próprios, que eram massivos em comparação.

Ele não conseguia compreender por que esses homens haviam escolhido a profissão de *mästares*. Com a boa aparência que possuíam, poderiam ter a mulher que quisessem. Por que decidiram dedicar suas vidas a uma mulher que precisavam dividir? Essa questão estava além de sua compreensão.

– *Mästare*.

– Sim, Vossa Alteza.

Wulf riu, achando engraçado quando eles o chamavam com seu título, como se não estivessem trabalhando juntos. Aquele respeito forçado era coisa *dela*, disso ele tinha certeza. Alguns dos *mästares* possuíam uma raiva por ele mal disfarçada, e Wulf podia entender muito bem. Era um triste fato que vários deles provavelmente perderam amigos ou entes queridos durante as Confrontações. Embora Wulf não fosse o instigador da guerra, lutara sem misericórdia, fazendo o que fosse preciso para proteger seu povo. É claro, os cidadãos de Sari não enxergariam dessa maneira.

– Quero fazer algumas perguntas para você.

– Certamente. Meu nome é Dalen.

Wulfric assentiu.

– Dalen, o que você sabe sobre a senhora deste lar?

– Eu sei tudo sobre Madame Sapphire.

Arqueando uma sobrancelha incrédula, Wulf repetiu o nome em sua mente. *Sapphire*.

– Sim, é verdade – Dalen insistiu – É de seu melhor interesse que nós a conheçamos. Quanto mais soubermos sobre ela, melhor podemos servir suas necessidades.

– Um homem como você poderia ter suas próprias necessidades servidas.

– Sua reputação com as mulheres o precede, Vossa Alteza. Acha que eu deveria ter várias mulheres ao invés de apenas uma?

– Sim, isso me ocorreu – Wulf concordou secamente.

– Centenas de mulheres não poderiam me dar o prestígio de servir a Madame Sapphire. O valor dela aumenta o meu valor, o que por sua vez aumenta o valor da minha família.

– O que faz dela tão importante?

– Ela é a *karisette* do rei.

– Do *rei*? – Wulf sentiu um nó no estômago.

– Isso faz a sua posição ser muito interessante, não é? Tenho certeza de que o rei não sabe que você está aqui.

– Alguém irá me entregar. – Wulfric olhou ao redor do saguão com um renovado estado de alerta – Alguns desses *mästares* pagariam muito bem para que eu fosse capturado.

– Quando eu soube da sua identidade, pensei em entregá-lo. Meu irmão mais velho quase foi morto durante as Confrontações. O General Erikson salvou sua vida. Se não tivesse... – Dalen ficou tenso – Os outros *mästares* e eu juramos servir a Madame. Ela pode ser a *karisette* do rei, mas ela é nossa primeira responsabilidade, e denunciar Vossa Alteza iria colocá-la em risco.

– Que diabos é uma *karisette*? – Wulf retrucou, suspeitando que não iria gostar da resposta.

Dalen baixou o tom de voz.

– A amada do rei.

– Uma concubina?

– Mais do que uma concubina. Sua Majestade está apaixonado por ela.

O queixo de Wulf ficou tenso. Seu anjo pertencia ao seu maior inimigo.

– A Madame é uma celebridade nacional – Dalen explicou – Seu valor para o rei é bastante conhecido para o povo de Sari, o que torna minha posição como seu *mästare* uma bênção para mim e minha família.

— Se ele a ama, por que a enviou até aqui? Por que não a manteve no palácio real, onde o acesso seria mais conveniente?

Por causa das relações amargas e a sempre presente ameaça de guerra entre os dois países, Wulf aprendera tudo que podia sobre o Exército Sariano e a família do rei, mas deixou outras pessoas estudarem as concubinas da corte. Agora, ele possuía um interesse muito forte numa concubina real que o trouxera de volta à vida apenas com sua aparição. Fazia muito tempo desde que sentira uma atração assim por uma mulher. Tanto tempo que já nem se lembrava mais.

— Você sabe que o rei não possui filhos, Vossa Alteza, e Sari precisa de herdeiros. E toda a prole real precisa ser concebida naturalmente. O rei deve derramar sua semente dentro da rainha. Inseminação artificial não é permitida.

— As regras são as mesmas em D'Ashier.

— O rei não conseguia cumprir seu dever com a rainha enquanto Madame Sapphire estava no palácio. Então ele a mandou para longe.

Wulf não ficou exatamente confuso, a história era bastante clara, mas a motivação do rei ainda não se encaixava.

— Ele enviou todas as mulheres para longe?

Dalen sacudiu a cabeça.

— Desde a primeira noite dela no palácio, há cinco anos, o rei apenas compartilhou sua cama com Sapphire. Um ano após ela se juntar ao harém, Sua Majestade percebeu que o desejo que antes possuía pelas outras concubinas não voltaria mais, então ele ofereceu para terminar seus contratos. Algumas aceitaram a oferta, o resto permaneceu no palácio. Os *mästares* reais servem aquelas que ficaram, uma vez que o rei já não as solicita. Portanto, se aquelas *mätresses* ficassem ou não já não importava para ele, mas a Madame não podia ficar. Tê-la por perto impossibilitava o cumprimento de seu dever com a rainha.

Wulf congelou.

— Seu rei manteve Sapphire em sua cama exclusivamente? Por *cinco anos*? Sem parar?

— Vejo pela sua expressão que Vossa Alteza nunca se apaixonou — Dalen respondeu com um sorriso.

Wulf não conseguia nem imaginar a mesma mulher em sua cama por um período de cinco anos. Se quisesse longevidade com uma parceira, ele se casaria. Por isso, dava graças a Deus por não ter compromisso com ninguém.

– Então – Dalen continuou –, talvez agora consiga entender por que Madame recebeu este palácio e todos os *mästares*. Não é coincidência a nossa seleção baseada na semelhança física com o rei.

Wulf reconhecia que era muito inteligente da parte do rei manter uma lembrança constante dele ao redor de sua ex-amante.

Mas o rei possuía apenas imitações para oferecer a Sapphire.

Wulf estava ali em carne e osso.

CAPÍTULO 3

Enquanto Wulf caminhava pelo corredor que cercava o pátio central, uma lufada de ar quente soprou sobre sua pele suada. Ele gostava do calor, já acostumado pelos longos meses que passava no deserto protegendo e reforçando as fronteiras de D'Ashier. Vestido com o uniforme dos *mästares*, ele usava apenas bermudas de cintura baixa presas com um cordão. O peito e os pés estavam nus. Ele se aproximou do escritório de Sapphire com seus habituais passos ousados, um andar que dizia, sem palavras, que ele controlava tudo ao seu redor.

Os azulejos frios provocavam uma sensação maravilhosa sob as solas de seus pés. Aparentemente, Sapphire preteria a tecnologia sempre que podia. Ele gostava disso nela. Wulf já tivera muitas mulheres indolentes e mimadas. A ideia de uma garota que gostava da natureza fazia seu pulso acelerar.

E agora, finalmente, ele estava a apenas alguns momentos de vê-la novamente, cara a cara. As palmas de Wulf coçavam de antecipação.

Na primeira vez em que a viu, ele estava despertando de uma quase morte. Desde então, quase conseguiu se convencer de que ela não era tão deslumbrante quanto se lembrava. Wulf esperava que aqueles primeiros momentos de vida renovada na câmara de cura houvessem simplesmente causado uma vulnerabilidade temporária. Talvez qualquer mulher parecesse especialmente atraente naquelas condições.

A boca dele se curvou num sorriso autodepreciativo. Obviamente, ele não havia se convencido da normalidade dos encantos dela, pois Wulf poderia ter escapado a qualquer momento, mas ali estava ele. Os esforços de Sapphire para mantê-lo preso eram impressionantes e intrigantes, mostrando conhecimento sobre como confinar uma pessoa que ele achava longe da esfera de estudo de uma concubina. Mesmo assim, estava certo de que conseguiria escapar com um pouco de esforço... se não estivesse preso quase como um acorrentado. Por mais vital que fosse retornar a D'Ashier, ele não poderia ir embora sem saber quais seriam as consequências para ela.

E se ela o desejasse tanto quanto desejara antes, Wulf pretendia celebrar seu renascimento na cama dela.

Wulf parou na porta do escritório. Quando a avistou, seu corpo enrijeceu com desejo. Ele não estava errado ou maluco. Sapphire *era* deslumbrante. Miúda e cheia de curvas sensuais, ela estava de pé sobre um pequeno banco para alcançar um livro na estante. Quando ela se virou para encará-lo, seu sorriso provocou um aperto no peito de Wulf.

– Como está se sentindo? – ela perguntou numa voz rouca.

Vestida num tecido quase transparente, ela o deixou sem palavras. A visão de suas curvas exuberantes enviaram ondas de calor sobre a pele dele.

Seios firmes e cheios balançavam sem restrições acima de quadris redondos, e anéis encrustados de joias cintilavam de longos e luxuriantes mamilos. Sua cintura não era pequena – de fato, ela possuía uma ligeira redondeza feminina em sua barriga – mas parecia pequena em relação à voluptuosidade de sua figura.

O cabelo chegava até a cintura e possuía uma adorável cor castanha brilhante como a pele de uma raposa ao sol. Seu rosto, embora não tivesse uma beleza clássica, chamava atenção com inteligentes olhos castanhos, lábios cheios e um queixo determinado. Debaixo do tecido transparente do vestido, sua pele era branca como creme e completamente nua – os pelos com certeza haviam sido arrancados permanentemente a laser.

A boca de Wulf estava seca como o deserto lá fora. Sapphire possuía algo muito mais atraente do que sua beleza física – ela irradiava confiança. Ela excitava porque sua fome pelos prazeres da vida e sua determinação em buscá-los eram óbvios. Wulf sentia que ela era sua alma gêmea, uma criatura primitiva como ele próprio num mundo que há muito tempo já havia evoluído e sido domado.

Quando ela desceu para sentar-se atrás da escrivaninha, seu sorriso aumentou, e uma súbita percepção queimou pela mente de Wulf. Diante da presença dela, sua mente se focava até não enxergar mais nada. Quando ela esteve na frente da câmara de cura, Wulf deixara de sentir a excruciante dor dos ferimentos e a profunda exaustão. Ele conseguia apenas enxergá-la e desejá-la enquanto se esfregava no vidro e o encarava com uma franca admiração e cobiça. A maneira como Sapphire o olhava fez Wulf sentir-se poderoso e viril num momento em que estava desamparado e enojado com a própria fraqueza.

Ele a queria. Ela o fazia sentir-se ao mesmo tempo carnal e possessivo. O corpo dele a desejava num nível animal. Wulf se perguntou se a tortura o mudara de algum jeito, criando uma vulnerabilidade que não existia.

– E então, Príncipe Wulfric. Como está se sentindo?

Uma onda de prazer cruzou o corpo de Wulf ao ouvir sua voz rouca.

– Madame – ele respondeu, rolando a palavra por sua língua de um jeito que dizia que *ele* estava ao serviço *dela* apenas porque Wulf escolheu ser assim, e não porque ela o forçava –, estou me sentindo muito melhor.

Os olhos negros dela brilharam.

– Fico contente por ouvir isso. A Guardiã me disse que você pediu permissão para falar comigo. Eu a concedo. Fale.

Ele ficou surpreendido pelo tom de voz dela, mas escondeu sua reação. A autoridade caiu-lhe tão bem quanto o manto de um monarca. Havia mais sobre esta concubina do que as aparências sugeriam. Wulf estava determinado a descobrir o máximo possível sobre ela antes de ir embora.

– Estou curioso sobre o estado da minha atual circunstância. – ele manteve o rosto impassível, não querendo trair a confiança de que poderia deixá-la para trás quando quisesse. Estava óbvio que Sapphire não tinha nada a ver com sua captura. Os *mästares* contaram sobre a surpresa dela ao descobri-la, e ela não tentou questioná-lo ou atormentá-lo como alguém faria se tivesse más intenções. Isso deixava muitas perguntas sem respostas – Por acaso eu serei oferecido em troca de algum resgate?

– Você não precisava me encontrar para perguntar isso. Guardiã, você pode responder à pergunta?

– *Não existe pedido de resgate, Príncipe Wulfric. Seus conterrâneos pensam que você está morto.*

Wulf nem mesmo piscou. Após não terem alcançado o *check-in*, as equipes de busca teriam descoberto o que restara de sua patrulha. Apesar da evidência, o palácio saberia que ele estava vivo. Enterrado em sua nádega direita havia um *nanotach*: um chip alimentado por sua energia celular que emitia um sinal com sua localização.

Para evitar a guerra, seu pai permitiria uma janela de tempo considerável para que ele escapasse sozinho. Depois disso, a luta teria início. D'Ashier precisava dele. Wulf tinha trabalho a fazer. O ataque contra sua patrulha fora bem-sucedido apenas por causa do planejamento cuidadoso. Ninguém dedicaria aquela quantidade de tempo apenas por esporte. Qual teria sido a motivação original da armadilha? Pedido de resgate? Informação? E como os planos mudaram tanto para que ele terminasse sob os cuidados da concubina favorita do rei?

A Guardiã considerou seu silêncio como uma ameaça.

– *Eu devo alertar contra qualquer ideia que você tiver sobre tentar acabar com a vida da Madame. Com o treinamento que ela recebeu, você pode acabar com um resultado inesperado.*

Sapphire o estudou com um olhar penetrante, com se esperasse ver suas intenções através de seu rosto.

– Eu não quero matá-la – ele a tranquilizou – Se quisesse, já teria matado.

Wulf reagiu um segundo tarde demais. O que ocorreu em seguida transcorreu tão rápido que ele mal conseguiria descrever mais tarde. Ele lembrava apenas que ela pulou de sua cadeira e voou sobre a escrivaninha num único movimento fluido. Seu pequeno corpo atingiu Wulf com força o bastante para derrubá-lo ao chão. Uma pontada fria em seu pescoço dizia que ela segurava uma lâmina numa das mãos. Se ela movimentasse o pulso, ele sangraria até morrer.

Por um momento, memórias horríveis da emboscada fizeram o coração de Wulf disparar. Seu peito subia e descia num ritmo de quase pânico. Ele podia sentir o cheiro da caverna onde fora torturado e o sabor de seu próprio sangue. Ele respirou fundo e...

... o aroma de lírios draxianos permeou seus sentidos.

O aroma *dela*.

O calor e a suavidade do corpo de Sapphire eram como um bálsamo. Ele se acalmou, apenas com a sensação de sua proximidade, o medo e a confusão desapareceram tão rápido quanto vieram. Mas ele ainda estava chocado, encarando-a com olhos arregalados. Era preciso anos de treinamento para uma mulher com seu tipo físico dominar um homem daquele tamanho. Sapphire não teria conseguido sem o elemento surpresa. Mas a questão não era essa. A questão era que ela o *dominara*. Ela não era um alvo fácil e queria que ele soubesse disso. Wulf ficou impressionado.

Então, sua admiração se transformou em algo mais quando a pressão das curvas do corpo dela queimou em sua consciência. De repente, ele estava mais do que impressionado, ele estava excitado.

Os seios, tão macios e encorpados, caíam sobre o peito de Wulf com apenas o fino vestido transparente separando-os. As pernas dela, ágeis e obviamente poderosas, estavam entrelaçadas com as pernas dele. Agarrando a cintura dela com uma das mãos, Wulf observou quando os lábios dela se abriram e as pupilas dilataram. Seu membro inchou contra a coxa de Sapphire. Os cabelos dela envolviam os dois corpos numa fragrância sedosa, e Wulf agarrou uma mecha, puxando-a para mais perto. Umedecendo os lábios, ele desejava que ela o beijasse enquanto olhava fixo para sua boca exuberante.

Cada terminação nervosa em seu corpo estava alerta, cada músculo se flexionava. Cada respiração empurrava seu peito contra aqueles lindos seios.

– Beije-me – ele ordenou.

A adaga em seu pescoço vacilou.

– Não.

– Por quê?

– Você sabe por quê. – ela sussurrou.

– Eu sei que quase morri alguns dias atrás, mas ao invés disso acordei com a sua visão. – Wulfric ergueu a cabeça e roçou a ponta do nariz em Sapphire – Bondade, uma alma gentil... nada disso teria me revivido assim como fez o seu desejo. Você não tem noção do que eu te devo por causa daquilo.

Sapphire suspirou e acariciou brevemente o rosto de Wulf.

– Então, não peça isso para mim.

Foi o arrependimento em sua voz e aquela carícia hesitante que o comoveram. Ele não tinha tempo para cortejá-la de um jeito adequado, mas Wulf sabia quando era melhor se afastar do que arriscar um avanço ousado. Ele precisou de muita força de vontade para libertá-la, mas acabou conseguindo.

Quando Sapphire deslizou para o lado e voltou a se sentar atrás da escrivaninha, a decepção de Wulf ficou óbvia. Ele se levantou do chão com um salto e pousou com a graça de um felino.

Sua estadia com a adorável Sapphire era limitada pela necessidade. Felizmente, o desejo que ele sentia era mútuo. Com essa vantagem, sua sedução apressada poderia funcionar.

Precisando de uma distração de sua ereção, Wulf perguntou:

– Afinal, como eu vim parar aqui?

– Você foi um presente. – o tom de voz baixo de Sapphire traía o quanto ela também fora afetada por ele.

– Um *presente*? – Wulf fechou o rosto. Ele não era um objeto para ser passado de mão em mão.

Sapphire deixou escapar uma risada antes de cobrir a boca com a mão.

Um calor se concentrou dentro de Wulf diante daquele som sedutor. Ele quase não se importava com a razão de estar ali. Valia a pena se fosse para experimentar as coisas que ela o fazia sentir.

– Acho que é para puni-lo, Vossa Alteza.

– Uma punição? Por quê?

Ela encolheu os ombros sem muito entusiasmo.

– Eram outros tempos. Outra vida. Agora já não importa mais. Acontece que você foi entregue para mim, e nós precisamos fazer o melhor dessa situação.

– Você poderia me libertar – ele ronronou numa voz suave e sedosa que sempre ajudava a conseguir o que queria das mulheres.

Ela o surpreendeu ao concordar.

– Seria inteligente fazer isso e, na verdade, eu não tenho escolha. Você não pode ficar aqui. Infelizmente para nós dois, estou relutante em deixar você partir.

– Por quê?

– Você é magnífico. É o homem mais bonito que já vi. – Sapphire o encarava com uma óbvia admiração – Gosto de ficar olhando para você.

Wulf nunca percebeu o quanto a honestidade podia ser excitante. Todas as suas concubinas eram ensaiadas, até mesmo cínicas. A relutante apreciação de Sapphire era muito mais lisonjeira. Ele não podia dar presentes a ela, não podia prometer nenhum mimo, mas mesmo assim ela o queria.

Wulf andou em direção a ela, permitindo que enxergasse sua fome.

– Você tem a minha permissão para fazer mais do que olhar. De fato, eu até a encorajo a fazer isso.

Os olhos dela se arregalaram.

– *Você* dá permissão a *mim*?

A Guardiã interrompeu.

– *Madame, o general já chegou.*

Wulfric congelou no meio do caminho, seu corpo instintivamente flexionando em preparação para o combate. Ele observou Sapphire se levantar da cadeira, e a voz da Guardiã voltou para assombrá-lo: *"Com o treinamento que ela recebeu, você pode acabar com um resultado inesperado."*

Após o ataque surpresa de um momento atrás, ele rapidamente compreendeu o quanto havia sido tolo permanecendo ali. Sapphire realmente se movia com a graça de uma guerreira; ele simplesmente estivera encantado demais para notar. Ela era concubina do Rei de Sari e recebia visitas de generais. Wulf estava numa posição delicada, completamente à mercê de seus inimigos.

– Quem diabos é você? – ele exigiu saber, notando a apreensão que transparecia em suas feições.

– Vá para seu quarto. – ela o dispensou com um gesto da mão – E não saia de lá até ser chamado.

– Eu tenho direito de saber o que está planejado para mim.

– Planejado para você?

– Sim. Para onde o general irá me levar?

Ela entendeu o que ele queria dizer.

– Wulf, você não vai a lugar algum. Quero que vá se esconder agora.

Ele permaneceu parado por um momento, com o coração martelando no peito.

– Você está me protegendo.

Sapphire olhou para a parede atrás dela. Percebendo o gesto, a Guardiã projetou uma imagem do general se aproximando da porta da frente. O rosto do homem estava fora de vista.

– Vá agora, Vossa Alteza – ela implorou – Por favor. Podemos discutir isso mais tarde.

– Por que você está fazendo isso? – Wulf cruzou os braços sobre o peito. Ela gemeu.

– Não sei. Então fique, se realmente prefere a hospitalidade do meu pai em vez da minha.

– *Seu pai?* – até onde a situação poderia piorar?

– Sim. – seu olhar sombrio o encarou – A escolha é sua, mas seja rápido.

– Você quer que eu me esconda para que eu possa ficar aqui.

– Eu não sei o que eu quero. Com exceção de que você se esconda, como já pedi.

Wulf a achava irresistível com aquela honestidade, força e beleza. Algo estava acontecendo entre eles; algo que ela também sentia, ou não ficaria tão preocupada. Ele não deveria confiar nela, mas mesmo assim confiava.

Sem dizer mais nada, ele se virou e foi embora, buscando o isolamento de seu quarto e a chance de conhecê-la melhor permanecendo no palácio.

Quando a porta do quarto fechou-se atrás dele, uma inquietude pouco familiar o atingiu. Ele não era o tipo de homem que fugia de um desafio, e nunca gostou de deixar outra pessoa protegê-lo.

– Que diabos está acontecendo lá fora?

Em resposta à sua pergunta, a Guardiã projetou na parede uma imagem de Sapphire e seu pai, incluindo o som ambiente.

– Obrigado.

Ele acabara de encontrar uma aliada.

Wulfric assistiu enquanto Sapphire era envolvida num abraço caloroso. Quando seu pai desfez o abraço, seu rosto foi revelado, e o ar sumiu dos pulmões de Wulf.

Não era de admirar que os *mästares* não quisessem contar para ninguém sobre sua presença em Sari. Eles estavam protegendo a filha de seu herói nacional.

O pai de Sapphire era ninguém menos do que o General Grave Erikson, o oficial de maior patente no exército sariano.

CAPÍTULO 4

Sapphire pediu para seu pai se sentar em uma das grandes poltronas do escritório, depois ela se sentou ao seu lado, adorando a oportunidade de ter sua total atenção. Ela sorriu para olhos castanhos idênticos aos dela e perguntou:

— Como está a mamãe?

Grave Erikson estava lindo em seu uniforme, uma túnica sem mangas na cor safira e calças largas combinando. Seu longo e prateado cabelo estava preso na altura da nuca, revelando um rosto de uma beleza austera e força discreta. Com uma espada presa na coxa, seu pai irradiava um perigo que fazia seus inimigos correrem em pânico e enchia o coração de Sapphire de orgulho.

— Ela está bem. Adorável como sempre. Ela pretende visitá-la assim que possível.

— Estou surpresa por você ter vindo sozinho.

— O trabalho me trouxe para esta região. — ele ergueu a mão com a palma voltada para cima, revelando um grande anel — Um presente para você.

Apanhando o anel, Sapphire admirou a imensa joia de talgorite, cuja cor vermelha brilhante possuía uma beleza distinta e singular. Era também excepcionalmente valiosa, com tamanho suficiente para energizar um *skeide* pelo espaço com vários saltos à velocidade da luz.

— O que é este símbolo encrustado na pedra?

– É o brasão real de D'Ashier.

Ela engoliu em seco, sabendo o quanto Wulf havia sido brutalmente torturado antes de perder aquele objeto. Sapphire fechou o punho ao redor o anel como se quisesse protegê-lo.

– Como você conseguiu isto?

– Talgorite é valioso demais para ser usado como joia. Quando o anel caiu no mercado negro, os boatos se espalharam e um oficial o comprou. Ele reconheceu o brasão, e o anel foi passado pelos oficiais até chegar a mim.

– Você sabe como a família real o perdeu?

– O receptor do anel admitiu ter trabalhado com um grupo mercenário que atacou a patrulha do Príncipe Herdeiro de D'Ashier na semana passada. É claro, eu sabia disso, pois interceptamos as transmissões da equipe de resgate que foi enviada para localizar a patrulha do príncipe.

– Eles o mataram? – Sapphire tentou ignorar a culpa que sentiu por mentir para seu pai.

– Essa é a parte mais interessante. O receptor disse que eles torturaram o príncipe e depois o venderam. Infelizmente, o receptor não participava de discussões internas dos mercenários. A falta de informação é frustrante. Obviamente, Wulfric não foi entregue para o palácio sariano e não voltou para D'Ashier, então, onde diabos ele está? Quem poderia pagar por ele, e por que queriam ficar com ele? Eu me pergunto se ele recebeu tratamento médico ou se foi levado para fora do planeta.

Sapphire estudou seu pai.

– Você parece... irritado.

Um *mästare* entrou no escritório trazendo bandejas com frutas, queijos e doces. A cerveja que o criado serviu estava gelada e encorpada, gelando instantaneamente as canecas.

Grave esperou até que o criado se retirasse antes de continuar.

– Sou um guerreiro, não um político. Não me importo nem um pouco com os tratados de comércio e as disputas do Conselho Interestelar que nos mantêm em conflito com D'Ashier. Eu me importo com homens e com honra. Príncipe Wulfric é um homem corajoso e um excelente guerreiro. Cair numa emboscada, ser torturado e vendido... Isso é uma covardia e uma desonra. Eu preferia um final que combinasse mais com um homem como aquele.

— Você acha que ele está morto?

— Espero que não, mas as chances não estão a seu favor.

— Você fala como se gostasse dele.

Grave encolheu os ombros.

— Eu o admiro. Lutei contra ele cara a cara durante as Confrontações. Ele era jovem na época, mas possuía um vigor e um ar de comando que eu admirava. Seus planos táticos eram sempre bem pensados, ele nunca se movia com pressa ou respondia com imprudência. Sua maior preocupação sempre foi a segurança de seus homens, e nunca permitiu que seu desejo por vitória o impelisse a ações que custariam vidas desnecessariamente.

— Mas foi *você* quem saiu triunfante e se tornou um herói nacional por causa daquelas batalhas — ela o lembrou com orgulho.

— Nós vencemos, mas foi por pouco. Se o clima não tivesse mudado e aquela tempestade de areia não tivesse acontecido, o resultado poderia ter sido muito diferente.

— Você nunca me disse isso antes!

— Bom, nós nunca conversamos sobre o Príncipe Wulfric antes. — Grave apanhou um pedaço de melão e o jogou na boca.

— Então vamos conversar sobre ele agora. — apoiando-se no braço da poltrona, Sapphire encarou seu pai com um sorriso desafiador — Diga-me tudo que você sabe.

Ele a olhou desconfiado.

— Por que o súbito interesse em Wulfric?

— Você nunca foi derrotado, mas agora me diz que quase aconteceu uma vez. Fiquei curiosa sobre o homem que consegue estar à sua altura.

— Uma outra hora. Talvez. — ele bebeu a cerveja num gole só.

— Você ainda está investigando o que aconteceu com o príncipe?

— Vejo que você continua persistente como sempre. — sua expressão indulgente se tornou séria — Sim, estou investigando. *Discretamente.* Já notifiquei o palácio, mas o rei e a rainha disseram que é melhor deixar esse assunto para mim e não envolver o Conselho Interestelar.

— Quero saber o que você descobrir, papai.

— Por quê?

— Talvez eu me aventure em investigações ou busca de recompensas. Talvez eu esteja apenas curiosa.

– Ou talvez você apenas não queira me contar quais são suas razões. – Grave riu levemente – Mas eu manterei você informada de qualquer maneira. Agora, quero conversar sobre você. Os boatos sobre sua aposentadoria estão se espalhando. Você já tem algum plano para o futuro?

– Acho que vou passar um tempo sem fazer nada. Quero comer todas as comidas que eu não podia comer no palácio e vestir todas as cores que eu não podia. Gostaria de ver o que se passa fora dos muros do palácio e me reorientar para a sociedade. – ela sorriu – Depois disso, vou decidir o que fazer da minha vida.

Pousando a mão sobre a mão dela, Grave apertou como se quisesse encorajá-la.

– Eu acho que é uma escolha inteligente primeiro se reorganizar antes de pular num barco sem saber para onde vai. Você tem alguma ideia de quais são seus outros interesses?

– Ainda não. Talvez eu faça uso do meu treinamento. Ou talvez eu me torne uma professora. Ainda não decidi.

– Você sempre foi boa com estratagemas. Eu poderia enviar alguns planos de treinamento e você poderia ajudar a criar os manuais.

– É mesmo?

– Sim, claro. – ele ofereceu um sorriso afetuoso – Seria uma boa desculpa para eu visitá-la mais frequentemente. Eu mal via você quando você estava no palácio.

Sapphire jogou os braços ao redor do pescoço de seu pai, quase o fazendo derrubar a caneca, mas ele não se importou e a abraçou de volta com entusiasmo.

– Agora, mostre-me o resto deste seu palácio – ele disse com uma risada – Para que depois eu possa contar para todo mundo sobre o luxo em que você está vivendo.

Muito tempo se passou até Wulfric ser chamado de volta para o escritório de Sapphire.

– Acho que isto é seu. – ela se inclinou sobre a escrivaninha e deixou o anel sobre a mesa. Sapphire parecia distante e apressada.

Wulf se moveu lentamente para apanhar o anel, sem deixar transparecer seu alívio.

– Obrigado – ele murmurou. Agora, sua liberdade estava assegurada.

Ela girou a cadeira para o lado e fez um gesto com a mão dispensando-o. Sapphire estava distraída, perdida em pensamentos.

Wulf sabia que deveria ir embora. Não apenas do escritório, como ela havia indicado, mas daquele país. O anel que recebeu de volta por si só era apenas um anel, e mesmo uma inspeção minuciosa não revelaria nada de suspeito. Mas quando o talgorite entrava em contato com seu corpo, acontecia uma ligação com o *nanotach*. Juntos, eles podiam transportá-lo instantaneamente para seu palácio em D'Ashier e de volta para onde estava agora, desde que o sinal não fosse bloqueado.

Num piscar de olhos, tudo isso poderia chegar ao fim. Uma ou mais de suas concubinas poderiam aliviar a luxúria que pesava entre suas pernas. Ele passara muito tempo na patrulha. Wulf era um homem com um saudável apetite sexual e seu poderoso desejo por Sapphire era resultado apenas de sua longa abstinência. Com certeza, essa era a única razão...

– Eu quero você – ele disse antes que pudesse impedir a si mesmo.

Sapphire ficou visivelmente tensa diante do som de sua voz, grave e cheia de desejo. Ele a encarava fixamente, notando o momento exato em que os olhos dela suavizaram e os lábios se abriram em reposta àquela fome. Eles possuíam uma inegável afinidade, apesar das muitas coisas que se interpunham entre os dois.

– Eu deveria libertá-lo – ela sussurrou.

– Deveria, mas não vai. Você já arriscou demais para me manter aqui.

– Você precisa de uma mulher. – ela desviou os olhos – Todos os *mästares* precisam. Fiz um acordo para que algumas das estudantes do quarto ano das Artes Sensuais nos visitem por alguns dias da semana. Elas chegarão hoje à noite. Acho que você irá gostar. Elas são...

– Não quero outra pessoa. Quero *você*.

Uma resignação cruzou suas adoráveis feições.

– Isso não vai acontecer.

– Estar dentro de você é a única coisa em que consigo pensar. – e quando pensava nela, Wulf se esquecia da caverna. Nenhuma outra mulher conseguia isso. Talvez no futuro, mas não agora.

– Sexo entre nós dois apenas complicaria as coisas, Wulf. Se você começasse a pensar com a cabeça ao invés do seu pau, você admitiria que eu estou certa.

– Você é uma criatura insolente. – algo que ele nunca imaginou que acharia excitante. Mas achava.

– E você não tem poderes aqui. Se quiser voltar a dar ordens, vá para casa.

Wulfric respirou fundo. Ninguém nunca falou com ele daquela maneira. Sapphire não tinha medo e se recusava a exibir o respeito que um homem como ele exigia. Todo aquele fogo e paixão... Ele queria mergulhar nisso e esquecer todo o resto.

Quando ele começou a se aproximar dela com passos decididos, Sapphire permaneceu parada e relaxada em sua cadeira.

– Uma vez não será suficiente – ela alertou suavemente.

Ele parou.

– Do jeito que está, você já não deseja outras mulheres. Acha mesmo que isso mudará depois de se deitar comigo?

– Você é uma convencida – disse ele, sem alterar o tom de voz – Não me confunda com seu rei apaixonado.

– Isso seria impossível. – ela riu, e aquele som rouco reverberou pelas costas de Wulf. – Não estou falando por vaidade, e você sabe disso. Você acha que eu não sinto a atração entre nós? Se você for tão bom de cama quanto parece, eu irei querer mais. E também possuo meus encantos. Você iria me adorar imensamente. Você suspeita do quanto seria bom, por isso a ideia de ficar com outras mulheres parece tão pouco atraente. Quando foi a última vez que você desejou uma mulher que era tão diferente das outras?

O membro de Wulf enrijeceu ainda mais. A ousadia e o desafio de Sapphire o excitavam.

– Nunca – ele admitiu. Encarando-a, ele sentiu como se ela fosse uma nova espécie recém-descoberta – Você sempre diz aquilo que pensa?

– Passei os últimos cinco anos nunca dizendo aquilo que penso. Eu não gostava, e jurei nunca mais fazer isso.

O sorriso dele era predatório.

– Então me permita ser igualmente honesto. A não ser que você me dispense de forma direta, eu *vou* possuí-la.

— Você tem outra vida para onde deve retornar.

— Então eu diria para nos apressarmos, mas não tenho nenhuma intenção de fazer isso.

Ela esfregou o espaço entre as sobrancelhas.

— Isto é loucura.

— Não é mesmo? — Wulf estava contente que fosse, e grato por sentir o coração disparado e o estômago apertado com a expectativa. *Ele estava vivo.* Era um milagre por si só, e ele queria celebrar com ela.

— Bastardo arrogante. — ela o encarou com o rosto fechado.

Wulf deu a volta na escrivaninha e rosnou quando Sapphire abriu as pernas, revelando seu sexo brilhante por baixo da barra curta do vestido. Ela estava tão pronta quanto ele. Wulf apanhou o cordão de sua bermuda.

— Não.

A mão dele parou.

Ela apontou para o chão.

— De joelhos, Príncipe Wulfric. Se você está tão ansioso, você deve primeiro me dar prazer com a sua boca.

Congelado no meio do caminho, ele a encarou. Sapphire iria dificultar o máximo possível. Ele analisou seu rosto para determinar a força de sua determinação, e respirou fundo diante da obstinação em seu queixo e o brilho desafiador em seus olhos.

O príncipe dentro dele se sentiu ofendido ao receber ordens para esquecer o próprio prazer em favor do prazer dela. Mas o macho primitivo sentiu o aroma da excitação feminina, e sabia exatamente o que fazer. Os dois lados lutaram apenas por um momento.

Uma guerra de força de vontade — era uma situação nova e altamente intrigante para ele, um homem que nunca teve sua vontade questionada por ninguém em sua vida.

Após anos de guerras e meses na patrulha, Wulf aprendera a negar suas necessidades mais básicas, mas agora parecia impossível. Seu ego se irritou com essa perda de controle, porém seu corpo ignorava isso em favor da atração animal que fluía grossa e quente através de suas veias.

Então decidiu usar todas as suas habilidades, charmes e atributos físicos para fazer Sapphire queimar como ele.

Tirando o olhar do meio das pernas dela, Wulf a encarou nos olhos com uma sobrancelha levantada.

– Uma carícia tão íntima deveria ser precedida por um beijo, você não acha?

O rosto de Sapphire se encheu de incerteza por um breve momento antes que ela escondesse as emoções atrás de uma gelada máscara de indiferença. Depois se levantou da cadeira com um sorriso misterioso.

– Que ótima ideia. – o tom de sua voz excitou Wulf ainda mais, até que ele já não soubesse dizer se estava ou não vencendo o embate.

Eles se aproximaram um do outro, cada passo aumentando a tensão entre os dois. Quando Sapphire o alcançou, ela pousou as mãos sobre os músculos do abdômen de Wulf, depois as deslizou lentamente ao redor para acariciar suas costas.

O toque dela era elétrico, seu aroma intoxicante. Nos dias desde a tortura, Wulf evitara qualquer contato com os outros *mästares*, mantendo distância até mesmo ao passar por eles. A ideia de alguém tocando sua pele fazia seu estômago se apertar, mas o toque de Sapphire era como um bálsamo que acalmava e curava.

Ele a puxou para mais perto, prendendo a respiração quando os seios se apertaram contra seu peito e o peso de sua ereção pressionou contra a maciez da barriga dela. Seu nariz se encheu com o aroma de lírios draxianos e Wulf enterrou o rosto nos cabelos de Sapphire.

Apesar das muitas horas que passou antecipando o momento, Wulf ainda não estava preparado. Um calafrio desceu por suas costas e percorreu a extensão de seu membro. Ele encarou o rosto dela e soube lá no fundo que seu próximo movimento seria uma loucura. Mesmo assim, incapaz de se segurar, Wulf baixou a cabeça e a beijou.

No instante que os lábios dela suavizaram debaixo dos seus, uma necessidade crua inundou os sentidos de Wulf numa onda tão forte que quase o fez sentir tonturas. Sapphire se movia junto com ele, entregando tanto quanto tomava. A cabeça dela se inclinou para tomar ainda mais, seu corpo exuberante avançando sobre ele com uma fome que Wulf conhecia, pois também sofria dela.

Estremecendo diante do fervor da resposta de Sapphire, Wulf a abraçou mais forte. Ele segurou sua nuca e agarrou a cintura, abrigando o corpo dela com o tamanho e poder do seu próprio.

A combinação de suas habilidades era inebriante. Ele já tivera uma dúzia de mulheres em seu palácio que eram mais bonitas, e tão experientes quanto, mas mulher alguma em sua memória conseguiu excitá-lo como Sapphire. Apenas o beijo dela já rivalizava com o sexo mais quente que já tivera. Ele poderia beijá-la por dias. Em toda a parte.

Wulf então percebeu que ela estava certa.

Apenas uma vez não seria suficiente.

Ele gemeu, sabendo que era verdade, sabendo que não tinham tempo suficiente para saciar a profundidade desse desejo.

Com mãos trêmulas, ele a empurrou de volta para a cadeira e depois caiu de joelhos, abrindo as coxas dela com as mãos. Sua boca se encheu de água diante daquela visão, lisa, inchada e querendo o toque de sua língua.

– Você está molhada. – sua voz saiu tão grave que ele mal a reconheceu.

Ela deixou um gemido escapar quando ele se aproximou, depois ofegou quando Wulf lambeu de cima para baixo através das dobras macias e sem pelos.

A cabeça de Sapphire caiu para trás junto com um suspiro.

– Oh, Wulf...

Ele apertou os músculos do queixo com o esforço para se manter onde estava ao invés de se levantar, libertar seu pau e se enterrar nela. Sapphire o receberia, disso ele tinha certeza. Ela gritaria e adoraria cada movimento. Mas ele precisava que ela se entregasse voluntariamente. Precisava que ela estivesse faminta por ele, e naquela posição, ele tinha tudo o que precisava à sua disposição.

Ainda apoiado nos joelhos, ele puxou a cadeira para mais perto e planejou sua sedução com precisão militar.

Sapphire esperou ofegante, cada músculo tencionando com expectativa enquanto Wulf a puxava para mais perto e a posicionava como queria. Ao tomar tanto cuidado na preparação, ela entendeu que ele pretendia dar prazer a ela por um bom tempo. Pensar nisso causou um calafrio em seu corpo. Ela passara os últimos cinco anos com um homem que se importava apenas com o próprio prazer. Possuir um amante tão completamente concentrado nela era insuportavelmente excitante.

Wulf enlaçou os joelhos dela nos braços e segurou a cintura com as mãos.

– Espero que esteja confortável. – ele soprou uma respiração quente sobre seu sexo – Você não vai a lugar algum por um tempo.

– Isto é uma péssima ideia – ela sussurrou.

– Para mim parece boa demais.

E então, ele mergulhou a língua dentro dela.

Sapphire arqueou as costas, ofegando, cravando as unhas nos braços da cadeira.

Wulf gemeu, e a vibração subiu pelo corpo de Sapphire até enrijecer os mamilos. Ele roçou os lábios sobre ela e seus cabelos sedosos acariciavam a parte interna das coxas. Sua pegada era forte, os dedos apertavam a carne, a boca tão gentil quanto a língua, que deslizava sem pressa entre a evidência do desejo dela para que ele massageasse sobre o clitóris.

– Wulf... – ela mexia os quadris para igualar seu ritmo e mordia os lábios para segurar os gritos que denunciariam sua necessidade. Aquele homem era um sedutor. Se ele soubesse o quão raramente ela recebia um tratamento desses, ele usaria isso contra ela para enfraquecê-la ainda mais.

Com um rosnado grave, Wulf penetrou a língua, depois retirou, repetindo os movimentos até o suor cobrir a pele de Sapphire e molhar seus cabelos. Seu corpo inteiro formigava, a respiração cada vez mais acelerada enquanto a angústia se concentrava até quase doer. Ele era metódico, minucioso, lambendo cada curva e dobra, mordiscando levemente, chupando com um jeito provocante sobre a rigidez do clitóris. Ela nunca foi tratada com tanta paciência e óbvia vontade.

Sua boceta tremia ao redor da língua de Wulf e, incapaz de aguentar mais daquele tormento, ela implorou:

– Não provoque.

Afastando o rosto, ele a abriu com os dedos de uma das mãos.

– Você está gostando? – a outra mão soltou sua cintura e dois longos dedos entraram nela.

– N-não... – seu corpo todo tremeu. Sapphire agarrou os seios e beliscou os mamilos dolorosamente eretos – ... não mais.

– Não? – ele esfregou dentro dela, acariciando as paredes lisas de seu sexo com dedos experientes – Tenho que me esforçar mais. – Wulf baixou a cabeça e passou a língua sobre o clitóris.

Sapphire não estava preparada para aquele ataque lento e determinado contra seu corpo. Estava além de sua experiência.

— Por favor... me faça gozar...

Formando um círculo com os lábios, Wulf a chupou enquanto penetrava com os dedos. Sapphire gozou num clímax explosivo que ficava mais intenso a cada movimento da boca e da mão, até que vários orgasmos começaram a suceder um ao outro.

Foi devastador. Diferente do prazer que alcançava sozinha, isto estava sendo arrancado dela com uma habilidade implacável. Mas Wulf também não ficou ileso. Sapphire sentiu seu corpo poderoso tremendo debaixo de suas pernas enquanto ela implorava para que parasse e tentava afastá-lo, mas ele estava determinado a atingir um objetivo que ela não entendia.

Ela gritou em desespero, contorcendo-se sob aquele ataque.

Wulf apenas desistiu quando Sapphire deixou as mãos caírem para os lados e as pernas pousarem sem força sobre seus ombros. Encostando o rosto contra a coxa dela, Wulf exibiu um leve sorriso de triunfo masculino.

Quando seus sentidos voltaram lentamente, Sapphire admitiu a verdade.

Ela estava muito encrencada.

— Você pode se levantar, Wulf. — a voz de Sapphire estava tão rouca de paixão que isso apenas piorou a situação.

— Não sei se consigo. — seu membro estava tão duro que ele mal conseguia se mexer. Mas conseguiu sorrir, satisfeito por dar tanto prazer a ela.

Seu palpite era que o desejo de Sapphire fervilhava logo abaixo da superfície, tristemente intocado. Quando foi a última vez que um homem amara seu corpo apenas pela satisfação de testemunhar sua reação? Ele queria ter semanas para fazer isso. Podia facilmente se imaginar passando dias com ela na cama, deleitando-se com seu aroma e a sensação de suas curvas, sentindo seu corpo se contorcendo debaixo dele.

Ela soltou um gemido de satisfação, num som que percorreu a pele de Wulf como uma carícia tátil.

— Deixe-me ajudá-lo com isso.

Dobrando as pernas, Sapphire pousou a sola dos pés sobre os ombros de Wulf e chutou gentilmente, jogando-o para trás no chão. Lânguida apenas um momento atrás, ela agora era capaz de montá-lo com uma velocidade impressionante, e acariciou seu peito antes que qualquer sentimento ruim o abatesse.

– Estou tão contente por você ter sido poupado e curado – ela sussurrou, desamarrando o cordão antes de puxar a bermuda para baixo – Uma perfeição como a sua não pode ser maculada.

Enquanto encarava seu adorável rosto corado de paixão, a garganta de Wulf se fechou com a gratidão que sentia. Sapphire não estava sendo condescendente com ele, na verdade estava agindo com muito vigor, mas a cada vez que fazia isso, ele ganhava um pouco de confiança. E a cada vez que ela o olhava com tanto fogo nos olhos, a lembrança de sua tortura desvanecia um pouco mais.

Ela circulou seu membro com dedos confiantes, o colocou na posição que desejava, depois encharcou a cabeça inchada com o calor líquido de sua boca.

– Ah, inferno. – ele ofegou e arqueou as costas, sentindo as bolas enrijeceram dolorosamente – Não me faça gozar rápido demais.

Levantando o rosto, os olhos dela brilharam maliciosamente e Wulf soube que não teria misericórdia.

– Seu sabor é tão delicioso quanto sua aparência. – a língua lambeu a gota de sêmen que vazou pela ponta, depois desceu pela extensão de uma grossa veia numa carícia sinuosa – Que pau magnífico você tem.

Ela afastou a cabeça, e a admiração em seus olhos negros o excitou tanto que seu pau enrijeceu ainda mais. Curvando as duas mãos ao redor da ereção, Sapphire apertou.

– Até onde ele vai crescer? Eu mal consigo segurar.

– Suas mãos são pequenas. – ele estava queimando. Seu corpo estava todo tenso e endurecido, a pele coberta de suor.

– É maravilhoso – ela sussurrou – A pele é tão macia.

– Ponha dentro de você. – ele gemeu quando ela apertou novamente – Você vai gostar ainda mais.

Ela sacudiu a cabeça, e as mechas dos cabelos roçaram sobre os quadris dele. As pontas dos dedos de uma das mãos arrastaram sobre seu estômago, e ele tremeu sob aquele toque.

– Nunca encontrei nada tão belo quanto seu corpo.

Wulf segurou a cabeça dela gentilmente. Ele não a puxou para mais perto, apenas massageou com os dedos. Tocá-la, mesmo tão de leve, era algo que ele achava maravilhoso.

– Isso é muito bom – ela ronronou, fechando os olhos lentamente.

Ele queria dizer a ela que sempre a faria sentir-se bem, queria dizer que dar prazer a ela havia se tornado seu principal objetivo, mas Wulf não conseguia mais falar. Ele estava tão perto de...

Sapphire o tomou novamente, usando as mãos para acariciar a parte da ereção que não cabia dentro de sua boca. Ela chupou com uma sucção forte e gananciosa, levando-o à loucura. Com uma ferocidade surpreendente, seu orgasmo estava prestes a explodir, suas costas dobraram com força e o sêmen disparou grosso e quente dentro da boca de Sapphire. O grito que ele soltou foi alto e atormentado, seu corpo se contorceu e tremeu com a força violenta de seu clímax.

Apenas alguns momentos se passaram, mas pareciam horas até seu corpo desabar no chão, incapaz de se movimentar.

Sapphire continuou cuidando dele com gentis lambidas, limpando o líquido de seu membro enquanto ele ofegava e lutava para recuperar a sanidade.

Wulf poderia morrer ali mesmo, esparramado e atordoado no chão. Seu corpo havia respondido ao toque dela com a mesma velocidade e paixão violenta que ela própria mostrara em relação a ele. Wulf soube então, horrorizado, que ela estava mesmo certa. Apesar do orgasmo que o devastou, ele ainda a desejava. Mais do que antes. Queria puxá-la para perto, abraçá-la, envolver o corpo dela com o seu. Depois, queria fodê-la do jeito certo. Forte, fundo e demorado. Queria observar o prazer tomando conta dela, queria marcá-la. Queria ver seu rosto perdido naquele momento. Perdido dentro dele.

O amor de seu inimigo. A filha de seu maior adversário.

Ele teria que esquecer esta intimidade. Teria que esquecer Sapphire. Wulf se recusava a começar uma guerra por causa de uma concubina.

Os longos cabelos de Sapphire acariciavam suas coxas enquanto ela continuava lambendo seu pau com suaves ronronados de prazer. Ele fechou os olhos.

Não haveria outra guerra.

CAPÍTULO 5

Sapphire relaxava no divã do saguão depois do jantar, mas sua mente estava inquieta. Após estudar a planta de seu palácio com olhos treinados, ela havia deduzido todas as rotas de fuga, depois cuidou para que não funcionassem.

Havia apenas uma razão para tomar medidas tão extremas. Havia apenas uma pessoa que consideraria, ou até mesmo desejaria, fugir, e ela havia dito para ele que estava livre para ir embora quando quisesse. As ações dela eram, no mínimo, irracionais, mas não conseguia pensar direito desde que o vira pela primeira vez.

Se tivesse algum juízo, ela o mandaria embora à força. Sua presença era enlouquecedora para os dois.

Sapphire evitara falar com ele nos últimos dois dias, mas Wulf não saía de sua mente. A cada vez que pensava nele, ela se lembrava da sensação de sua boca entre as pernas e o sabor dele descendo por sua garganta. A cada vez que o ouvia falando, ela sentia o corpo vibrar com desejo. A voz dele era encorpada, sombria e autoritária. Combinava perfeitamente com ele e a deixava louca. Tudo o que precisava fazer era falar, e Sapphire se derretia por dentro.

Se fosse apenas sua linda aparência e habilidade sexual, Sapphire conseguiria resistir. Mas os olhares que a seguiam por toda a parte faziam seus joelhos tremerem. A maneira como ele movia a cabeça quando ela dava ordens, como se cada palavra que dissesse fosse da maior importância, fazia o estômago dela dar um nó. A maneira como ele apertava os punhos quando ela emergia da banheira fazia seus mamilos enrijecerem. A maneira como...

– *Permita-me sugerir, mais uma vez, que você o prenda com um anel de confinamento?* – a Guardiã disse.

– Isso não é uma opção.

– *Segundo minhas estimativas, suas precauções são inúteis. O Príncipe Wulfric conhece muito bem nossas tecnologias. Em vez de planejar como detê-lo aqui, você deveria se perguntar por que ele ainda não foi embora por vontade própria. Ele é mais do que capaz de fazer isso.*

– Eu sei. – Sapphire passara as últimas noites se revirando na cama, tentando entender por que ele permanecia no palácio. Ela não tinha a força para mandá-lo embora. E aparentemente, Wulfric não tinha o juízo ou a força para fazer isso sozinho. Em vez disso, ele esperava. Por ela.

Sempre que as estudantes das Artes Sensuais chegavam, ele se retirava para seu aposento, sendo o único dos *mästares* que não se esbaldava nos conhecimentos carnais das garotas. Sapphire sabia disso porque ela assistia, querendo saber se ele participaria, e sentindo-se aliviada quando constatava que não.

Praguejando, ela se ergueu de repente do divã e se dirigiu para o corredor.

– Guardiã, prepare a sala de hologramas. – Sapphire estava tão ansiosa para aliviar sua frustração que não percebeu o olhar esmeralda que a seguia.

– *Para onde você gostaria de ir? Fontes de Cristal? A floresta tropical de Laruvian?*

– Você baixou meus programas holográficos do palácio?

– É claro.

– Então carregue as Minas Valarianas.

Houve uma pausa antes de o computador responder.

– *Madame, eu revisei aquele programa extensivamente. Ele não possui nenhuma das salvaguardas requeridas pela maioria dos programas holográficos. Os trolls valarianos não têm restrições.*

Sapphire sorriu sombriamente.

– Eu sei.

– É perigoso – a Guardiã insistiu – *Mesmo para uma guerreira com o seu nível de treinamento.*

– Exatamente.

Wulfric estava sentado junto com os outros *mästares* e revivia em sua mente o balanço dos quadris de Sapphire quando ela se afastou, seu corpo luxuriante emanando uma violência suprimida. Ele ficou intrigado pelas repetidas referências ao treinamento de Sapphire. Um treinamento que aparentemente a ajudaria a enfrentar perigosos *trolls*. Após testemunhar sua agilidade, ele estava queimando de curiosidade sobre esse aspecto dela. A necessidade de saber o mantinha ali, preso como se estivesse acorrentado.

– Por que estou aqui? – ele se perguntou em voz alta.

– É só um palpite – Dalen respondeu – Mas acho que a sua estadia aqui é uma punição da rainha.

– Punição para quem? Para Sapphire ou para mim?

Dalen encolheu os ombros.

– Não tenho certeza. Como a rainha poderia prever a infelicidade que vocês causariam um ao outro?

Wulf riu.

– Como ela sabia que nós não iríamos matar um ao outro? – a ideia de ver Sapphire machucada o afetava profundamente. Ele era tão protetor dela quando Sapphire era dele, e isso o deixava confuso.

– Talvez essa fosse a intenção de Sua Majestade.

Wulf encarou Dalen para mostrar sua sinceridade.

– Eu nunca machucaria fisicamente a Madame. Nem mesmo para assegurar minha liberdade.

– Eu acredito em você, Vossa Alteza, mas mesmo que quisesse, você acharia muito difícil machucá-la. Ela possui um ótimo treinamento.

– Por causa de seu pai.

– Sim. O general em pessoa a treinou.

– *A Madame precisa de uma toalha na câmara de cura, Príncipe Wulfric* – a Guardiã disse de repente.

Wulf apanhou algumas toalhas no carrinho perto da porta.

– Estou a caminho.

Ao deixar o saguão, ele começou a assoviar. Neste momento em particular, ele não se importava em ser um criado. Para usar a câmara de cura, a pessoa precisava ficar nua. Ele estava prestes a ter sua primeira visão total do corpo nu de Sapphire.

Ele esperou na frente da sala até um dos guardas se aproximar e destrancar a porta. As impressões digitais de Wulf estavam banidas de todas as trancas no palácio para que ele não escapasse. Era inútil, mas ele se sentiu lisonjeado pelo esforço. De qualquer maneira, em breve iria embora. Antes, precisava de uma noite com ela. Uma noite *completa*. E então seria capaz de ir sem olhar para trás.

A porta se abriu e ele entrou. Wulf congelou quando viu Sapphire na câmara de cura. Seu corpo perfeito estava marcado com vários cortes e hematomas que rapidamente desapareciam. Ao se aproximar, ela ergueu o rosto com um olhar feroz e fez um gesto com o queixo na direção da porta dispensando-o silenciosamente.

Ele ficou parado por um momento, apertando as toalhas com força ao vê-la tão machucada. Wulf precisou forçar a si mesmo a se retirar como ordenado. A câmara de cura se abriu no momento em que ele se virou, soltando um assovio do ar pressurizado sendo libertado. Com sua visão periférica, ele enxergou Sapphire cambaleando. Com os rápidos reflexos de um guerreiro, ele deixou as toalhas caírem e girou nos calcanhares, apanhando o corpo dela antes que atingisse o chão. Ela estava inconsciente.

Carregando-a nos braços, Wulfric saiu da sala, cruzando o corredor em direção ao quarto de Sapphire. O dia estava se encerrando e o centro do pátio se banhava nas sombras que a noite trazia.

– Guardiã. – a preocupação estava evidente em sua voz – Abra a porta do aposento da Madame.

As portas se abriram quando ele se aproximou. Um guarda tentou segui-lo para dentro, mas a Guardiã não permitiu a intrusão fechando a porta com uma rapidez incomum. Wulf sorriu levemente.

– Obrigado.

– *Não há de quê.*

– Como estão os sinais vitais? – ele a deitou na cama. As cortinas se fecharam e uma simulação de luz de velas iluminou o local.

– *Os sinais vitais estão estáveis. Ela está simplesmente exausta.*

Ele se sentou ao lado de Sapphire na cama e ajeitou os cabelos negros de sua testa.

– Que diabos aconteceu com ela?

Em resposta, o computador projetou uma gravação da sala de hologramas numa parede. Ele assistiu, horrorizado, enquanto Sapphire lutava brutalmente com ao menos dez *trolls* valarianos. Eles eram chamados *trolls* por causa de sua baixa estatura, mas na verdade o tamanho deles se equiparava ao da pequena cortesã.

Wulfric ficou impressionado com as habilidades de Sapphire. Ela sabia lutar. Muito bem. Ela poderia facilmente enfrentar a maioria dos homens e neutralizou quase metade dos *trolls* antes que eles ganhassem vantagem, derrubando-a no chão. Wulf estremeceu quando ela sofreu vários chutes e golpes violentos. De repente, o holograma se apagou e Sapphire ficou caída. Tentando se levantar, ela praguejou contra a Guardiã por abortar o programa, apesar de estar claramente ferida.

E então a projeção terminou.

– Certo. – a voz de Wulf saiu cuidadosamente controlada – Explique como tudo isso aconteceu. E enquanto faz isso, mostre-me também seus dados biográficos.

– *Posso mostrar os registros públicos, Vossa Alteza.*

– Pode ser. – Wulf se ajeitou na cama, virando Sapphire gentilmente de lado e se aninhando atrás dela. Ele gostava de sentir a maciez de seu corpo e agradeceu pela oportunidade de tê-la em seus braços, apesar das circunstâncias. Enterrando o rosto na curva de seu pescoço, ele ouviu quando a Guardiã começou a falar.

– *Katie Erikson nasceu em...*

– Quem?

– *A mulher em seus braços.*

Ele sorriu.

– Continue.

Se a Guardiã pudesse usar um tom de voz presunçoso, ela usaria.

– *Seu primeiro nome é Katie. Katie Erikson. Filha do General Grave Erikson e sua esposa, Sasha.*

– Katie. – o nome deslizava por sua língua. Um nome tão delicado e feminino para uma mulher tão impetuosa. Wulf se perguntou como ela seria na infância e escutou atentamente enquanto a Guardiã falava.

Olhando sobre o ombro de Katie para a parede, Wulf estudou as cenas projetadas. Durante a hora seguinte, ele se deliciou com uma litania de suas conquistas. Viu Katie se formar na escola primária, secundária e na Escola de Artes Sensuais. Assistiu a gravações de treinamentos com seu pai e eventos reais televisionados onde ela aparecia logo atrás dos monarcas sarianos.

Wulf ficou intrigado pela deferência que o Rei Gunther mostrava à sua concubina favorita e a notoriedade que isso provocava no povo de Sari. Curioso em como isso afetava a rainha, ele assistiu atentamente a vários *replays* até reparar na hostilidade velada que Sua Majestade dirigia à rival em momentos de descuido.

Quando ele terminou de assistir a todas as gravações e a Guardiã ficou em silêncio, Wulf percebeu que tudo que acabara de aprender apenas aumentava seu apetite para descobrir a pessoa por trás daquela vida. Ele ainda não tinha ideia de quem era Katie, apenas sabia do que ela era capaz. Isso não era suficiente.

Wulfric se recusou a admitir a razão para se importar tanto. Antes, ele sempre preferia saber o mínimo possível sobre as mulheres com quem dormia. Ele mantinha distância porque mulheres carentes eram uma chateação com que ele não tinha paciência para lidar. Uma rápida transa mutuamente agradável era tudo que ele queria ou precisava.

– Wulf...

Ele tensionou ao ouvir a voz sonolenta de Katie. Ela ajeitou seu corpo no abraço dele, pressionando as costas o máximo possível em seu peito.

– Katie? – ele disse num gentil sussurro, recusando-se a chamá-la com o nome possessivo dado a ela por outro homem.

– *Ela não está acordada* – a Guardiã informou num tom de voz baixo – *E está com frio.*

Tomando cuidado para não acordá-la, Wulf puxou o cobertor sobre os dois, depois a abraçou de novo. Após alguns momentos, quando Katie parecia dormir mais profundamente, ele chamou o computador.

– Ela sempre fala enquanto dorme?

– *Se você considerar chamar o seu nome como "falar", então sim, ultimamente ela tem feito muito isso.*

Wulf não conseguiu segurar um sorriso triunfante. Era bom saber que ele não era o único tendo sonhos tórridos.

— *Ela está passando por muitas dificuldades para mantê-lo aqui.*

— Eu sei.

— *Mas seria mais lógico se você fosse embora.*

O sorriso dele desapareceu.

— Sim. Eu não deveria estar aqui.

— *Mas aqui está você.*

— Eu poderia dar mais a ela do que o rei já deu. — no momento em que disse essas palavras, ele desejou não ter dito nada. Não deveria dizer coisas assim, nem mesmo considerar.

— *A única coisa que ela queria do rei era sua independência.*

— Independência... — Wulf queria ser seu dono. Queria possuí-la. Queria comandá-la ao seu bel prazer. Ele se imaginava voltando para ela depois de um treinamento duro, suado e cheio de agressividade. Queria transar com ela daquela maneira. Sexo primitivo, áspero e cru.

Enquanto caía no sono, abraçando o amor de seu inimigo em território hostil, ele ponderou sua própria reação às coisas que aprendera. Quando Katie deslizou as pernas entre as coxas dele soltando um suspiro de prazer, ele soube que, apesar do perigo, nunca se sentira tão seguro ou relaxado na vida – simplesmente por tê-la em seus braços. Havia uma constante ansiedade dentro dele que se acalmava com a proximidade dela. Wulf nunca havia percebido que essa ansiedade existia até sentir sua ausência.

Vício. Katie era a droga que acalmava sua inquietude.

Um pensamento perigoso se solidificou em sua mente, de forma espontânea e independente: quão mais contente ele se sentiria com ela em *sua* cama, em *seu* país?

CAPÍTULO 6

— Você permitiu que ele passasse a noite em minha cama? – Sapphire perguntou, incrédula.

— *O príncipe estava preocupado com você e queria ter certeza de que você estava bem.*

— Isso não é verdade. É para isso que eu tenho você. – ela enterrou o rosto nas mãos – Maldito computador.

— *Minha principal programação é assegurar sua felicidade.*

Ela ergueu a cabeça.

— Eu deveria atualizar você por causa disso.

— *Não existe outro Guardião com mais capacidade. Sou um protótipo construído exclusivamente para servir a você.*

— Dar um acesso tão íntimo para um inimigo é perigoso!

— *No geral, eu concordaria. Entretanto, os sinais vitais do príncipe e seu comportamento me dizem outra coisa. Ele gosta de você. Ele cuidou de você na noite passada quando você não estava bem.*

— Você não entende o comportamento humano, Guardiã. – Sapphire tirou o cabelo de seu rosto – Sou valiosa para ele porque estou protegendo-o e porque me atingir significa atingir o rei e o meu pai.

— *Você não está sendo sincera.*

— E você está sendo um pé no saco.

– *Fui programada para buscar a sua felicidade, mesmo se você estiver sabotando a si mesma.*

– Vou cuidar da sua programação num minuto – Sapphire retrucou – Primeiro, diga como eu devo lidar com ele agora.

– *Ele gostou de passar a noite com você.*

– Tenho certeza que sim. Onde ele está agora?

– *Desempacotando os utensílios domésticos que acabaram de chegar.*

– Quando Sua Alteza terminar, quero que seja levado para as coordenadas que eu irei especificar. Se ele seguir as instruções que eu darei a você, ele conseguirá cruzar a fronteira sem correr riscos.

– *Devo permitir a ele se aproximar de você se quiser fazer alguma pergunta pessoalmente?*

– Não. Vou sair e ficarei fora o dia todo. Prepare meu transporte para a cidade.

– *Madame, permita-me sugerir...*

– Não. – Sapphire levantou a mão – Você já causou problemas demais. Eu posso cuidar dessa parte sozinha.

Sapphire analisou as pessoas na casa do governador com um olhar indiferente. No passado, ela gostava de eventos como esse, mas isso foi mudando com o passar dos anos. Seu valor para o rei havia criado uma barreira ao seu redor que poucos conseguiam penetrar sem despertar a ira do monarca. Ela ficou triste ao perceber que ainda se sentia solitária no meio de uma multidão. Ela estava cansada de estar sozinha, e exausta por usar uma fachada tão cuidadosamente ensaiada que ninguém conseguisse enxergar a mulher debaixo da superfície.

Dignitários, empresários ricos, até mesmo o governador em pessoa conversaram com ela sobre sair da aposentadoria. As quantias de dinheiro oferecidas por seus serviços eram impressionantes, mas ela não se sentia nem um pouco lisonjeada. A carreira de concubina era uma posição respeitada que requeria anos de treinamento e dedicação. Dependendo de como escolhesse os contratos, ela poderia conquistar muito poder e privilégio. Não havia dúvida na cabeça de ninguém que

Sapphire estava no auge de sua forma, mas ela não encontrava satisfação em ser famosa. Não agora que sabia como era receber as atenções de um amante dedicado e atencioso.

— Você parece entediada.

Ela se virou com um sorriso ao ouvir a voz de seu pai.

— Eu não sabia que você estava na cidade!

— Cheguei hoje de manhã. — Grave Erikson estava elegante em seu uniforme militar, um casaco azul-escuro e calças esguias — Fui até sua casa e a Guardiã disse que eu poderia encontrá-la aqui.

— Você está aqui para negócios ou apenas visitando?

— Os dois. Você queria se manter informada sobre o desaparecimento do Príncipe Wulfric. Ou já perdeu o interesse?

— Não. — o coração dela disparou — O que você descobriu?

— Na verdade, não descobri muita coisa, mas era uma boa desculpa para visitá-la.

— Papai! — Sapphire riu. Ela adorava seu pai e suas muitas facetas. Ele era forte e poderoso, mas infinitamente carinhoso e abençoado com a habilidade de encontrar o lado bom de qualquer coisa.

— Vamos caminhar pelo conservatório do governador e eu direi o pouco que descobri.

Ele ofereceu o braço, depois a conduziu pela multidão. As pessoas abriam caminho imediatamente para seu venerado herói de guerra e sua igualmente famosa filha.

— Ainda não descobri para onde o príncipe foi levado depois de sua venda.

— Você já descobriu quem contratou os mercenários que o atacaram?

— Não. Eu encontrei o mediador, mas ele se comunica apenas com um link sem vídeo. — Grave olhou para ela — Eu achava que o príncipe havia sido atacado numa tentativa de assassinato ou para servir de resgate, mas aparentemente esse não foi o caso. Ele seria entregue para alguém aqui em Sari. A tortura foi apenas diversão dos mercenários.

Aqueles malditos, quase o mataram. A lembrança dos horríveis machucados de Wulfric ficaria para sempre marcada na mente de Sapphire. Ter conseguido manter seu orgulho e postura após um abuso daqueles era um testamento de sua determinação. Sua vontade de sobreviver era forte e admirável.

Sofrendo ao saber que ele já não estaria mais lá quando ela voltasse para casa, Sapphire tentou afastá-lo de sua mente. O único contato futuro que teria com ele seria através do noticiário. Olhe, mas não toque nem cobice. Durante o breve tempo em que o conhecera, ele se tornara um espectro sempre presente em seus pensamentos. O corpo dela possuía uma ligação profunda com o dele. Wulf precisava apenas olhar e Sapphire se excitava. Ela sabia que ele estava pensando em todas as maneiras que poderia dar prazer a ela, algo completamente diferente da expectativa que o rei tinha sobre como ela deveria agradá-lo.

Ela sentiria saudade de Wulf, mas mantê-lo no palácio não era uma opção.

— Quem em Sari teria interesse em comprar Wulfric? — ela se perguntou em voz alta.

— Então agora você o chama de *Wulfric*?

Ela ignorou a pergunta intencionalmente, mantendo o rosto sem expressão alguma.

— Estou tão intrigada quanto você. Eu gostaria de me juntar à sua investigação.

Grave riu.

— A aposentadoria já está deixando você inquieta?

— Estive inquieta nos últimos anos. Agora estou pronta para mudar e ter um pouco de agitação.

Ele apanhou sua mão e apertou.

— Bom, eu adoraria ter você por perto. Que tal começarmos no Primeiro dia?

— Por que não começamos hoje à noite? — a ideia de voltar para casa e não encontrar Wulf era deprimente. A companhia de seu pai seria uma boa distração — Você vai dormir na minha casa, não é mesmo? Podemos passar a noite bebendo.

Ele sacudiu a cabeça com pesar.

— Eu gostaria de poder ficar, mas o rei fará uma aparição à noite. Desde que você foi embora, ele passa mais tempo longe do palácio. Agora que as pessoas já sabem que estou na cidade, terei que ficar em meu aposento ou ele me usará como desculpa para visitá-la. Considerando o humor dele ultimamente, acho que isso não seria uma boa ideia.

— Pobre papai. — erguendo-se na ponta dos pés, Sapphire beijou seu rosto — Vou embora antes que ele apareça. Conversaremos mais no Primeiro dia.

— Estarei lá logo cedo, minha querida.

— Eu te amo.

Apesar da multidão ao redor, ele a puxou para perto e abraçou com força.

— Eu também te amo.

Já passava da meia-noite quando Sapphire voltou para casa. O interior estava pouco iluminado e quieto, com a maioria dos *mästares* dormindo ou fora de casa, como ela havia sugerido. Ela foi direto para seu quarto, passando rapidamente pela porta que se fechou atrás dela.

— Deixe as luzes apagadas — ela disse, quando o computador não acendeu as luzes imediatamente.

Treinada para se mover confortavelmente no escuro, Sapphire avançou com facilidade pelo espaço, guardando suas joias na penteadeira antes de tirar a roupa. O vestido se acumulou no chão e ela o chutou para longe antes de se dirigir para o conforto de sua cama.

Estava quase lá quando o farfalhar de tecido a fez congelar. Parada no meio do caminho, ela esperou, alerta e desconfiada.

— Suas roupas cheiram à colônia masculina. — a voz grave de Wulf retumbou pelo espaço entre os dois.

Ele estava diretamente atrás dela. Se não estivesse distraída pela melancolia, ela teria detectado sua presença antes. A fúria dele irradiava como uma onda de calor.

Sapphire se afastou silenciosamente, sabendo que quando falasse, ele poderia localizá-la.

— Você não deveria estar aqui — ela sussurrou.

— Ainda temos contas para acertar. — seu tom de voz era gelado e veio de um local diferente do quarto.

Ele a estava circulando.

Sapphire se moveu em direção à cama, com o objetivo de colocar o enorme móvel entre eles.

– Não temos nada.

Wulf avançou por trás dela, agarrando-a e girando o corpo antes que atingissem a cama para absorver o impacto. Surpresa com o ataque, ela foi facilmente dominada. Ele rolou sobre ela, prendendo seus braços acima da cabeça e o corpo debaixo do seu.

– Guardiã! – Ela arqueou para cima, tentando deslocá-lo.

Não houve resposta. O único som no quarto era a respiração entre-cortada dos dois.

– O computador não pode ajudar você – Wulf murmurou – Eu desativei o alarme e o controle deste quarto. Ela não pode pedir ajuda e ninguém pode entrar aqui.

– Ela vai encontrar um jeito de avisar os guardas.

– Eu acho que não. Ela gosta de mim. Quem você acha que me deixou entrar aqui?

Sapphire se recusava a acreditar nele, lutando para se soltar até que percebeu que ele estava tão nu quanto ela. Enquanto os minutos passa-vam sem nenhum sinal da Guardiã, ela gemeu. A pele de Wulf pegava fogo em contato com ela, seu membro grosso e duro pressionava contra sua coxa.

– Solte-me.

– Com quem você está se encontrando?

– Isso não é da sua conta. – ela aumentou o esforço para se livrar.

Prendendo seus dois pulsos com uma das mãos, Wulf alcançou entre as pernas dela com a outra. Sua barriga tensionou quando ele a abriu e tocou entre os lábios de seu sexo. Ele baixou a testa contra a dela e exalou o ar com força.

A tensão sumiu do corpo dele e Wulf relaxou sobre ela.

– Você está intocada.

– Você está louco.

Ele continuou provocando-a com os dedos. Sapphire sentiu as veias queimarem com seu toque, mas a raiva queimava com mais força.

– Você vai se arrepender disso – ela gritou.

Ele beijava suavemente sobre os olhos dela.

– Sinto muito por tê-la assustado.

– Você não pode fazer isso, Wulf. *Nós* não podemos.

Os lábios dele continuaram a se mover com muita leveza sobre o rosto de Sapphire.

– Você tem ideia do que passei nas últimas horas esperando por você? – ele lambeu o canto da boca – Ou será que você sabe? Talvez sentiu a mesma coisa sempre que as estudantes nos visitavam?

– Você não pode ser tão vaidoso assim.

– Você ficou assistindo para saber se eu levaria alguma delas para a cama – ele ronronou, passando os lábios pelo queixo tenso dela.

– Eu não fiz isso.

– Sim. – sua voz aveludada a envolvia no meio da escuridão – Fez, sim.

Passando a língua em sua orelha, Wulf causou um estremecimento em Sapphire. O corpo dela a denunciava ao se derreter nas mãos dele. Wulf rosnou suavemente e acariciou a maciez do desejo dela até chegar ao clitóris, onde esfregou com uma pressão perfeita. Ela gemeu, com os sentidos inundados com o aroma da pele dele. Wulf era tão quente. Um macho completamente excitado e determinado. E ele estava habilmente provocando a excitação dela para se igualar a ele.

– Eu esperei por você – ele sussurrou – Eu estava pronto para matar, pensando que você tivesse ido procurar prazer com outra pessoa.

– Por que eu buscaria sexo lá fora? Eu tenho treze homens viris aqui. – ela deliberadamente o deixou de fora do total.

Wulf abriu as pernas dela ainda mais. Dois dedos a penetraram, mergulhando fundo num único movimento audacioso, contradizendo-a sem dizer nenhuma palavra.

– Com quem você foi se encontrar?

– O-o quê...? – ela não conseguia pensar.

Ele riu e ela podia imaginar a aparência convencida em seu belo rosto. Aquele homem era arrogante demais; um traço que a excitava. Ela queria ficar brava com ele, e não encharcando sua mão.

– Por que você não foi embora? – ela perguntou com um gemido torturado enquanto ele penetrava com movimentos rítmicos. Sapphire podia ouvir o quanto estava molhada e sabia que isso o deixava louco. Seu pau enrijeceu ainda mais e pulsava insistentemente contra a coxa dela.

– Eu não vou embora enquanto não possuir você, Katie. Não posso ir embora.

O som de seu nome saindo dos lábios de Wulf a comoveu profundamente, fazendo uma lágrima se derramar e descer por seu rosto.

Wulf deslizou um terceiro dedo, esticando-a para que o recebesse, massageando suas paredes internas com uma habilidade carinhosa. A boca dele beijou os seios, abrindo os lábios para sugar um mamilo enrijecido e seu pequeno anel.

— Pare. — ela se contorcia debaixo do ataque implacável de sua língua. Ele provocava o mamilo, mordendo levemente antes de sugar com longas puxadas.

Wulf falou contra sua pele.

— Eu não pararia agora nem mesmo se todo o exército sariano batesse naquela porta.

Sapphire gemeu, seduzida por seu desejo por ele.

— Então se apresse. Acabe logo com isso.

A risada que Wulf soltou foi um rico som triunfante que ecoou na escuridão.

— Não vou me apressar. Eu quero que você se entregue completamente.

— Não temos tempo.

— Aja como se tivéssemos.

— Por uma noite?

— Por esta noite. Depois, irei embora.

Sapphire fechou os olhos.

— Está bem.

Ele soltou suas mãos e tirou o peso de cima dela. Aproveitando a liberdade, ela rolou para fora da cama e correu para a janela. Um lampejo se transformou na luz fraca de uma vela de verdade. Ela piscou, ajustando os olhos para súbita iluminação.

— Onde você conseguiu isso? — ela perguntou, surpresa.

Wulf sorriu, e Sapphire perdeu o fôlego novamente.

— Com o Dalen. Ele diz que as mulheres acham as velas de verdade excitantes. Você concorda?

Ele permaneceu dentro do círculo de luz dourada, magnífico em sua nudez. Wulf estava corado e duro como pedra, seu olhar era sombrio e possessivo. Ele não tinha direito algum de olhar para ela dessa maneira, mas Sapphire não conseguia deixar de gostar.

— Eu arrisquei minha vida para mantê-lo aqui – ela disse.

— Eu arrisquei a minha ao ficar. – ele a olhou de cima a baixo – Você é linda demais.

A voz de Wulf ficou ainda mais grave e seu membro pulsou ainda mais ereto.

— Adoro a maneira como você me força a lutar por você a cada passo do caminho.

— Amanhã, você precisa ir embora.

— Não quero pensar sobre o amanhã. – ele se aproximou.

— Nós temos que pensar. Faltam apenas algumas horas.

Ele ergueu a mão para ela.

— Então, não percamos mais tempo.

— Você não está levando isto a sério.

— Eu negligenciei minhas responsabilidades com meu povo para ficar com você – ele retrucou – Alguém tentou me matar, e com o passar dos dias, as pistas dos assassinos esfriam cada vez mais. Eu levo, sim, isto muito a sério. Eu não *quero* desejar você. Mas você me deu vida quando eu estava rezando pela morte e você me fez querer isto.

Ela deu um passo em sua direção, atraída pela honestidade e paixão de suas palavras.

Wulf a alcançou e envolveu os braços ao redor de Sapphire, erguendo seu corpo do chão. Ele a beijou com um ardor que rompeu qualquer resistência que ainda restava nela.

Sapphire o abraçou e o puxou para mais perto. Ela passava a mão pelos músculos em suas costas, arranhando a pele sedosa. O gemido dele retumbou contra os lábios dela, e antes que pudesse registrar o movimento, ele a jogou na cama e a prendeu com o peso de seu corpo. Agarrando seu traseiro, Sapphire o puxou para aninhá-lo entre as coxas.

Apesar de seu desejo, Sapphire queria chorar. Emergindo entre o calor que tomava sua mente, a razão apareceu e exigiu sua atenção. Ela pensou em seu rei, seu pai, sua liberdade: estava dividida entre a lealdade e a realização de uma fantasia que nunca soubera que possuía.

Girando o corpo, ela subiu por cima de Wulf sem desfazer o contato do beijo. Ele estendeu as mãos para tocá-la, mas ela o impediu, entrelaçando seus dedos e prendendo-os sobre o colchão.

– Deixe-me tocá-la – ele disse com a voz rouca.

– Não. – ela se esforçou para exibir um sorriso sedutor. Sapphire precisava do controle, não apenas de si mesma, mas desse encontro. Ela ganhava a vida saciando desejos carnais. Se fosse capaz de se concentrar na mecânica, talvez pudesse reduzir essa explosão de emoções para algo controlável. – Você queria que eu me entregasse a você.

Os lábios dela se moveram sobre o rosto dele. Sapphire beijou suas sobrancelhas e pálpebras, depois beijou a ponta do nariz e o queixo. Quando mordiscou a garganta, ela sentiu a ereção dele pulsar entre as pernas. Ela então esfregou seu sexo molhado sobre a extensão macia até ele gemer, depois ela parou, provocando-o com o calor úmido de seu desejo.

– Não brinque comigo. – ele rosnou – Já esperei demais.

Sapphire se ergueu lentamente, inclinando-se sobre ele até os seios tocarem seu peito. Depois ela deslizou para baixo até a grande cabeça do pau dele encostar na entrada do corpo dela. Ao sentir o toque, ela estremeceu. Ele era grande, quente e duro.

Lentamente, ela pressionou para baixo, tomando o primeiro centímetro com um suspiro agudo. Impaciente, ele impulsionou para cima e ela ofegou quando recebeu de repente mais da ereção.

Wulf congelou.

– Estou machucando você? – sua voz estava repleta de luxúria – Você é tão apertada. Quero foder até me encaixar em você como uma luva.

Ela desceu mais sobre ele, mordendo os lábios para não gritar quando ele começou a penetrar insistentemente. A sensação de ser esticada até o limite trouxe seu foco de volta, lembrando-a de que isto deveria ser apenas sexual. Físico. Nada mais.

Ele praguejou.

– Relaxe. Deixe-me entrar.

Sapphire soltou as mãos dele, endireitou as costas e fechou os olhos. E então ela se entregou, deixando que ele a posicionasse, movimentando-a até entrar o mais fundo que conseguia.

Um gemido desesperado escapou dela, depois outro. Wulf respirava com força entre os dentes cerrados.

– Sim – ele rosnou, agarrando os quadris dela, movendo-a para cima e para baixo em seu pau – Isso... continue assim, Katie... continue gemendo para mim...

A crueza de suas palavras a deixava ainda mais molhada, e a cavalgada ficou mais fácil. Ela se concentrou no balanço e na própria respiração, encontrando o ritmo dele e igualando-o. Movimento por movimento. Ele aumentou a velocidade, girando os quadris e estocando alto e forte. A respiração dos dois se tornou mais difícil, a necessidade mais urgente. Ela também acelerou, entrando numa estonteante cadência erótica.

– Olhe para mim.

Sapphire deixou a cabeça cair para trás e fechou os olhos com força.

Os dedos nas coxas dela apertaram dolorosamente, parando seus movimentos.

– Você está *trabalhando*? – ele rosnou.

Rápido como um relâmpago, Wulf a jogou para o lado e a prendeu debaixo de seu corpo, penetrando até a base. Ela ofegou, surpreendida e abrindo os olhos de repente.

– Achou que eu não iria perceber? – ele fechou o punho ao redor dos longos cabelos dela, arqueando o pescoço até sua ardente boca – Quando todas as partes do meu corpo estão concentradas em você, pensou que eu não notaria sua resistência em se entregar de verdade? Sexo é sexo. Posso conseguir em qualquer lugar. Mas é *você* que eu quero. Você por inteiro. Esse era o acordo.

– Você está recebendo o que queria.

– Ainda não. Mas irei receber. – Wulf começou a penetrar com longos e profundos movimentos – Posso fazer isto a noite toda... até você me dar aquilo que eu quero.

Ela tentou se fechar em si mesma, mas ele não permitia, penetrando forte e rápido, quebrando a concentração que ela precisava para separar mente e corpo. Sapphire entrou em pânico, ofegando asperamente, o coração disparando até ela sentir tonturas. Lutando para se libertar, ela se encontrava presa pelos cabelos e as estocadas de Wulf.

Ele não conseguiria durar muito mais. Não dessa maneira.

Tentando respirar como um nadador submerso por tempo demais, Sapphire mudou de tática, separando as coxas ainda mais para que ele pudesse entrar mais fundo. Sua pele estava lisa por causa do suor, os pulmões lutando por ar. Ele se ergueu sobre ela e a encarou fixamente.

Com um lento e sedutor sorriso, ele atingiu o fundo dela e começou a esfregar.

— Ah, não, Katie. Não vou gozar assim tão fácil.

Wulf se retirou, puxando seu pau de dentro dela para depois penetrar novamente. O movimento deliberado a queimou por dentro, aquecendo sua pele e causando um nó em seu estômago.

— Isso é muito bom, não é? — sua voz tinha um tom profundamente sexual — Adoro a maneira como você me aperta. Você é tão macia e lisa. Eu quero gozar mais do que quero respirar. Mas posso esperar.

— Não espere.

— Sim. — Wulf continuou com a lenta e sedutora penetração, observando atentamente o rosto de Sapphire, estudando as reações e repetindo os movimentos que a deixavam louca.

Ela não tinha defesa contra aquela investida sexual. Seu corpo se ajustou ao dele, depois o recebeu com ardor. Sapphire nunca sentira tanto prazer. O membro de Wulf preenchia cada centímetro como se fosse feito especialmente para ela. Ele balançou os quadris e ela não conseguiu segurar um gemido. A fricção era irresistível e a impelia a trabalhar junto com ele. Enquanto ela se acabava debaixo de seu corpo, Wulf moveu as mãos sobre ela de um jeito gentil e tranquilizador.

— Shh... — ele a puxou para mais perto — Não lute contra isso. Deixe que aconteça.

— Wulf...

— Está sentindo até onde você consegue me receber? — seu tom de voz era reverente e carinhoso — Percebe o quanto nos encaixamos perfeitamente? Você foi feita para mim, Katie.

Era impossível tentar se concentrar em outra coisa. Se ele se focasse apenas no sexo, então ela também conseguiria. Mas ele fazia do sexo uma parte de algo maior e Sapphire não era forte o bastante para resistir a essa conexão.

Segurando um seio com a mão livre, ele o apertou, depois o ergueu para que recebesse a atenção de sua boca. O calor molhado de sua respiração queimou através do mamilo enrijecido.

— Quando você estiver na minha cama, estas joias serão de talgorite.

A joia real de D'Ashier.

— Apenas uma noite — ela insistiu, ficando tensa com a expectativa de seu orgasmo iminente e erguendo os quadris ansiosamente para recebê-lo.

A voz dele saiu arrastada com desejo.

— Você é minha desde o momento em que nos vimos pela primeira vez. Quando estiver deitada em minha cama, no *meu* palácio, e eu estiver dentro de você, então saberá que me pertence completamente.

A possessividade de Wulf a envolveu da mesma maneira que seu corpo fazia.

— Maldito seja, Wulf. Você não pode...

Ele aumentou o ritmo.

— Você está tão molhada... tão quente... Eu sou o último homem que irá tocar em você.

Sapphire gemeu, focada apenas na tensão que se acumulava em seu corpo. Todas as suas habilidades e treinamento sumiram de sua mente. Ela podia apenas sentir Wulfric se movendo dentro dela, por cima dela, tão lindo que roubava seu fôlego e razão. Ela arqueou as costas, pressionando-se contra ele.

— Por favor...

Soltando seus cabelos, ele se ergueu sobre ela, jogando os braços debaixo das pernas dela e abrindo-a completamente para suas estocadas possessivas.

— Isso mesmo, Katie. Não se segure...

Wulf penetrou fundo. Foi quase doloroso, mas não exatamente. Ele possuía muita habilidade e sabia onde ela era mais sensível. Ele esfregava a cabeça do pau várias vezes sobre esse ponto, enlouquecendo-a de propósito.

O suor pingava sobre ela, marcando-a com a essência dele. Wulf soltou um grave rosnado, como um som animal de puro prazer. Ela agarrou seu traseiro, cravando as unhas na carne rígida, completamente consumida por uma luxúria tão feroz que a assustava.

Ela dobrou as costas até o limite quando seu clímax a atingiu. Seu sexo convulsionava ao redor dele, ordenhando seu pau. Ele a manteve presa com o olhar, observando-a gozar com uma tangível satisfação masculina, inundando seu corpo ganancioso com violentos jatos de sêmen quente.

— Katie — ele ofegou — Katie...

Estremecendo, ele a envolveu com os braços e enterrou o rosto em seu pescoço.

Quando Wulf se retirou do corpo de Katie, ela soltou um gemido agudo em seu sono. Ele entendia a sensação de perda que ela sentiu, pois ele próprio se sentia da mesma maneira. Wulf achava essa resposta perturbadora. Ele nunca sentira vontade de permanecer dentro de uma mulher depois de saciar sua necessidade física. Que razão teria para isso?

Com Katie, a razão era simples – era uma demonstração inequívoca de posse. Ela não poderia pertencer a mais ninguém quando seu corpo estava dentro dela.

Frustrado pelos resquícios emocionais do encontro, Wulf se levantou com a intenção de reativar a Guardiã, mas suas pernas fraquejaram. Ela drenara sua energia e a vontade de ir embora. Nunca experimentara um orgasmo tão forte na vida.

Wulf olhou para ela agora, ainda esparramada de costas na cama, dormindo profundamente. Impaciente, ele esperou a força voltar para seu corpo para que pudesse se vestir e retornar à sua vida em D'Ashier.

Ela se virou, aconchegando-se de lado, inconscientemente buscando o calor de Wulf. Sua pele bronzeada estava corada, os cabelos espalhados ao redor. Ela suspirou seu nome.

– Katie. – sem pensar, ele estendeu a mão na direção dela.

Mesmo agora, ele a queria. Queria abraçá-la e compartilhar o calor que ela estava buscando.

Fechando a mão estendida num punho, Wulf se abaixou e apanhou a bermuda. Ele a vestiu e amarrou o cordão, e se recusou a olhar para a cama quando tocou o brasão em seu anel. Instantaneamente, ele se transportou para seu palácio em D'Ashier.

Seus olhos queimaram, mas ele disse a si mesmo que era por causa da exaustão e do alívio de voltar para casa.

CAPÍTULO 7

Sapphire acordou e levou a mão acima da cabeça, esticando as pernas e espreguiçando o corpo inteiro. Ela estremeceu ao sentir as dores que se espalhavam por toda parte, mas sua boca se curvou num sorriso felino. Wulf fora um amante dominador, mas seu toque era tão gentil, sua concentração tão totalmente focada no prazer dela, que Sapphire podia apenas sentir uma grande satisfação pela experiência.

Virando a cabeça para o lado, ela esperava encontrar Wulf, mas ele não estava lá. Franzindo as sobrancelhas, Sapphire levantou a cabeça para olhar entre as sombras do quarto.

— Guardiã?

— *Sim, Madame.*

— Que bom que você voltou. Abra as cortinas. — o veludo dourado se abriu, deixando a luz do sol invadir o quarto. Ela piscou, apressando seus olhos a se acostumarem com a luminosidade.

— Wulf?

Ninguém respondeu.

— *Sua Majestade já não está mais aqui.*

Wulf havia partido, assim como prometera.

Sapphire jogou as pernas para o lado da cama e parou um momento para organizar seus pensamentos. Ela teria que relegar Wulf a um canto distante de sua memória. Eles compartilharam um momento roubado e mergulharam em prazeres temporários. Agora, era hora de seguir em frente.

Ela percebeu que era mais fácil falar do que fazer quando seus olhos começaram a arder. Segurando na beira da cama, ela desceu os pés lentamente até o chão. O aperto em seu peito dificultava a respiração, e ela forçou a si mesma a respirar e exalar profundamente.

– *Você gostaria que eu chamasse um* mästare?

– Não. Estou bem.

Um momento depois as portas do quarto se abriram. Rapidamente se acostumando com um computador que fazia o que bem entendia, Sapphire estendeu o braço para apanhar um lençol para se cobrir.

– Eu disse que não...

– Bom dia, dorminhoca.

Ela parou ao ouvir aquela voz dominadora e familiar, e imediatamente olhou para o homem que preenchia a porta.

O sorriso de Wulf enfraqueceu seus joelhos.

– Eu pretendia servir café na cama para você.

Um alívio inundou seu corpo e Sapphire desabou no chão.

Num instante, Wulf estava ajoelhado na sua frente, erguendo o queixo dela com dedos gentis.

– Você está chorando?

Ela sacudiu a cabeça violentamente e esfregou os olhos.

O sorriso dele se tornou malicioso.

– Você sentiu minha falta.

– Você não sumiu por tempo o bastante para eu sentir sua falta.

Pegando-a no colo, ele a envolveu no robe de seda que esperava sobre a penteadeira e se dirigiu para o pátio enquanto a carregava.

– Mentirosa.

– Cretino arrogante.

– Ah, Katie, eu adoro o jeito como você fala comigo.

– Isso é porque você está acostumado às mulheres puxando o seu...

Ele a interrompeu com um rápido e forte beijo.

Virando-se, ela enterrou o rosto no pescoço dele para esconder um sorriso e sentiu o cheiro de sua pele.

– Você quebrou sua promessa.

– Eu disse que iria embora hoje e eu vou, mas o dia ainda é uma criança. Ainda temos várias horas juntos. – ele acariciou seu cabelo com o rosto – Agora, abra a porta.

Ela ergueu a cabeça e percebeu que eles estavam em frente à sala de cura. A tranca se abriu com um gesto de sua mão.

– Por que estamos aqui?

O olhar esmeralda de Wulf queimava com intensidade; o tom íntimo de sua voz era ainda mais quente.

– Porque você deve estar dolorida por causa da noite passada.

Quando ele a colocou no chão, um rubor tomou conta de seu rosto. Sapphire, a cortesã mais famosa de Sari, estava corando. Era um sinal claro do quanto o sexo fora íntimo entre eles.

Sapphire se sentia como uma nova mulher quando saiu da câmara de cura momentos depois. Wulfric esperava com a mão estendida, e quando ela a aceitou, ele a conduziu para fora no pátio.

– Vamos tomar banho juntos – ele sugeriu quando passaram pela piscina aquecida – Depois, vamos passar o resto do dia na cama.

– Você está tentando fazer com que nossa separação seja a mais difícil possível? – ela desceu os degraus e mergulhou na água quente e fumegante.

Ele tocou no cordão da bermuda.

– Vai ser difícil para você?

Sapphire estava contemplando a melhor resposta quando Dalen entrou correndo pelo pátio, surpreendendo os dois. Sem dizer uma palavra, ele agarrou o braço de Wulfric e começou a arrastá-lo para fora.

– O que você está fazendo? – Wulf perguntou, permanecendo no lugar.

– Venha, Vossa Majestade. – o rosto de Dalen estava sério – Precisamos escondê-lo. Agora!

– *Madame. Perdoe-me* – a Guardiã disse num tom de voz baixo.

Instantaneamente apreensiva, Sapphire olhou para Wulf.

– Vá. Esconda-se.

A ansiedade em sua voz impeliu Wulf a se mexer. Ele permitiu que Dalen o puxasse para trás de um espesso pedaço de vegetação. Depois, Dalen girou e correu alguns metros até se ajoelhar perto da piscina.

Movendo-se por instinto, Sapphire saiu da piscina e se dobrou em reverência. Havia apenas duas pessoas para quem pagaria tal respeito. E nenhuma delas era alguém que gostaria de encontrar.

Não agora.

– *Karisette*.

Os olhos dela se fecharam com força ao ouvir a voz do rei.

– Eu disse para sua Guardiã manter minha visita como uma surpresa. Eu sabia que você ficaria tão feliz em me ver quanto eu fico por encontrá-la. Levante-se. Senti saudades.

Perplexa, ela se levantou e olhou em seus olhos.

– Bem-vindo, meu rei.

Wulf observava através de grandes folhas de samambaia enquanto o Rei de Sari se aproximava de Katie com os olhos cheios de cobiça. Duas dúzias de guardas reais entraram atrás do monarca e se espalharam formando um círculo ao redor do átrio; seus uniformes azuis eram enfeitados com fios de ouro que brilhavam debaixo da luz do sol.

Os seis guardas reais que viviam com Katie usavam fios prateados – aparentemente, eram guardas da rainha. Uma informação interessante.

Ao assistir Katie ser abraçada pelo rei, uma fúria ciumenta tomou conta do seu corpo. Mais cedo naquela manhã, quando retornara para seu próprio palácio, Wulf pretendia nunca mais vê-la. Mas a ideia de ela nua na cama, com sua pele com o cheiro do suor dele e corada de paixão, era irresistível. Apenas mais algumas horas, ele pensara. Mais um pouco de tempo com ela aliviaria a força de seu desejo.

Agora, ao vê-la com seu antigo amante e queimando de ciúmes, Wulf soube que havia se iludido. Ele não poderia deixá-la nas mãos de outro homem. Não quando seria tão fácil tomá-la para si, declarar sua posse irrevogável sobre ela e deixá-la por perto sempre que sentisse necessidade de tocá-la.

Ele fora sincero quando disse para a Guardiã que poderia dar a Katie mais do que o rei podia – na cama e fora dela. Nada lhe faltaria como sua concubina e ela voltaria para a posição que perdera recentemente, uma posição para qual fora treinada durante anos. É claro, havia a questão da logística e os laços de família... Mas ele também se beneficiaria nesse ponto.

A voz rouca de Katie flutuou até onde ele estava, e Wulf fechou os punhos. Suas lindas curvas estavam à mostra para o olhar voraz do rei. Independente da quantidade de guardas ao redor dela, Wulf estava perigosamente com vontade de pular e cobrir seu corpo, impedindo que qualquer pessoa a olhasse.

— Meu rei, o que o traz aqui? — ela perguntou.

— Meu coração. — o monarca se ajoelhou e envolveu os braços ao redor da cintura de Katie, mergulhando o rosto em sua barriga como se ela fosse a realeza e ele o criado.

A reação de Wulf àquela visão não foi o que ele esperava. Em vez de enxergar o afeto do rei como uma vulnerabilidade, ele via como uma ameaça.

Os dedos de Katie passearam pelos cabelos dourados do rei. Ela falou tão suavemente que Wulf não conseguiu escutar o que dizia.

O rei a puxou para baixo e, quando ela se ajoelhou, o monarca a deitou de costas e subiu por cima dela.

Wulf deu um salto para frente, mas uma mão desesperada o agarrou.

Ele esteve tão focado naquela cena que não notou Dalen se movendo discretamente atrás dele. Os guardas também estavam atentos ao drama que se desenrolava.

O *mästare* sacudiu a cabeça e sussurrou:

— *Eles irão matá-lo.*

Mesmo assim, Wulf estava preparado para correr o risco, mas foi surpreendido pelo grito indignado de Katie.

O rei, igualmente surpreso, foi facilmente jogado para longe dela.

— O senhor deve voltar para a sua rainha agora, Vossa Majestade. — levantando-se, Katie se afastou com os braços protegendo o corpo nu.

— Você acha que eu não tentei? — ele se levantou num farfalhar de veludo azul e frustração efervescente — Tentei de tudo: escuro total, seu perfume e óleos de banho, afrodisíacos. Nada funcionou. Ela não tem paixão, não tem fogo e não me excita de jeito nenhum. — Ele ergueu a mão suplicante para ela — É *você* quem eu desejo.

A rigidez nos ombros dela suavizou.

— Sinto muito.

— Venha para mim — o rei ordenou.

Ela sacudiu a cabeça.

– Eu sou o rei.

– E possui um dever para com seu povo.

– E quanto ao seu dever para mim? Eu amei você com exclusividade nos últimos cinco anos. Você pertence a mim, Sapphire.

– O senhor tinha um contrato comigo. Nunca foi meu dono.

O rei cerrou o olhar.

– Nosso contrato foi anulado. Você deve voltar para mim por livre e espontânea vontade. Agora, venha.

– Não.

– Você ousa me *negar*?

– Sim – Katie disse simplesmente.

– Você me ama – ele afirmou –, você está brava comigo por tê-la colocado de lado.

– Como eu poderia amá-lo, meu rei? O senhor pertence a uma mulher e está apaixonado por outra, e eu não sou nenhuma dessas duas.

– O que aconteceu entre nós nunca irá terminar. – o rei começou a andar em círculos com passos poderosos e agitados – Se for preciso cortejá-la novamente, então farei isso. Se for preciso convencê-la – o rei apontou o dedo para ela –, eu farei isso. Farei o que for preciso, Sapphire.

Katie baixou a cabeça numa elegante demonstração de que havia entendido a ameaça.

– Faça como quiser, Vossa Majestade.

Ele a encarou por um longo tempo, depois girou e se retirou com pressa, seguido pelos guardas em fila atrás dele.

Um momento depois, a Guardiã anunciou:

– *Vossa Majestade já partiu, Madame.*

Dalen soltou Wulf ao mesmo tempo em que Katie desabou no chão.

Wulf se aproximou dela.

– Se você não tivesse interrompido aquilo, eu teria.

Abaixando-se ao seu lado, ele tentou puxá-la para seus braços, mas ela recusou. Ele franziu as sobrancelhas.

– Não tenha medo. Ninguém irá levá-la contra sua vontade.

Ela não olhou para ele enquanto falava.

— Vá para casa, Vossa Alteza. A Guardiã possui a informação que você precisa para cruzar a fronteira com segurança e ela arranjará um transporte.

Wulf a puxou com força.

— Fale comigo.

— Não estou mais com vontade de levá-lo para cama — ela disse em uma voz sem inflexão. — É melhor você ir.

Ele ficou tenso e insultado.

— Não me castigue por causa dos erros de outro homem.

Katie abriu a boca para argumentar, mas ele a beijou antes, agarrando-a pelos cotovelos e levantando-a.

Por momentos intermináveis, ela ficou parada em seus braços, com lábios imóveis debaixo da boca dele. Wulf mudou de tática, revelando sua necessidade em lambidas suaves e deliberadas. Pequenos gemidos retumbavam de sua garganta. Ele esfregou seu peito peludo contra a maciez dos seios dela até os mamilos enrijecerem e implorarem por seu toque. Ele obedeceu, levantando uma das mãos para segurar o seio tenro, usando o polegar e o indicador para puxar e beliscar do jeito que ela gostava.

Katie se rendeu. Ela abriu a boca para ele com um gemido faminto, compartilhando uma paixão tão potente que escravizava reis e príncipes igualmente. A língua de Wulf penetrou sua boca e digladiou com a dela.

As mãos dele agarraram o traseiro dela e a puxaram para seu colo. Ela gemeu. Ele separou suas bocas, pressionou-a no chão e se posicionou entre suas coxas abertas.

Wulf olhou para o rosto corado e os olhos tristes de Katie e perguntou:

— Como você pode me mandar embora depois da noite passada?

— Você age como se houvesse escolha, como se existisse uma opção para que nós ficássemos juntos. Você sabe que não existe.

— Eu sei que quero mais. E você também quer. — ele chupou e mordeu a extensão de sua garganta. Rolando os quadris, ele impulsionou sua ereção entre os lábios úmidos do sexo dela.

Wulf não queria que ela pensasse em nada naquele momento. *Ele* não queria pensar em nada. Era impossível querer tanto algo assim e não ter.

— O tempo em que poderíamos ter nos separado já passou, Katie.

— Você desistiria do seu reino e da sua liberdade por sexo? — ela argumentou numa voz rouca — Você não é o homem que pensei que fosse.

Wulf ergueu os olhos para encará-la.

— Eu não desistiria de D'Ashier por minha vida. Mas você... Nada que você possui é realmente seu, nem mesmo seu corpo. O rei pode reivindicá-la quando bem entender. Você nunca será livre enquanto estiver aqui.

Katie riu.

— Não aja como se a vida com você fosse melhor. Eu também não seria livre com você, pois me trataria igual ele trata. Você não é diferente.

— Sou inteiramente diferente, pois você deseja a mim e as coisas que posso fazer com seu corpo. Eu vejo a maneira como você olha para mim, eu sinto a maneira como você me toca — a boca dele baixou até seu ouvido — Prometi que iria embora hoje. E farei isso. - a língua tracejou as linhas de sua orelha — Mas irei levar você comigo.

— Meu pai iria caçá-lo até o fim do mundo — Sapphire retrucou — para terminar aquilo que os mercenários começaram. O rei usaria meu sequestro para iniciar uma nova guerra. Tudo se transformaria num inferno...

— Se eles soubessem para onde você foi levada — ele murmurou —, talvez você tenha razão.

As mãos de Wulf se moveram juntas para o pescoço de Sapphire e de repente o chão debaixo de suas costas esfriou. Surpresa, ela virou a cabeça para o lado e arregalou os olhos. Ela estava presa debaixo dele numa plataforma de transporte; seu átrio e os arredores familiares de sua casa haviam sumido. Em pânico, ela notou o desenho na parede e reconheceu o mesmo brasão que enfeitava o anel de Wulf — o brasão da família real de D'Ashier.

— Eu vou acabar com você — ela disse asperamente.

Wulf protegeu seu corpo até um criado se aproximar com um grosso robe vermelho-escuro, depois ele se levantou e a cobriu. Sentando-se, Sapphire agarrou o veludo, puxando sobre os seios. Guardas reais usando uniformes em vermelho e dourado se alinhavam pelas paredes da sala de transferência. Quando eles se ajoelharam respeitosamente, ela percebeu que o retorno de Wulf era esperado, como evidenciado pela rapidez com que o guarda entregou o robe de veludo.

– Que diabos você fez? – ela sussurrou.

Ele estendeu a mão para ela. Sapphire ignorou, levantando-se e deixando o robe no chão de propósito.

Dando um passo na frente dela, Wulf bloqueou sua nudez diante dos guardas. Ele chutou o robe para cima, apanhou com a mão e ofereceu novamente para ela.

– Cubra-se.

Ela ergueu o queixo.

– Não.

Ele se moveu tão rápido que ela não teve tempo para reagir. Num piscar de olhos, Wulfric a envolveu com o robe e a jogou sobre seus ombros.

– Maldição, Wulf. – ela se debateu para livrar os braços – Você está começando a me irritar demais!

Ele a ignorou. Dirigindo-se para a saída, Wulf gritou as ordens enquanto andava.

– Envie um pelotão para as coordenadas de retorno. Eu ajustei o sistema Guardião de lá para permitir transferências desta plataforma, então vocês terão que iniciar o transporte daqui. Coletem os criados e os guardas e tragam todos para D'Ashier. Tragam também o chip do sistema Guardião, *intacto*. Nada nem ninguém que possa denunciar minha recente presença em Sari pode ser deixado para trás.

Sapphire gritou de frustração.

– Solte-me agora! Antes que eu machuque você.

Wulfric aumentou o tom de voz para encobrir as reclamações dela.

Ela o mordeu.

Ele deu um tapa em seu traseiro com a mão livre.

– Pare com isso.

– Você *sabe* que não pode fazer isso, seu cretino arrogante!

Ela sentiu uma risada retumbar através do corpo dele e viu a expressão chocada no rosto dos guardas. Sapphire os encarou com o rosto fechado.

– Diga para o rei que eu retornei. – ele se aproximou da porta – Mas não devo ser perturbado até amanhã.

Wulf abraçou possessivamente as costas de Sapphire.

– Estarei ocupado por um tempo.

Os grandes passos de Wulf cruzavam rapidamente o enorme corredor de mármore branco. Os guardas posicionados em vários intervalos se inclinavam quando ele passava e seus olhos se arregalavam diante de Katie, que se debatia e praguejava alto sobre seu ombro. Ela possuía o vocabulário de um marinheiro veterano e não hesitava em usá-lo. Wulf nunca fora tão abusado verbalmente em sua vida. Vindo de Katie, ele gostava imensamente.

A porta de seu harém se abriu quando ele se aproximou. Ao entrar, foi recebido com uma onda de saudações ansiosas e suspiros por seu estado seminu. Quando suas concubinas correram em sua direção, ele as manteve longe, erguendo a mão que não estava agarrando o traseiro de Katie.

– Vossa Alteza Real.

Ele se virou para a mulher idosa ajoelhada ao seu lado direito.

– Sabine. – ele cumprimentou sua governanta com um sorriso. No passado, ela havia sido concubina de seu pai. Já aposentada, ela servia Wulf, mantendo a ordem em seu harém – Você pode se levantar.

– Quem é sua nova amiga? – ela perguntou, erguendo-se graciosamente.

Quando ele começou a se dirigir para a grande piscina retangular que dominava o centro da sala, ela passou a acompanhá-lo. Três fontes quebravam a tranquilidade da superfície da água, o som de respingos se misturava com as vozes melodiosas das concubinas e o canto dos pássaros nas muitas gaiolas que decoravam o perímetro. O ar úmido estava carregado com o perfume de flores exuberantes e luxuosos óleos de banho. Portas encrustadas de joias se alinhavam pelas paredes, cada portal conduzia para um dos aposentos privados de cada concubina. Banhadas pelo sol que iluminava através da enorme claraboia no teto, as caras e preciosas joias cintilavam gloriosamente.

Wulf deslizou Katie de seu ombro, com muito cuidado para manter controle sobre ela e não deixar o robe cair.

– Sabine, esta é Katie.

– Sapphire – Katie o corrigiu, irritada.

Sorrindo, ele disse para Sabine:

– Ela precisa de um banho e de roupas adequadas. Quero que as joias em seu corpo sejam trocadas por talgorites. E prefiro o cabelo solto. Quando estiver pronta, leve-a para meu quarto.

Sabine avaliava Katie de cima a baixo quando registrou a importância das palavras de Wulf. Ela o olhou imediatamente.

– P-para o *seu* quarto, Vossa Alteza?

– Foi isso que eu disse. – com um gesto exagerado, ele arrancou o volumoso robe de Katie, fazendo-a girar para frente.

Ao recuperar o equilíbrio, ela o encarou com o rosto fechado.

– Está com medo de fazer você mesmo, Wulf? Nós dois sabemos que eu posso lutar com você.

As concubinas quase engasgaram ao ouvirem a insubordinação e o uso de seu primeiro nome, mas ele apenas riu.

– Sim, muito medo. – seu tom de voz saiu como um murmúrio rouco, seu olhar parecia perdido pela visão do corpo nu dela.

Enfeitiçado por sua beleza, Wulfric observou Katie analisando os arredores. Seus olhos negros pararam brevemente em cada uma das mulheres que envolviam a piscina, e todas a olharam de volta com curiosidade e desconfiança. Sua expressão se tornou tensa, suas mãos se fecharam em punhos. Foi apenas então que Wulf registrou seu erro ao trazê-la *ali*. Ao *harém*. Distraído por seu desejo, ele considerou apenas o jeito mais rápido para deixá-la pronta para as muitas horas de sexo que pretendia desfrutar com ela.

Ele abriu a boca para tranquilizá-la, mas antes que pudesse falar, Katie girou nos calcanhares e fugiu.

CAPÍTULO 8

– Guardas! – Sabine ativou o alarme antes que Wulf pudesse reagir.

As portas se abriram e quatro guardas entraram correndo no saguão.

– Tranque a porta! – ele gritou quando Katie pulou no ar para atacar o guarda mais próximo. Nua como estava, o homem titubeou e ficou vulnerável. Ela o chutou no centro do peito, jogando-o de costas no chão, depois se virou para encarar os outros.

Wulf correu atrás dela.

– Não a toquem! – um pavor marcou sua voz. Imagens de Katie machucada na sala de hologramas fizeram seu estômago dar um nó – Se a machucarem vocês responderão a mim.

Katie virou a cabeça ao perceber a proximidade da voz de Wulf. Sua expressão sombria mostrava sua determinação de encontrar outra saída.

Quase lá...

Ele estava a um centímetro de distância quando ela disparou para longe e desviou da porta trancada. Ele praguejou. Ela deu a volta no saguão, dirigindo-se para o outro lado da piscina. Gritos assustados ecoavam pelo ar enquanto as concubinas saíam de seu caminho. Os pássaros nas gaiolas também piavam alto, suas asas batiam freneticamente, soltando penas por toda parte.

Ela dobrou a esquina da piscina. Wulf pulou na diagonal, esticando o corpo ao voar sobre a água. Ele a apanhou, girando no ar para absorver o impacto quando eles atingiram o chão de mármore e deslizaram por vários metros.

– Solte-me. – ela se debateu em seus braços. Ele rolou, prendendo-a debaixo do corpo.

Os dois respiravam com dificuldade; o coração de Wulf disparava com a excitação da caça. O aroma de lírios draxianos encheu suas narinas e o alívio de tê-la em seus braços depois da tentativa de fuga aqueceu suas veias. Quando os seios nus de Katie pressionaram sua pele, o foco de Wulf mudou. Seu desejo por ela agia como uma droga potente, aquecendo e endurecendo seu corpo inteiro.

Ele ergueu a cabeça.

– Todos, para *fora*!

Sua mente registrou distantemente os sons dos passos se afastando e as portas se fechando, mas seu foco estava na mulher em seus braços.

Tomando sua boca, Wulf gemeu seu prazer quando ela retornou o beijo com igual fervor. Ele adorava o corpo de Katie, tão forte e ágil. Ela podia lutar e podia machucá-lo, afinal, Katie possuía o conhecimento e o vigor para isso, mas ela o tocava com ternura. Ela fora moldada por anos de treinamento de combate, mas continuava suave, com generosas curvas e vales que se encaixavam perfeitamente no corpo dele.

Katie começou a se debater de novo, mesmo enquanto sua língua girava gananciosamente na boca de Wulf. Ela não queria desejá-lo, mas não conseguia resistir. Essa afinidade apenas aumentava a luxúria que Wulf sentia.

Ele desfez o beijo e enterrou o rosto na garganta dela.

– Não lute contra mim – ele murmurou em sua pele corada e perfumada – Serei bom para você.

Ofegando, ela se arqueou contra ele.

– Solte-me.

– Não posso. – Wulf agarrou os pulsos de Katie e prendeu seus braços acima da cabeça. Depois, tomou um dos mamilos em sua boca, provocando com a língua antes de chupá-lo forte e profundamente.

– Oh! – Katie se contorcia numa tentativa de detê-lo – Não...

Wulf trocou de seio, mordiscando o mamilo enrijecido antes de acalmar a dor com lambidas gentis.

– Pare de se debater – ele disse, depois enrolou a língua ao redor daquele ponto sensível.

Katie tentou se livrar dele, mas o movimento apenas forçou suas pernas a abrirem. Os quadris de Wulf se alojaram entre suas coxas, encaixando perfeitamente, pois ela era feita para ele.

– Wulf. Não.

– Lembra da noite passada? – ele sussurrou – O quanto foi bom? – os quadris raspavam contra os dela, esfregando a ereção no clitóris – Nós fomos feitos para isto... você e eu.

Enquanto ele se movia sobre ela, massageando seu sexo com a rígida extensão de seu membro, ela gemeu.

– Deixe-me ficar por cima.

Wulf rosnou, lembrando-se de como se sentira na noite passada quando ela passou a se movimentar automaticamente.

– Por quê? Para você começar a trabalhar?

Prendendo seus pulsos com uma das mãos, Wulf levou a mão livre entre seus corpos para desamarrar o cordão da bermuda. Seu pulso tocou Katie, que gemeu de prazer.

– Não foi para isso que você me roubou? – ela o desafiou – Não é para isso que estou aqui no seu harém com todas as suas outras mulheres? Para trabalhar?

Impaciente e rude, ele baixou a bermuda e seu membro pulou para fora. Girando com habilidade, Wulf a jogou para cima de seu corpo enquanto livrava as pernas chutando a bermuda para longe.

– Cometi um erro – ele disse – Eu não estava pensando.

– Você não está pensando agora. – Katie ofegou quando ele posicionou seu pau entre seus lábios macios e penetrou sua entrada apertada e acolhedora.

Ela se apoiou com as mãos sobre o peito de Wulf, sentindo as paredes de seu sexo sugarem sobre a cabeça da ereção.

Ele se forçou a esperar.

– A escolha é sua, Katie. Você disse que conseguia lutar comigo. Então lute.

As coxas ágeis de Katie se definiram com o esforço para se manter por cima dele. A visão de seu corpo nu e tonificado era tão erótica que fazia

Wulf suar ainda mais. Era uma visão muito provocante e tentadora. Ele achava que seria impossível se cansar daquilo.

— Isto irá satisfazê-lo, Vossa Alteza? — com um movimento treinado dos quadris, ela o recebeu por inteiro, os lábios molhados de seu sexo tocando a base do membro.

Wulf respirou forte entre os dentes apertados. Seus dedos tentaram agarrar o chão de mármore, mas não encontraram nada para se apoiar.

Katie ergueu os braços para segurar seus cabelos, fazendo os seios subirem maliciosamente. Com olhos cerrados, ela lambeu os lábios e subiu o corpo, acariciando a ereção num abraço íntimo e ardente.

— Katie — ele gemeu, perdido dentro dela — Você é tão linda.

Ela começou a dançar, ondulando seu corpo de sedutora sobre ele, rebolando e abaixando, manipulando os cabelos numa graciosa cortina de seda negra.

— É isto que você tinha em mente? — ela ronronou, cavalgando-o com uma habilidade avassaladora e a elegância de uma veterana nas artes sensuais — Roubar o amor de seu inimigo e fodê-la em seu harém? Roubar sua melhor cortesã e adicioná-la a suas criadas como apenas mais uma de muitas?

— *O quê?* — ele engasgou, enquanto ela apertava seus músculos internos sobre a extensão de seu membro pulsante, fazendo Wulf perder a cabeça.

— Você está pensando nele agora? — Katie provocou, com a voz rouca de paixão — Querendo que ele pudesse ver o que está fazendo? Querendo que ele pudesse observar o que eu estou dando a você, que eu não daria a ele?

Com um rosnado de fúria, Wulf a abraçou com força e girou o corpo, prendendo-a novamente debaixo dele.

— O rei não tem nada a ver com isto. *Nada!*

— Mentira. — os olhos dela se enchiam de lágrimas, e a visão causou um aperto no peito de Wulf — Por qual outra razão você me traria *aqui?* Para ficar junto com todas *elas!*

— Porque eu sou um idiota. — ele disse as palavras em meio a beijos em sua garganta — Perdi a habilidade de pensar direito no momento em que a vi pela primeira vez.

— Wulf... — a voz dela falhou.

A intensidade de emoções entre eles deixou Wulf atordoado, mas ele gostou disso. Ele se sentiu vivo. Seu coração batia com força no peito. Seus pulmões respiravam profundamente o ar. E em seus braços havia uma linda e desejável mulher que ele admirava. Uma mulher que se sentia igual a ele: impulsivo e fora de controle.

Ele entrelaçou os dedos com ela e empurrou os braços sobre sua cabeça.

– Deixe-me dar prazer a você.

– Está bom demais – ela sussurrou, apertando suas mãos.

O peito dele flexionou contra o dela quando ele retribuiu o apertão.

– Está sim. E isto é apenas entre nós. Mais ninguém.

Katie o abraçou profundamente dentro dela, acariciando com aqueles pequenos músculos enlouquecedores. Ele baixou a cabeça ao lado dela.

– Eu não quero me segurar, Katie. Quero foder você forte e fundo.

A língua dela se aventurou na orelha dele, fazendo-o estremecer.

– Então faça isso. Apague esse fogo.

Com um grunhido de pura luxúria, ele a envolveu com seu corpo e começou a penetrar. Selvagem, ele se movia com uma loucura singular, seu traseiro se apertava e relaxava num ritmo acelerado enquanto ele se impulsionava o mais fundo que podia para dentro do coração de Katie.

Mas não era suficiente. Ele se perguntou se algum dia seria o bastante, se conseguiria chegar fundo o bastante...

Katie soluçava e gritava seu nome, erguendo-se para encontrar cada estocada. Arranhando e agarrando em suas costas suadas. Tentando se arrastar para dentro dele, ainda que ele tentasse fazer o mesmo com ela.

O prazer se acumulou, crescendo como uma maré avassaladora até que se derramou dos lábios dele.

– Katie... sim, desse jeito... você é tão apertada... tão quente... tão boa...

Gemidos e sons guturais aumentavam em volume ao redor dos dois. Aos poucos Wulf percebeu que era ele quem fazia aqueles sons de prazer, mas não conseguia parar, não queria parar.

Seu clímax estava cada vez mais perto. Ele queria desacelerar, queria durar, mas não havia jeito. Não com ela implorando daquela maneira, suplicando para que ele fodesse mais forte e mais fundo. Seus joelhos estavam machucados pelo chão de mármore, mas a dor era como uma âncora para o presente, para este momento, para esta mulher. A mulher que o desejara quando ele quis morrer.

Cerrando os dentes, Wulf tentou afastar aquele prazer inacreditável. Mas Katie gritou seu nome, gozando com uma torrente de sons, seu corpo se apertando ao redor dele em incríveis convulsões internas. Ele sucumbiu com um grito exultante de triunfo masculino. Wulf gozou violentamente, disparando jatos que esvaziavam sua luxúria para dentro das profundezas trêmulas de Katie.

Estremecendo com a força devastadora do orgasmo, Wulf lutou para puxar ar até os pulmões. O corpo ganancioso de Katie continuava a agarrá-lo em ondas que roubavam sua sanidade. Ele pressionou beijos cheios de gratidão e ternura em seu rosto e pescoço. Soltando suas mãos, ele a abraçou, depois aninhou Katie deitando de lado.

Como aquela obsessão o consumia assim tão rapidamente? Por que precisava ser justo com ela, uma mulher que nunca poderia ser sua? Mas a mente de Wulf estava enevoada demais para pensar nisso agora. Então, ele a abraçou com mais força.

Katie se posicionou sobre o ombro dele, e Wulf percebeu que ela havia adormecido. Ele a deixou apenas pelo tempo necessário para se levantar e apanhar a bermuda. Depois, ele a ergueu nos braços.

– Guardião, chame Sabine. – ele carregou Katie em direção à saída. Após um momento, Wulf ouviu uma porta se abrindo.

– Sim, Vossa Majestade? – Sabine perguntou.

Wulf parou e se virou para sua governanta. Quando ela se endireitou depois de fazer a reverência, ele notou seu rosto corado e parou para pensar. Então, lembrou-se da maneira selvagem com que havia transado com Katie e sentiu o próprio rosto se aquecer com uma vergonha pouco familiar. Todos deviam ter ouvido. Sabine olhou para Katie com um novo respeito.

– Eu chamarei você quando ela acordar – ele disse – Você irá cuidar dela em meu quarto.

Ele começou a se retirar.

– Vossa Majestade irá levá-la junto? – Sabine estava incrédula – Preciso só de um momento para arrumar um quarto para ela.

Ele sacudiu a cabeça. Assim como Katie, Wulf estava exausto, e tudo que queria era sua própria cama e Katie deitada ao seu lado.

– Isso é tudo, Sabine.

– Peço desculpas por estar despreparada, Vossa Alteza. – a governanta se apressou atrás dele – O quarto dela estará pronto em breve.

– Não é preciso se desculpar. E você não me entendeu. Ela ficará no meu quarto.

Wulf não precisava se virar para saber que Sabine estava pasma. Ele também se sentia assim. Ele comparava a sensação com um forte trauma na cabeça, o que era perigoso, considerando como precisaria da razão para explicar suas ações a seu pai.

Sequestrar a preciosa concubina do Rei de Sari significava apenas uma coisa: que precisaria devolvê-la para evitar uma guerra.

Mas se, apesar dos riscos, ele quisesse ficar com ela, as circunstâncias seria totalmente diferente.

Um calor confortável foi a primeira coisa que a mente de Sapphire registrou quando ela acordou. Mantendo os olhos fechados, ela aproveitou a sensação antes de ser bombardeada com outras: a perna de um homem entre suas coxas, um peitoral musculoso debaixo de seu queixo, lábios quentes pressionados no topo de sua cabeça, o aroma de Wulf exalando de sua pele.

Ela abriu os olhos e enxergou um cenário totalmente desconhecido. Uma grande cobertura de veludo pairava sobre a cama, com cortinas combinando enroladas em cada um dos postes. Havia uma área de estar cheia de almofadas coloridas a alguns metros. Depois dessa área, havia uma enorme parede cheia de janelas quase do tamanho das comportas em uma área de transporte.

Curiosa, Sapphire desfez o abraço de Wulf, apesar de seu protesto sonolento, e andou até as janelas para olhar a vista. No topo de uma montanha, o palácio real de D'Ashier contemplava as prósperas cidades lá embaixo. O sol estava se pondo, banhando a vista diante dela com um dourado brilho avermelhado.

Ela teve um sobressalto quando os braços quentes de Wulf a envolveram por trás. Seu queixo pousou sobre a cabeça dela junto com um suspiro silencioso.

– É magnífico – ela sussurrou, admirada.

O abraço dele se apertou.

– Eu estava pensando a mesma coisa sobre você.

Sapphire se ajeitou nos braços dele, depois estremeceu ao sentir um machucado no lado direito do traseiro. Ela se lembrou do encontro no chão de azulejos ao lado da piscina e levou a mão ao local. Wulf afastou os dedos dela.

– Permita-me – ele murmurou, sabendo exatamente onde esfregar para diminuir a dor.

– Você não pode me manter como uma prisioneira aqui.

Ele gemeu, como se estivesse lidando com uma criança difícil.

– Não precisa ser desse jeito.

– E de que jeito pode ser? Meu pai é o General do Exército Sariano. Fui concubina do Rei de Sari, o *seu inimigo*, pelos últimos cinco anos, e ele não consegue me esquecer. Quando eles descobrirem que eu fui levada contra minha vontade...

Wulf a virou para que ela o encarasse.

– Por que precisa ser contra a sua vontade? Fique comigo por escolha própria, e então o seu pai se tornaria um aliado. Sem o apoio total do general, o rei teria dificuldades para agir.

Os olhos esmeralda de Wulf brilharam em meio às sombras criadas pelo sol poente.

– Eu posso fazê-la feliz. Posso dar coisas que você nunca soube que queria.

O coração de Sapphire parou por um instante, depois disparou.

– O que você está oferecendo?

– Um lugar em minha vida, em minha cama. Eu irei mimá-la, irei cobri-la com presentes, irei levá-la para lugares que você sempre quis visitar.

– Por quanto tempo?

– Pelo tempo que for prazeroso para nós dois. – ele tomou seu rosto nas mãos e acariciou sua pele com o polegar.

– Isso nunca iria funcionar.

– Eu vi o jeito como seu pai é com você – Wulf continuou – Ele não irá arriscar perdê-la.

– O rei não precisa da aprovação do meu pai.

Ela se livrou do abraço e voltou para a cama. O problema não era o que ele disse, mas o que não disse.

– Você possui muitas mulheres lindas com quem pode se divertir com um risco muito menor. Mas você insiste em arriscar toda uma nação por um prazer temporário.

Ele ficou em silêncio atrás dela.

Katie esperou, mas quando sentiu que o momento se arrastava, ela olhou sobre o ombro e manteve o rosto cuidadosamente neutro.

Wulfric a encarou, depois passou a mão sobre os cabelos negros.

– O que você quer que eu diga? – ele desviou os olhos – Que meu pau está superando minha razão? Eu já disse que é mais do que isso. Não é fácil para mim.

– Eu sei.

Assim como também sabia que não poderia ficar. Ela teria que ir embora – *logo* – antes que o perigo da situação aumentasse. Wulf concedera uma semana de seu tempo para ela em Sari. Talvez ela conseguisse retribuir e ficar uma semana em D'Ashier. Depois, iria embora, antes que seu desejo por Wulf se transformasse em algo mais profundo e mais doloroso de se perder.

– Estou com fome – ela disse – E quero um banho. Depois quero ver meus *mästares*.

– Então você vai ficar? – Wulf se aproximou e estudou seu rosto.

– Por um tempo.

– E isso vai até quando?

– Vai durar o tempo que for prazeroso para nós dois.

Ela se afastou, criando a distância necessária entre eles ao ultrapassar um arco e entrar numa sala de banho privada. A enorme sala era impressionante, as paredes eram cobertas com azulejos encrustados com joias. Fontes jorravam uma constante cascata de água aquecida na piscina de banho. Jatos de borbulhas emergiam do fundo, soltando uma sutil fragrância no ar úmido. O teto era feito de vidro de baixa emissão, revelando o céu noturno lá fora, enquanto luzes de velas simuladas cintilavam ao longo das paredes coloridas.

Era o paraíso de um sedutor; portanto, combinava perfeitamente com Wulfric. Ele possuía um apetite voraz pela vida e vivia ao extremo. Era um selvagem e desimpedido, o que ao mesmo tempo a atraía e repelia. Como seria domar um homem desses? Ela duvidava que fosse possível ou que fosse gostar do resultado.

Entrando na água morna, Sapphire mergulhou e nadou até o lado oposto. Quando emergiu para respirar, ela reparou nas sobrancelhas franzidas de Wulfric. Ele entrou na água. Ela esperou até ele se aproximar, depois se moveu para seus braços.

– Katie...

Ela silenciou as perguntas inevitáveis com um beijo, tombando a cabeça para melhor encaixar suas bocas. A língua dela acariciava a dele suavemente até que ela o tomou entre os lábios e chupou.

Quando ele se moveu para prendê-la contra a parede, Sapphire deslizou para o fundo e se dirigiu para a borda submersa, onde vários óleos e sabonetes de banho esperavam em garrafas de vidro. Quando apanhou uma das garrafas que parecia menos cheia do que as outras, ela sentiu as mãos de Wulf envolverem sua cintura.

– Eu posso amarrá-la em minha cama e não soltar mais – ele ameaçou.

Despejando o líquido na mão, Sapphire jogou-lhe um olhar com a sobrancelha erguida.

– Se você me fizer de prisioneira, eu negarei o sexo e lutarei contra você. Nunca duvide disso.

Ela acumulou a espuma perfumada, depois se virou e a espalhou sobre o peito de Wulf. Ele a observou com olhos sombrios.

– Posso mantê-la presa sem precisar de correntes.

– Você irá me escravizar com esse corpo magnífico? – ela acariciou sua pele ricamente bronzeada usando as mãos ensaboadas.

– É possível escravizá-la?

– Por que você gostaria de fazer uma coisa dessas? – ela passou a ponta dos dedos sobre seus largos ombros e desceu pelos braços definidos. Sapphire admirou os músculos de seu abdômen, depois deu a volta em seu corpo para lavar as costas. A pele de suas palmas formigava e queimava ao tocá-lo. A força da atração tirava o ar de seus pulmões. Era uma insanidade, mas ela não conseguia lutar contra. – O meu desejo e admiração não são suficientes?

Quando ela começou a apertar seus músculos, ele gemeu e deixou a cabeça cair para trás.

– Não.

Ensaboando as mãos novamente, ela massageou seus cabelos com a ponta dos dedos.

– Você prefere que eu fique chorando por você quando estiver ausente? Depois fique grudada em você quando retornar por ter ficado longe tempo demais? Você não me parece o tipo de homem que gosta de uma amante dramática.

Wulf se virou e agarrou Sapphire, puxando-a para debaixo da água e beijando-a fortemente. Com um poderoso impulso, ele jogou os dois para cima, emergindo com uma grande explosão de água. Ela se debateu e tirou os cabelos molhados do rosto. Ele riu antes de beijá-la novamente.

– Estou arriscando uma guerra por você. Eu quero mais do que o seu desejo em troca. Um pouco de drama não faria mal.

– Eu não pedi por isto. – Sapphire passou os braços ao redor dos ombros de Wulf, apertando os seios contra seu peito. O olhar dele se tornou ainda mais sombrio.

– Eu também não pedi por isto. – ele colocou as pernas dela ao redor de seus quadris – Não tenho tempo para obsessões.

– Você precisa de uma princesa estrangeira com excelentes conexões. – a voz de Sapphire soou baixa e rouca, num sinal claro de como ela era afetada ao abraçar o grande corpo nu de Wulf.

– Algum dia. – Wulf agarrou seus cabelos molhados e puxou sua cabeça para trás – Mas, neste momento, é você que eu quero. E não ficarei satisfeito até você me querer do mesmo jeito.

– Por que você acha que eu não quero?

– Você fugiria se tivesse a chance.

– Mas não por não querer você.

– Prove. – seu sorriso fez Sapphire encolher os dedos dos pés.

Ela sorriu de volta. Endireitando as pernas, ela voltou a ficar de pé no chão da piscina.

– Deixe-me terminar de dar banho em você.

– Mais trabalho?

Ela entrelaçou os dedos com ele e o puxou para o lado mais raso.

– Não estou trabalhando. Estou tocando em você porque aproveito qualquer desculpa para fazer isso.

– Você não precisa de desculpa. Não precisa nem pedir.

Com um empurrão gentil, ela o fez sentar-se no primeiro degrau. Depois, começou a lavar suas pernas, massageando os músculos da coxa e os calcanhares. Ela subiu até seu membro ansioso e parou. Ele estava duro e grosso, como se não tivesse transado até a exaustão meras horas atrás. Parecia delicioso. Sua boca se encheu de água ao lembrar da sensação de senti-lo deslizando em sua língua.

– Katie... – a maneira como ele disse seu nome a fez estremecer. Sua voz, sempre grave e sombria, estava marcada com uma ameaça sensual – Se continuar me olhando desse jeito eu vou dar aquilo que você quer aqui mesmo.

Ela terminou a limpeza rapidamente, notando em seu rosto corado e punhos cerrados que Wulf estava prestes a cumprir a ameaça. Por mais deliciosa que fosse essa ideia, Sapphire tinha outra coisa em mente. Ela tirou a espuma jogando água sobre seus quadris.

Wulf estava excitado, seu corpo todo estava tenso, seu olhar parecia pesado, mas alerta. Ele era uma visão muito erótica, nu diante dela, com suas lindas e austeras feições esculpidas.

Sapphire baixou a cabeça e tomou a ereção em sua boca.

Ele dobrou as costas soltando um grunhido, agarrando os cabelos dela e puxando-a para mais perto. Ela chupou profundamente, mantendo a grossa cabeça presa entre o calor úmido de sua língua e o céu curvado da boca. Agarrando a base com uma das mãos, ela segurou os testículos com a outra, rolando as duas bolas com dedos gentis. Ela gemeu quando ele inchou e pulsou ao ritmo das batidas de seu coração.

Wulf começou a ofegar asperamente e seus dedos se flexionavam sobre a cabeça de Sapphire.

– Sua provocadora... essa sua boquinha quente...

Ele segurou sua cabeça no lugar e começou a foder sua boca. Então, de repente, Wulf a afastou, voltando para a água e soltando um palavrão depravado.

— Wulf? — a boca de Sapphire formigava com um desejo frustrado. Suas veias queimavam e o sangue disparava por seu corpo.

Ele lançou um olhar furioso.

— Você quer reduzir isto a apenas sexo.

— Não pode ser mais do que isso.

— Pode ser qualquer coisa que quisermos. — ele apanhou um jarro da prateleira e nadou em direção a ela, com o queixo cheio de determinação.

Wulf claramente não era uma pessoa que ouvia a palavra "não" com frequência.

— Por que você quer que seja algo mais? — ela perguntou — Você disse que era o meu desejo por você que havia capturado seu interesse. Desejo acaba em sexo.

Wulf parou diante dela. Ele removeu a tampa do jarro, liberando um aroma de lírios draxianos.

— Foi o seu desejo que me reviveu — ele a corrigiu — Mas foi a lâmina em minha garganta que primeiro me fascinou, e a maneira como você me escondeu do seu pai.

— Momentos de insanidade. — contra sua vontade, a mão dela se ergueu e pousou sobre a cintura dele. O som de aprovação que retumbou em seu peito fez as pontas dos dedos de Sapphire correrem com inquietude sobre sua pele. Era difícil de resistir à vontade de abraçá-lo.

— Sim. E os momentos continuaram, formando uma sequência, transformando-se em dias de loucura nos quais eu não pensei em nada além de você, e você não pensou em nada além de mim.

— Com o tempo, nós esqueceríamos.

— Antes de sair para minha última patrulha — ele ensaboou as mãos —, eu pedi para Sabine selecionar quatro das minhas concubinas. Eu estava indeciso, então deixei a decisão para ela.

As imagens que encheram a mente de Sapphire a fizeram sentir ciúmes.

— Eu lembro que tinham cores de cabelo diferentes — ele continuou — Mas quando entrei no harém hoje, eu não conseguia lembrar quem elas eram. Se elas fizessem fila diante de mim, eu duvido que conseguiria distingui-las. Por mais prazeroso que o sexo tenha sido, foi também esquecível.

Ele segurou os seios de Sapphire nas duas mãos e apertou.

Ela ofegou.

– Mas você... – ele sorriu – Eu sei que você possui uma marca de nascença no quadril e uma sarda no ombro. Conheço o seu cheiro e a sensação de tê-la em meus braços. Você é única para mim. Vívida. Eu quero você para mais do que sexo. Quero fazer mais coisas com você além de foder.

Ela o observou, vidrada, enquanto ele acariciava em círculos cada vez menores. Quando alcançou os mamilos e provocou até enrijecê-los, um grave gemido de prazer escapou da boca de Sapphire.

– Quero aprender mais sobre você – ele murmurou – Por fora e por dentro.

Wulf banhou seu corpo com a mesma atenção que ela tivera com ele. Sapphire sentia uma luxúria se acumulando, e então Wulf levou a mão entre suas pernas e esfregou sua pele inchada, limpando-a. Provocando. Fazendo Sapphire agarrar seus ombros para se manter de pé.

Não havia nada além de sua capacidade de resistir – exceto um afetuoso Wulfric. Será que ele sabia o que estava fazendo com ela? Será que estava fazendo de propósito?

– Enxágue – ele mandou.

Quando Sapphire emergiu, Wulf estava esperando por ela.

– Venha aqui. – seu tom de voz era autoritário. Agarrando sua cintura, ele a ergueu até a beira da piscina, deixando as pernas soltas na água. Então, separou·seus joelhos.

Ela sabia qual era sua intenção. Seu sexo ansioso recebeu aquela atenção com uma onda molhada. A respiração encurtou; o coração disparou. Wulf sorriu maliciosamente, sabendo muito bem o que fazia com ela. Sapphire enganchou os calcanhares nas pernas dele e o puxou para mais perto.

Ele se sentou nos degraus e abriu os lábios de seu sexo com o polegar e o dedo indicador.

– Você me quer.

– Certas partes de mim querem.

O sorriso dele aumentou.

– Não vou descansar até cada parte de você me querer. – ele a esfregou usando a ponta dos dedos em movimentos preguiçosos – Veja o quanto você está molhada. O quanto é insaciável.

– Wulf... – ela gemeu .quando ele baixou a cabeça até seu sexo e a presenteou com o beijo de um amante, empurrando a língua para dentro dela. Penetrando. Atormentando.

– Eu quero conhecer você aqui. – Wulf a lambeu de novo, com seus olhos verdejantes acesos com uma primitiva necessidade masculina – Quero memorizar o seu sabor e a sensação de saboreá-la. – ele tomou seu clitóris na boca e chupou, lambendo sobre aquele ponto sensível com rápidos movimentos da língua.

As pernas dela começaram a tremer. Sapphire agarrou sua nuca e o puxou para mais perto. Ele inclinou a cabeça e a penetrou com a língua enquanto seus cabelos molhados roçavam na lateral das coxas dela. O corpo de Sapphire estava em chamas, rebolando os quadris e sofrendo com o orgasmo que ele deliberadamente mantinha fora de alcance.

Tudo era tão novo para ela – a sedução, a falta de controle, a dádiva de não precisar fazer nada além de aceitar as atenções que ele oferecia livremente. Ela o observou com olhos cerrados, encantada com a visão de um homem tão lindo – um príncipe inimigo – servindo-a tão intimamente. Wulf rosnou seu prazer e o som selvagem libertou a tensão acumulada em seu ventre, que explodiu num orgasmo intenso e devastador. Ela gritou, sentindo o peito carregado de emoção. Gratidão. Desejo.

– Linda – ele elogiou, gentilmente usando a língua para acalmar os últimos tremores do orgasmo.

– Pare – ela implorou, sensível demais para aguentar suas carícias.

Ao invés de obedecer, ele recomeçou, trabalhando em sua pele trêmula até ela gozar ainda mais forte do que antes. Depois, ele começou novamente. E de novo.

– Por favor. – ela o empurrou – Chega.

Wulf a estudou intensamente, com seus lábios inchados e brilhando.

– Você está satisfeita? Pronta para desfrutar uma refeição e uma conversa?

Sapphire sorriu.

– Estou pronta para um cochilo.

Wulf agarrou a borda da piscina e impulsionou o corpo para fora da água. Ele ficou de pé sobre ela, pingando e agarrando a extensão de seu membro. Sua mão se movia rápido e forte, ordenhando a ereção inchada que ela tanto cobiçava. Sêmen se acumulou na ponta antes de disparar em grossos jatos. Quando ele terminou, o peito de Wulf respirava com dificuldade. Depois, ele sorriu com o canto da boca.

— Eu não faço isso há anos.

— Não precisava fazer agora. — ela estava solícita, mesmo satisfeita. Sapphire o receberia alegremente, e ele sabia disso. Mas Wulf estava querendo provar seu ponto: ele pretendia dar na mesma medida que tomava.

— Sim, precisava. — ele se abaixou e lavou as mãos na água. Sapphire deslizou para dentro, enxaguando-se novamente antes de sair da piscina subindo os degraus.

Wulf estendeu a mão para ajudá-la a sair, depois pressionou os lábios em sua testa num beijo rápido e forte. Ele entrelaçou os dedos com ela e a conduziu para o outro lado do salão, onde ficava a área de secagem. Quando o ar quente girou ao redor deles, Wulf a puxou para mais perto. Sapphire o abraçou ainda mais forte, para que o ar não se intrometesse entre os dois.

Ela podia sentir o afeto emanando de Wulf, que usava as grandes mãos para acariciar as costas de Sapphire com muita reverência. Lágrimas escaparam de suas pálpebras fechadas, mas o ar aquecido fez a evidência de sua comoção desaparecer.

Depois de se secarem, eles vestiram seus robes e Wulf a conduziu para seu quarto.

— Comida e vinho — ele disse para o Guardião do palácio. Depois pediu por uma refeição que ela própria teria pedido: um banquete com todas as suas comidas favoritas. Sapphire percebeu que ele havia prestado atenção e se esforçado para lembrar. Ou talvez fosse fácil? Talvez fosse apenas questão de estar em alerta máximo, como um príncipe guerreiro deveria sempre estar.

— *Como quiser, Vossa Alteza.*

E então eles comeram uma refeição leve com vários tipos de doces, frutas e queijos antes de Wulf ordenar que Sabine se juntasse a eles.

— Levante-se, Sabine — ele ordenou depois que ela ofereceu uma caixa e se ajoelhou diante dele.

A governanta obedeceu.

— Eu trouxe roupas para a nova concubina. Também trouxe talgorite, como Vossa Alteza, especificou. — ela mostrou uma longa corrente dourada com um pingente cilíndrico na ponta.

Wulf estendeu a mão aberta e Sabine entregou o colar. Ele se virou para Sapphire e passou o colar sobre sua cabeça, depois o arrumou em seu pescoço.

– É o chip da sua Guardiã – ele explicou.

Erguendo o pingente de onde havia pousado entre os seios, Sapphire olhou para a peça dourada, admirando o brasão da família real de D'Ashier esculpido em ouro. Ela olhou para Wulf com uma expressão confusa.

Ele encolheu os ombros.

– Eu passei a gostar dessa Guardiã.

Sabine fez uma reverência.

– O rei respeita seu desejo por privacidade, Vossa Alteza, mas ele pede que o encontre o mais rápido possível.

– Amanhã.

– Vá encontrá-lo – Sapphire disse – Ele deve estar muito preocupado com você.

Wulf ergueu uma sobrancelha, mas um sorriso fácil curvou o canto de sua boca.

– Você se esqueceu de onde está, Katie. Eu não recebo ordens aqui. Eu ordeno.

– Não a mim, Vossa Alteza Arrogante.

– É mesmo? – ele pulou na cama, agarrando-a em seus braços. Ela gritou, depois se derreteu em risadas quando ele começou a fazer cócegas.

– Pare! – ela deu um tapa nele – Oh, pare com isso... Por favor, Wulf.

Ele riu.

– Implorando. Adoro isso.

– E você diz que *eu* sou insaciável?

– Estou exausto por tentar acompanhar você.

Enganchando uma perna ao redor dele, Sapphire girou e ficou por cima de seu corpo. Ela montou sobre seus quadris e ele permitiu que ela prendesse suas mãos sobre a barriga.

– Você provavelmente tem muitas coisas para cuidar, depois de passar tanto tempo longe.

– Nada que não possa esperar até amanhã. Depois de hoje à noite, eu estarei muito ocupado. Você não me verá muito durante o dia. – embora seu tom de voz fosse leve, sua expressão mostrava o contrário.

– Talvez seu pai possua novas informações sobre o ataque que você sofreu.

– Se ele precisasse de mim urgentemente, teria deixado isso claro.

– Você não é o tipo de homem que ignora o dever em favor do prazer, mas você continua fazendo isso por minha causa.

Wulfric franziu as sobrancelhas.

– Tenho muitas coisas que não consigo explicar. Preciso de tempo antes de encontrá-lo.

– E você consegue pensar quando está perto de mim? – ela provocou – Que inveja. Eu não consigo pensar em nada quando você está por perto.

Puxando a mão dela para sua boca, ele beijou seus dedos. O olhar em seu rosto estava cheio de promessas.

– Certo, então eu vou.

– Ótimo. – ela tirou uma mecha de cabelo de sua testa, depois deslizou para fora – Vejo você quando retornar.

– É melhor você estar aqui.

– E para onde eu iria? – Sapphire piscou os olhos rapidamente com uma inocência fingida. Wulf cerrou os olhos.

Ele rolou para fora da cama, tirou o roupão de banho preto e vestiu o robe vermelho-escuro que Sabine oferecia. Wulf se dirigiu para o armário e digitou o código que liberava a gaveta contendo sua coroa – um discreto círculo dourado encrustado com talgorite. Quando se virou para ela com sua vestimenta real esvoaçando atrás dele e seus cabelos negros brilhando sob as velas simuladas, o coração de Sapphire subiu até a garganta. Uma cinta dourada envolvia sua cintura definida, deixando uma abertura em V que revelava seu poderoso peitoral e pele bronzeada.

– Você rouba o meu fôlego. – a boca dela se curvou melancolicamente e suas mãos pousaram sobre o coração. Wulfric era a encarnação de todos os príncipes em suas fantasias, porém era ainda mais sensual e mais perigoso. A determinação com a qual ele perseguia a atração dela era ao mesmo tempo cativante e devastadora.

Wulf congelou. Sapphire se perdeu naquele olhar cheio de emoções turvas. Desejo. Confusão. Ela sabia exatamente como ele se sentia.

– Pelo resto da minha vida – ela disse – irei me lembrar de você da maneira como está agora.

Wulf falou com a voz rouca.

– Como diabos eu posso sair com você me olhando desse jeito?

– Eu apenas queria que você soubesse o que a sua imagem faz comigo.

Ele a encarou por um longo tempo; ela começou a duvidar que ele fosse embora. Finalmente, Wulf se virou e se retirou sem dizer mais nenhuma palavra.

Suspirando, Sapphire voltou sua atenção para Sabine com um sorriso, querendo muito encontrar uma amiga naquele território estrangeiro. A governanta se aproximou, hesitante.

– Vamos ver o que você trouxe. – Sapphire fez um gesto para a caixa e depois para o colchão ao seu lado – Sente-se comigo. Você pode me ajudar a escolher.

– Não posso – Sabine respondeu – É proibido tocar a cama de Sua Alteza.

– Entendo. – Sapphire franziu a testa, considerando. Era uma medida de segurança que ela entendia perfeitamente. E também fazia a exceção que recebera muito mais difícil de entender. Será que Wulf realmente não considerava as conexões políticas dela? – Você me parece desconfiada. Diga-me, Sabine. O Príncipe Wulfric está agindo de maneira que você acha estranha?

– Dizer isso seria um eufemismo – Sabine respondeu secamente – Se eu fosse uma mulher mais imaginativa, eu diria que um homem completamente diferente retornou para nós.

– Você poderia me dizer o que está tão estranho em seu comportamento?

Um sorriso apareceu no canto da boca de Sabine.

– Para começar, temos um quarto exclusivamente para ele usar com as concubinas. Porém, aqui está você, em seu aposento particular, em sua cama. E ele quer que você permaneça aqui. Essa é a circunstância mais chocante para mim.

– Entendo. – Sapphire escondeu o prazer que sentiu ao saber que era especial e diferente de suas outras mulheres.

A governanta continuou.

– É igualmente estranho ele permitir que você fale com ele da maneira como você fala: chamá-lo com seu primeiro nome e discutir com ele. – Sabine ergueu a tampa da caixa e revelou uma estonteante variedade de joias – Você é especial para ele. Se souber jogar bem, poderá alcançar muito poder. Eu posso ajudá-la.

Sapphire admirou a astúcia daquela mulher. Uma boa governanta sabia como posicionar a si mesma e as mulheres abaixo dela para obter a melhor vantagem. Mas Sapphire não ficaria por tempo o bastante para precisar de ajuda.

Uma semana. Não mais. E mesmo isso, ela sabia, era tempo suficiente para ter certeza de que não ficaria ilesa.

CAPÍTULO 9

— Wulfric. — Anders, o Rei de D'Ashier, saudou seu filho com uma óbvia alegria.

— Meu pai. — Wulf ajoelhou-se e beijou a mão estendida.

— Obrigado por encontrar tempo para mim em sua agenda ocupada — o rei provocou — Entre mercenários e lindas mulheres nuas, tenho certeza que encontrar-se com seu pai é uma grande imposição.

Wulf riu enquanto seu pai se levantava e o abraçava com força. O rei não era tão alto, mas era igualmente musculoso. Seu peitoral era forte e definido.

— Conversei com você mais cedo — Wulf lembrou-lhe —, quando voltei da primeira vez. Eu esperava que o encontro fosse acalmar suas preocupações até amanhã.

— Você falou comigo por trinta minutos e apenas sobre a emboscada — Anders reclamou — Não disse nada sobre seu paradeiro ou atividades. Você estava agitado e claramente distraído. Depois, foi embora e voltou com uma linda prisioneira.

— Katie não é uma prisioneira.

Anders afundou numa pilha de almofadas coloridas e fez um gesto para Wulf fazer o mesmo. Sobre eles, um teto abobadado com um mural de muitos sóis apoiava um único candelabro enorme. Velas simuladas iluminavam o espaço curvado e faziam os cabelos prateados do rei brilharem. Apesar do enorme tamanho da sala de estar, havia uma sensação de intimidade provocada pelo uso de cores e tapetes de pele que aqueciam o chão de mármore.

– Dizem que ela é uma rebelde – Anders disse, ajustando seu manto encrustado de talgorites – E você achou que eu não seria consumido pela curiosidade? Você não me conhece nem um pouco, se achou que eu conseguiria esperar até amanhã.

– Rebelde. – Wulf sorriu enquanto se sentava – Essa é uma boa descrição. – ele ainda podia sentir as marcas das unhas dela em suas costas e no traseiro.

– Sabine me disse que você criou um furor com seu desempenho no harém hoje. As outras concubinas estão ansiosas para receber uma atenção igual. Você será um homem muito ocupado se quiser atender a demanda. Como eu o invejo!

Wulf estremeceu, ainda constrangido por seu intenso encontro com Sapphire ter sido tão público.

– Cuidarei delas quando eu voltar para meu quarto.

Anders ergueu as sobrancelhas.

– Cuidará delas? Como assim? Você fará uma lista de espera? Ou a sua prisioneira o exauriu? Espere um dia ou dois, meu filho. Você é jovem, logo se recuperará.

– Tempo para me recuperar não é o problema. – só de pensar em Katie ele ficava duro e pronto. O jeito como ela reagia a ele, como se tivesse nascido especialmente para ele... Wulf nunca se cansaria disso.

– Eu também tive as minhas favoritas. – Anders jogou o braço sobre uma almofada e se ajeitou mais confortavelmente – Sabine era uma delas. É muito bom enquanto dura. Aproveite.

– Eu estou aproveitando. – Wulf se inclinou para frente e apoiou os braços sobre as coxas – Talvez você entenda por que eu estava relutante em deixá-la para trás.

Anders permaneceu num silêncio contemplativo por um momento.

– Quem é ela? Onde você a encontrou?

– Não sei por onde começar. E, francamente, não importa como eu apresentarei a informação, pois você não irá gostar.

— Comece por onde você parou — seu pai sugeriu — Diga-me o que aconteceu com você. Conseguiu encontrar alguma informação útil enquanto esteve em Sari?

Respirando fundo, Wulf começou a contar sua história com o instante em que acordou na câmara de cura até o presente momento. Quando chegou ao fim, ele se preparou para a reação de seu pai, que esperava ser explosiva. E Wulf não estava errado.

— Você é um gênio! — Anders se levantou de repente — Isso é fantástico. Agora eles estão em nossas mãos. A filha de Erikson e a concubina favorita de Gunther...

— *Ex*-concubina.

— Não é de se admirar que você esteja desfrutando tanto dela. — seu pai riu e esfregou as mãos juntas.

Wulf se levantou.

— Não é nada disso.

Anders parou e cerrou o olhar.

— Pense com o seu outro cérebro. Ela é um trunfo militar e uma boa transa. Não se esqueça de quem ela é.

Wulf não conseguia se esquecer. A história de Sapphire fazia dela a mulher que era. Uma mulher que ele respeitava e achava fascinante.

Seu pai fechou o rosto.

— Você não pode ficar com ela, Wulfric. Erikson irá atrás dela em pouco tempo, se não pedirmos logo o resgate. E ele terá a bênção do rei, se aquele idiota está tão apaixonado quanto você diz.

— Não se ela quiser ficar. — Katie ainda não havia declarado seu desejo de ficar, mas Wulf faria com que ela quisesse. Ele estava determinado.

Cruzando os braços, Anders curvou os lábios num sorriso malicioso que fez Wulf apertar os punhos.

— Que diabos ela tem entre as pernas para deixar você e Gunther como dois... — ele fez uma pausa. Seus olhos se acenderam como se tivesse descoberto algo importante — Ela é uma *espiã*.

— Não, maldição!

— Pense, Wulfric! Ela dormiu com o Rei de Sari por *cinco anos*! Ela *tem* que gostar dele.

— Ela estava presa por um contrato.

– Besteira. O seu aprisionamento não faz sentido de nenhuma outra maneira. Por que diabos você foi enviado para ela ao invés do calabouço do palácio? Por que o Guardião dela permitiu que você assistisse ao encontro dela com Erikson? Concubinas não são treinadas para o combate. Por que ela possui tanto treinamento? – Anders concluiu seu argumento apontado o dedo para Wulf – Ela é uma maldita assassina ou uma espiã, é por isso!

Wulf permaneceu parado, sentindo o coração martelar.

– Katie não queria vir. Você sabe disso. Eu a trouxe contra sua vontade.

– Você não se decide! Primeiro, diz que ela quer ficar. Depois, diz que ela não queria vir. Qual alternativa é a certa? – Anders riu – Esse é o truque feminino mais velho do mundo: bancar a difícil. Você pode ter a mulher que quiser, Wulfric. O fato de ela ser a única mulher a se negar a você faz dela irresistível. Mas essa negação desaparece quando ela transa com você, não é mesmo? É tudo uma farsa.

– Você me acusa de não me decidir? E sugere que ela não me quer, depois diz que ela quer... na mesma frase?

– Não importa como você olha para isso – Anders retrucou –, os motivos dela são suspeitos.

Afundando nas almofadas, Wulf enterrou a cabeça nas mãos. Sua pele estava coberta de suor e o peito estava pesado, dificultando a respiração. As circunstâncias suspeitas de seu encontro com a linda Sapphire eram inevitáveis, mas ele fizera um ótimo trabalho evitando pensar nisso. Afinal, estava tão grato pelas atenções dela após os horrores que passara no cativeiro.

Tudo que seu pai disse poderia muito bem ser verdade. Wulf conhecia Katie fazia tão pouco tempo, então como poderia discernir a verdade por trás de seus motivos?

– Wulfric. – o rei se abaixou diante dele – Nunca vi você ficar assim por causa de uma mulher. Talvez eles tenham borrifado algum afrodisíaco na câmara de cura. Talvez ela esteja usando esse afrodisíaco em seu perfume ou loção.

Wulf exalou com força.

– Eu cuidarei dela. Vou descobrir a verdade sobre suas intenções.

– Talvez seja melhor chamar o seu irmão. Ele pode...

– *Não.* – o tom de voz de Wulf não deixou espaço para argumentar – Duncan ainda é um garoto, mal podemos chamá-lo de homem. Ele não conseguiria lidar com ela. – Wulf se levantou, sentindo-se repentinamente desconfiado – Ela é minha. E sou mais do que capaz de determinar se ela é minha amante ou meu erro.

O rei se endireitou.

– Estou preocupado com você.

– Não fique. – Wulf olhou diretamente nos olhos que possuíam a mesma cor que os seus próprios – Meu primeiro amor é D'Ashier. Sempre foi. Sempre será.

Porém, a possibilidade de Katie estar mentindo causava uma dor aguda em seu peito.

Ele fez uma reverência.

– Eu o verei pela manhã.

– Sim. – o rei parecia triste – Estarei esperando.

A visão que Wulfric encontrou quando voltou para o quarto o atingiu como um golpe físico. Seu estômago se apertou e a respiração encurtou. Katie o esperava na cama, com o corpo enfeitado com brilhantes pedras vermelhas de talgorite. Suas lindas feições se acenderam quando ela o viu.

Aquilo que existia entre eles não poderia ser uma completa mentira. Alguma verdade deveria existir ali. Quando esteve dentro dela, a reação de Katie foi real e sincera. Ele sabia disso.

Sabine saiu da sala de banho e fez uma reverência ao vê-lo.

– Vossa Alteza.

Wulf não tirou os olhos de Katie.

– Você não parece bem. – Katie franziu as sobrancelhas – O que aconteceu?

Ela se levantou da cama e se aproximou dele. A camisola vermelha translúcida que ela vestia brilhava e delineava suas curvas generosas, deixando escapar vislumbres tentadores da pele branca que se escondia embaixo.

A arma perfeita, se essa era sua intenção.

– Levante-se, Sabine – ele disse asperamente – Prepare um quarto para Sapphire com as outras concubinas. Ela irá se juntar a você logo.

Wulf ouviu as portas se fecharem atrás da governanta. Algo dentro dele também se fechou.

Katie parou diante dele.

– Você me chamou de Sapphire. – ela parecia esperar por uma explicação, mas seus olhos negros diziam que ela entendia muito bem – Você não quer me dispensar. Posso ver em seu rosto.

– Preciso acordar cedo amanhã.

Ela sacudiu a cabeça.

– Você não está assim por causa disso, não é mesmo? Seu pai disse algo que o perturbou.

Wulf não conseguiu impedir a si mesmo de abraçá-la. Sua cabeça doía. Ele não sabia em que ou quem acreditar e, até saber com certeza, tinha uma obrigação com a Coroa de proteger a si mesmo e a seu povo.

Afastando Katie de repente, Wulfric a jogou na cama.

– O que você está fazendo? – ela perguntou, com sua voz mais rouca do que o normal.

Wulf se abaixou sobre ela e levou os lábios ao lado de seu ouvido.

– Diga-me, Katie. Por que uma concubina de carreira estudaria técnicas de combate? Você possui as habilidades de uma assassina. – ele empurrou a camisola para cima da cintura dela e deslizou a mão entre suas pernas. Senti-la tão quente e macia o excitou ainda mais. Seu membro cresceu e inchou.

– E-eu... Meu pai insistiu que eu aprendesse a me proteger. – ela ofegou quando ele abriu seu sexo e circulou o clitóris usando o dedo indicador – Na escola secundária havia um jovem que... hum... isso é muito bom.

– Continue falando – ele ordenou, cerrando os dentes ao sentir o quanto ela estava escorregadia. Quando a pele de Katie se aqueceu, o aroma de mulher excitada encheu suas narinas e o deixou maluco. Ela não precisava usar um afrodisíaco; ela própria era um. Sempre que ele a tocava, Wulf se sentia selvagem e fora de controle. Se confiasse nela completamente, ele mergulharia na força da atração animal entre eles. Mas do jeito que estava, ele sentia como se estivesse se afogando. E não iria se afogar sozinho.

– Ele me acompanhou até minha casa num dia. Ele tentou...

Wulf empurrou dois dedos dentro dela, segurando um rosnado ao sentir seu interior apertado, mas macio. Ele começou a fodê-la num ritmo preguiçoso, determinado a fazê-la sentir o mesmo desejo básico que ele sentia. Para dentro e para fora. Ele enganchou os dedos e esfregou sobre o ponto sensível dentro dela.

– Oh... – Katie gemeu e se contorceu de um jeito que fez Wulf suar tentando se segurar – Não consigo pensar quando você me toca.

Wulf observou quando ela pressionou o rosto no cobertor e fechou os olhos. Mesmo agora, dividido como estava, ele precisava dela tanto quanto precisava de ar para respirar. E ele a teria. Wulf iria tomá-la daquele jeito, com o rosto no colchão, para que ela não pudesse ver o que provocava nele.

– Ele tentou se aproveitar de mim... – os quadris dela se esfregavam em sua mão em pequenos círculos, tomando aquilo que ela precisava, fazendo seu sexo ondular faminto sobre os dedos de Wulf – Mas meu pai c-chegou... em c-casa bem naquela hora. Não aconteceu nenhum dano permanente, mas d-depois disso eu quis aprender a me defender.

– Você levou isso ao extremo – ele rosnou – Você é treinada para matar. E não apenas um oponente, mas vários.

– Não faço nada pela metade. – uma irritação marcou sua voz – Você também não.

– Mas você não é fiel pela metade? Traindo seu pai e seu rei para me proteger?

Abrindo os olhos, Katie levantou a cabeça e olhou duramente para ele.

– Você ouviu alguma coisa sobre mim que o deixou bravo comigo. Se for uma briga que você quer, então me encare diretamente. Se quiser transar, ande logo. Seja como for, vá direto ao assunto.

Rosnando de frustração e confusão, Wulf desatou seu robe com dedos ágeis. As duas partes se abriram e ele tirou seu membro para fora. Sem dizer uma palavra, ele a penetrou com força.

Ela gritou enquanto ele a preenchia num impulso violento que a pressionou contra o colchão.

– Você sempre levou os homens à loucura? – ele perguntou asperamente – Sou apenas mais um dos que perderam a cabeça com você? – Ele puxou os joelhos dela até a beira da cama e segurou seus quadris, impedindo que ela fugisse. Wulf começou a penetrar com desespero.

– Sim – ela retrucou de repente – É isso que você quer que eu diga? Que você não significa nada para mim? Que eu estou apenas ferrando com você de todas as maneiras que eu posso?

Katie estava quente e apertada, tão extremamente apertada que Wulf pensou que fosse morrer de prazer. Nenhum homem poderia viver com uma eterna luxúria como aquela. Ele a fodia como um homem possuído, pois era assim que se sentia, tentando entrar dentro dela para que pudesse enxergar seus motivos e saber a verdade sobre seus sentimentos em relação a ele.

– Você está mentindo – ele ofegou – Você se importa comigo.

Os gemidos de Katie o atingiram como chicotadas. Ele a cavalgou com estocadas longas e profundas, rosnando a cada vez que atingia o fundo. Era inacreditável, o êxtase que se acumulava por sua espinha dorsal e queimava em seu sangue. Ele adorava fazer amor com ela. Wulf precisava sentir a proximidade, a sensação de conexão que compartilhava apenas com Katie.

Ela agarrava o cobertor e impulsionava o corpo contra ele, fodendo Wulf tão forte quanto ele a fodia. Seu sexo agarrava a ereção em deliciosos pulsos rítmicos que o deixaram à beira do clímax. Wulf baixou a mão e provocou o clitóris, adorando a maneira como ela gemia seu nome. Ele sincronizou as estocadas com os movimentos dos dedos.

– Wulf... é tão bom... tão bom...

Ele a abraçou com força.

– Katie – ele sussurrou, desejando não ter conversado com seu pai, desejando ter ficado no quarto com ela, ignorando o mundo exterior cheio de preconceitos e as dúvidas que criavam.

Isto era real.

Wulf sentiu Katie ficando tensa, depois os músculos se contraíram ao redor de seu membro pulsante. Ele parou no ponto mais profundo, permitindo ao corpo dela ordenhá-lo até o orgasmo. Ele estremeceu enquanto a abraçava, gozando dentro dela e soltando um dolorido gemido de prazer. Os disparos eram destruidores e não acabavam nunca, cada jato de sêmen era seguido de um espasmo que fazia tremer todo o seu corpo.

Caindo sobre ela na cama, ele virou seus corpos para o lado. Abraçados, eles ainda estavam unidos.

Quando sua respiração errática se acalmou, ele notou seus dedos entrelaçados e segurou suas mãos juntas sobre o coração acelerado de Katie. Wulf a puxou para seu peito e abandonou os planos de enviá-la para o aposento das concubinas, preferindo ficar profundamente dentro ela. Conectados.

Se ela fosse a traidora que seu pai achava, Wulf arriscava a vida a cada vez que dormia com ela. Katie poderia matá-lo quando ele estivesse vulnerável. Sua morte enviaria D'Ashier para o caos e, uma vez que ele era o chefe das forças militares, sua perda poderia criar uma vulnerabilidade momentânea que seria facilmente explorada pelo inimigo.

Estranhamente, a possível ameaça à sua vida não o amedrontava, ao menos não o suficiente para enviar Katie para longe. Sim, não era possível negar que encontrá-la havia sido uma coincidência improvável, mas ela ainda não o matara.

– Se você me enviar para Sabine – Katie sussurrou asperamente –, eu nunca irei perdoá-lo.

Em resposta, ele se ajeitou mais profundamente dentro dela e apanhou um seio com suas mãos entrelaçadas.

Quando estavam deitados na cama dela em Sari, Wulf pensara que tê-la em seu palácio e sua cama iria acalmar a sensação de ter seu tempo com ela se esgotando. Mas em vez da estabilidade que almejara, ele agora sentia um abismo se abrindo cada vez mais entre os dois.

Ele a abraçou com mais força e soube que teria que mantê-la no palácio até não mais desejá-la. Nada ficaria em seu caminho.

Nem mesmo ela.

CAPÍTULO 10

Sapphire acordou de repente e se sentou na cama enquanto sua mente sonolenta tentava discernir o que a havia acordado. Ela tirou os cabelos de cima dos olhos com dedos impacientes e se surpreendeu ao ver um homem em frente à porta; suas pernas estavam separadas e os braços musculosos estavam cruzados sobre o peito largo.

Ele era enorme, sua altura facilmente passava dos dois metros, os ombros possuíam uma amplitude gigante que se afunilava numa cintura estreita e coxas do tamanho de troncos de árvores. Sua pele e olhos eram sombrios como a noite, a cabeça era careca, e largos brincos dourados adornavam as orelhas.

Sapphire observou sua vestimenta em vermelho berrante cheia de medalhas e faixas douradas. Sorrindo, ela disse:

– Você deve ser o Capitão da Guarda do Palácio.

Uma surpresa momentânea acendeu os olhos do homem antes de responder com uma voz profunda e retumbante.

– Sim, eu sou.

– Bom dia, Capitão.

Ele fez uma reverência sem descruzar os braços.

– Meu nome é Clarke, Madame.

– Que nome diferente. Gostei. – ela exibiu um sorriso luminoso. Os cantos dos lábios do capitão tremeram levemente.

Querendo começar o dia explorando o lar de Wulf, Sapphire passou a mão sobre o tecido macio de sua camisola vermelha. Ela se perguntava se Wulf notara sua decisão de se vestir com as cores dele. Mas talvez ele estivesse agitado demais. Seu pai havia plantado dúvidas em sua cabeça, algo que ela já esperava, considerando as circunstâncias.

Por mais que ela odiasse a nova tensão entre eles e o toque de desespero que isso acrescentava ao sexo, Sapphire sabia que era importante que Wulf encarasse os fatos – eles estavam juntos por um tempo finito.

Mesmo assim, ela guardaria para sempre na memória o gesto de Wulf, que seguira seu coração na noite passada. Ele havia planejado mandá-la para outro quarto. Mas em vez disso, ele a abraçara e não mais soltara. Uma vaga lembrança de um beijo afetuoso antes de ele sair pela manhã deixou Sapphire indefesa. A saudade era inevitável, mas valia a pena. Ela havia experimentado uma grande paixão e sentia que isso havia retornado na noite passada. Desejar o impossível, mais tempo e menos impedimentos, iria apenas atrapalhar aquilo que já possuíam.

Ao deslizar para fora da cama, ela voltou sua atenção para o capitão.

– Posso ajudá-lo com alguma coisa, Clarke? – quando ele ergueu uma sobrancelha, ela elaborou a pergunta – Por que você está aqui?

– Sua Alteza, o Príncipe Wulfric, ordenou que eu a acompanhasse hoje.

Com um aceno de cabeça, ela entrou na sala de banho e se banhou rapidamente, aparecendo alguns minutos mais tarde vestida num longo robe branco.

– Preciso me vestir. O que devo usar?

Clarke franziu as sobrancelhas.

– Minhas ordens são para segui-la aonde você desejar ir.

Então... Wulf achava que ela poderia fugir. A boca dela se curvou ironicamente.

– Pobre capitão – ela disse num tom de brincadeira – Que tarefa miserável.

Sapphire riu quando o capitão concordou com um aceno e se divertiu com o sorriso que ele exibiu em resposta. Talvez ela pudesse fazer outro aliado. Segurança e estratagemas militares eram dois de seus interesses. Seria fascinante estudar esses aspectos do palácio real de D'Ashier – e descobrir maneiras para fugir. É claro, ela teria que ter cuidado em sua curiosidade...

– O que você estaria normalmente fazendo num dia como este?

– Supervisionando o treinamento dos meus homens.

– Excelente. – ela esfregou as mãos juntas – Adoro treinar. O que você acha se *eu* seguir *você* por toda parte hoje?

Clarke hesitou.

– Não tenho para onde ir. E não gosto particularmente da ideia de ficar o dia inteiro neste quarto. Você não concorda? – quando ele respondeu com um olhar de desconforto, ela sorriu – Então, está combinado. Vou procurar um traje *dammr* no meio das roupas que Sabine trouxe para mim na noite passada.

Infelizmente, não havia nenhum traje biológico entre os adoráveis vestidos que ela recebera. Demorou quase uma hora para localizarem um traje *dammr* do seu tamanho, mas a demora foi boa. Quando ela finalmente estava vestida, o capitão já tinha certeza de que ela não queria participar de nenhuma atividade feminina. Se ele tivera alguma dúvida sobre ela, agora já não tinha mais.

Ao atravessar os corredores arqueados, Sapphire acelerou para acompanhar as enormes passadas do capitão. Ela estava aquecida e pronta quando eles se juntaram aos homens no campo de treinamento, que ficava num grande pátio ao ar livre.

O capitão rapidamente entrou em seu elemento, supervisionando a divisão dos guardas em vários grupos, cada um focado numa área específica do treinamento de combate. Um dos grupos praticava com espadas, outro com máscaras de filtros biológicos, outro praticava tiro. Mas o grupo que mais a interessava era aquele que treinava combate corpo a corpo. Ela os observou atentamente, notando seus pontos fortes e as fraquezas.

Ela se virou para Clarke.

– Quais desses homens são diretamente responsáveis pela proteção do Príncipe Wulfric?

– Aqueles que usam listras azuis e pretas.

– Tenho algo para mostrar que talvez você ache interessante. Você poderia chamá-los, por favor?

Olhando para ela de um jeito curioso, Clarke atendeu seu pedido. Logo, vinte homens se posicionaram num semicírculo ao redor deles. Com o queixo erguido e os ombros para trás, Sapphire perguntou:

– Algum de vocês lutou nas Confrontações?

Cinco homens deram um passo à frente, e ela notou a faixa especial em seus uniformes que não existia nos outros.

Passando na frente de cada um, Sapphire os inspecionou cuidadosamente.

– Acredito que ao menos um ou dois de vocês perderam suas espadas quando contra-atacaram desta maneira...

Ela alcançou o último homem, agarrou sua arma e acionou a lâmina laser. Com um gracioso impulso para frente, Sapphire demonstrou a complicada combinação de ataque que era comum na força militar de D'Ashier.

– Isso pode acontecer com o melhor dos homens – um dos guardas disse, com um tom de voz defensivo.

– Verdade. Mas eu posso mostrar a você como diminuir os riscos. Alguém gostaria de demonstrar comigo?

Após hesitar um pouco, Clarke assentiu sua aprovação, e um dos cinco guardas acionou sua lâmina e ficou de frente para Sapphire. Ela fez um cumprimento, depois atacou. O homem respondeu com restrição a princípio, depois usou mais vigor quando reconheceu as habilidades dela. Em questão de momentos, Sapphire desarmou o guarda usando uma técnica que ela e seu pai haviam aperfeiçoado.

– Maldição – ele murmurou, arregalando os olhos quando a lâmina retraiu e o cabo foi jogado para longe.

Os guardas de Wulf começaram a falar com excitação.

– ... *sim, igualzinho*...

– ... *aconteceu comigo*...

Ela os encarou.

– Já que vocês protegem o Príncipe Wulfric, eu gostaria de mostrar não apenas como fazer isso, mas como evitar que aconteça com vocês.

Treinar os homens de Wulf com o estilo de luta de seu pai não era a coisa mais leal que poderia fazer, mas já que pretendia aprender como Wulfric transferia os homens de seu palácio sem um transportador, ela pensou que era justo. O conhecimento que entregaria não colocaria as tropas sarianas em mais risco que antes, mas dificultaria qualquer ataque contra Wulfric. Por mais sentimento de culpa que sentisse, Sapphire estava decidida. Ela receberia informações valiosas de seu amante, mas também deixaria um pedaço valioso de si mesma para trás.

Clarke fechou o rosto.

– Onde você aprendeu a fazer isso?

– Nunca pergunte os segredos de uma mulher. – apanhando a espada caída, Sapphire a entregou para o guarda.

Enquanto o capitão debatia internamente se aceitava ou não a oferta, o silêncio se estendeu.

Sapphire encolheu os ombros e se virou.

– Se decidir aceitar, eu estarei relaxando ali debaixo daquela sombra.

– Madame?

Ela olhou sobre o ombro.

– Sim?

Clarke jogou sua espada para ela. Sapphire girou no calcanhar e apanhou a arma no ar.

– Ótimo. – ela ofereceu um largo sorriso. A ideia de reforçar a proteção de Wulf a encheu de alegria. Talvez seus conhecimentos pudessem salvar a vida dele. Pensar nisso acalmou a melancolia e a culpa que sentia.

Ela se lançou ao treinamento com vigor.

Enquanto Wulf cruzava o corredor de mármore em busca de seu pai, seu humor estava sombrio.

Ele passara o dia todo cuidando de tudo que fora negligenciado durante sua ausência, mas sua cabeça estava em outro lugar. Katie não saía de sua mente, como um enigma sensual que precisava resolver. Ele não conseguia se concentrar. Quatro dos homens responsáveis por seu sequestro foram capturados e estavam sendo interrogados. Wulf esperava em breve ter informações que iluminassem o mistério da emboscada e de ter servido como um "presente" para Katie.

Virando a esquina, Wulf pisou na varanda que ficava acima do pátio central do campo de treinamento. Seu pai estava diante do parapeito, com as costas rígidas.

Rodeado por escadas nos dois lados e coberto com uma lona térmica, o campo estava protegido do calor do sol poente, que banhava os guardas lá embaixo com uma luz avermelhada. Wulf se juntou a Anders na beirada e olhou para baixo, tentando discernir o que estava preocupando o rei.

– O que foi, meu pai?

E então, ele a viu.

Katie estava abaixada dentro de um círculo de guardas do palácio, preparando para treinar com um de seus guardas pessoais.

– Que diabos ela está fazendo? – Wulf gritou, ficando tenso ao vê-la em perigo, fosse real ou não.

Seu pai se virou para ele, revelando um rosto distorcido pela fúria.

– Ela está nos sabotando em nosso próprio território! Ela passou o dia todo lá embaixo, treinando os homens no uso da espada. Agora está treinando combate corpo a corpo. Ela será a nossa ruína. O pai dela virá resgatá-la e nossos homens serão inúteis, treinados por aquela mulher para falharem.

O guarda avançou sobre Katie e os dois colidiram num emaranhado de pernas e braços cobertos com trajes *dammr*. Os outros guardas ao redor abriram caminho enquanto os dois corpos rolavam furiosamente no centro.

– *Parem!* – a voz de Wulf ecoou pelo pátio.

Todos congelaram e olharam para a varanda, exceto pelos dois lutadores concentrados em sua atividade.

Wulf avançou para a escadaria, correndo para acabar com o confronto antes que Katie se machucasse. Uma sombra disparando pelo campo chamou sua atenção em sua visão periférica. Wulf diminuiu os passos quando viu seu irmão, Duncan, correr em direção aos guardas. Lançando-se entre os homens, o príncipe puxou Katie para longe da luta e violentamente acertou seu rosto com as costas da mão antes que Wulf percebesse a ameaça.

– *Não.*

Sentindo o sangue ferver nas veias, Wulf disparou pelo pátio e agarrou seu irmão. Katie caiu ao chão.

Wulf preparou um soco e acertou com força. O golpe foi seguido de outro, depois outro, os dois punhos disparando num bombardeio rápido demais para ser defendido.

– Wulfric! – seu pai gritou – Pare!

Mas ele não parou, pois estava enfurecido demais para obedecer qualquer comando. Vários braços tentaram segurá-lo, tentando puxá-lo para longe de seu irmão, apesar da resistência. Duncan se encolheu diante daquela fúria, mas a visão de Katie caída e machucada impedia qualquer sentimento de clemência.

Wulf se debateu e se livrou daqueles que o seguravam.

– Você não tem direito de tocar aquilo que é meu!

O rei o agarrou pelo ombro com força.

– O que há de errado com você? A mulher se recusou a obedecer uma ordem direta. Disciplina era necessária e apropriada.

– Ela não podia me ouvir e você sabe muito bem disso.

Ele se livrou das mãos de seu pai e foi se ajoelhar ao lado de Katie. Com um gentil toque em seu queixo, ele posicionou seu rosto para avaliar a extensão do ferimento. Seu olho direito estava fechado por causa do inchaço e a bochecha estava avermelhada, mas nenhuma lágrima apareceu.

O olhar feroz que Wulf lançou para Duncan prometia retribuição. Seu irmão estava se dirigindo para a sala de cura, num caminho que repetiria muitas vezes se voltasse a encostar em Katie.

Ajudando Katie a se levantar, Wulf apoiou seu corpo, num gesto protetor. Seu olhar queimava sobre a plateia que os observava.

– Ninguém pode disciplinar esta mulher, exceto eu. Estou sendo claro?

O rei curvou os lábios.

– E o que você considera uma punição adequada? Fodê-la até ela aprender?

Wulf deu as costas para seu pai e fez um gesto para o capitão da guarda do palácio.

– Leve-a para uma câmara de cura.

Separar-se dela agora era doloroso, mas Wulf não tinha escolha. Sua insubordinação ao rei precisava ser discutida e Katie precisava de atenção médica imediata.

Enquanto o capitão a levava para fora, Katie não disse nada para ninguém.

Anders correu as duas mãos sobre seus cabelos.

– Você percebeu o que fez, Wulfric? Você desafiou a autoridade do seu rei e do seu irmão para defender o inimigo.

– Ela não é o inimigo.

– Você pensaria diferente se eu dissesse que ela escolheu de propósito os *seus* guardas pessoais para treinar? Ela é uma serpente esperando para dar o bote. Peça logo um resgate ou jogue-a num calabouço. Isto é uma ordem real. – Anders se retirou com passos duros.

Wulf ficou sozinho no centro do pátio, lutando contra uma onda de emoções com a qual não sabia como lidar. As últimas semanas de sua vida o haviam mudado de maneiras para as quais não estava preparado. Ele quase morreu, depois caiu nos braços de uma linda mulher. A vida que possuía se transformou irrevogavelmente pelo afeto que sentia por ela.

– Katie. – por mais irracional que fosse, ele queria que ela prometesse que nunca o deixaria. Wulf poderia sobreviver ao pior dos dias se ela estivesse presente para acalmá-lo em suas noites.

Ele se dirigiu para a ala médica do campo de treinamento com passos rápidos e impacientes. Virando a esquina, Wulf andou diretamente para Duncan, que saía de uma sala de cura.

– Wulfric, maldição. – Duncan cambaleou antes de retomar o equilíbrio – Que diabos foi aquilo?

Wulf respirou fundo para se acalmar antes de responder.

– Nunca mais toque aquela mulher. Você entendeu?

– Nosso pai disse que ela é o inimigo!

– Em primeiro lugar, ela é uma mulher. Eu não vou tolerar violência contra uma mulher. E independentemente de quem seja, ela é *minha*. Eu cuidarei dela.

Duncan curvou os lábios de um jeito petulante.

– Você não precisava tentar me matar para fazer-se entender.

– Eu perdi a cabeça, mas não pedirei desculpas. Você fez uma coisa errada ao golpeá-la.

Wulf olhou sobre o ombro de Duncan para a sala de cura ao lado, onde o capitão estava de guarda na porta. Ele franziu as sobrancelhas. Quando tentou passar, Duncan o bloqueou.

– Em lugar de um pedido de desculpa – seu irmão disse –, que tal um agrado?

Wulf voltou a atenção para Duncan.

– Que tipo de agrado?

– Eu gostaria de comprar alguns contratos e ter meu próprio harém.

– Que seja – Wulf concordou asperamente – Você já tem idade suficiente.

– Podemos ir ao mercado de Akton amanhã?

– Não. Tenho que cuidar de muitas coisas. Mas você pode visitar as minhas concubinas e ver se alguma delas aceitaria você. Comece o seu harém com qualquer uma que estiver disposta a trabalhar para você. Eu as libertarei de seus contratos.

O rosto de Duncan era quase cômico em sua surpresa.

– Você está brincando?

– Você estaria me fazendo um favor.

A porta da sala ao lado se abriu. Katie apareceu, vestida com um roupão branco. Seus olhos se cruzaram, mas o rosto dela não mostrava emoção alguma. Depois, ela se virou e se afastou rapidamente. Clarke a seguiu.

Wulf empurrou seu irmão para o lado.

– Katie.

Os passos dela aceleraram.

– Disciplina, meu irmão. – o tom de voz de Duncan tinha um toque de ironia – A prisioneira parece não saber quem é que manda por aqui. A insubordinação dela pode ser contagiosa, se não tiver cuidado.

Katie se virou de repente e começou a andar na direção deles.

– É melhor você correr, garoto. – a voz dela estava cheia de veneno – Antes que eu termine o que o seu irmão começou.

Duncan cambaleou para trás. Wulf entrou na sua frente para impedir o avanço de Katie.

– Vá embora, Duncan. Agora.

Agarrando o braço dela com força, Wulf puxou Katie para longe do perigo, arrastando-a para a direção oposta.

– Não faça nenhuma besteira – ele disse rispidamente.

– Como é? - ela disse com indignação.

– Ele é um príncipe de D'Ashier.

Ela parou e se livrou dele.

– Ele poderia ser o rei e eu não me importaria! Ele não é nada para mim.

Wulf a pressionou contra a parede. Sua mão envolveu o pescoço dela, tendo cuidado para ser gentil, mas precisando afirmar seu argumento. Sua boca se aproximou do ouvido dela para que ninguém os ouvisse.

– Você precisa obedecer – ele ordenou num sussurro furioso – Precisa ser educada. Precisa mostrar respeito. Para sua própria segurança.

– Não farei nada disso. Não sou uma escrava nem uma prisioneira. – ela tentou afastá-lo, mas ele não se moveu.

– Sua posição aqui é perigosa. Sua conexão com seu pai e o Rei de Sari a torna suspeita.

Ela começou a se debater com força. O roupão se abriu, expondo sua nudez. A visão da pedra de talgorite enfeitando os mamilos e o umbigo aqueceu as veias de Wulf. Ele pressionou seu corpo contra ela, lembrando-se da imagem dela quando ele estava na câmara de cura naquele primeiro dia. E depois se lembrou da noite anterior, quando ela vestira a cor vermelha. *Sua* cor.

Quando seu pau inchou encostado na barriga de Katie, ela congelou.

– Solte-me. – ela o olhava com olhos negros e acesos – Quero que me envie para casa.

Wulf fez um gesto dispensando a presença imponente de Clarke.

A voz rouca de Katie saiu trêmula de emoção.

– Você sabe que nosso tempo acabou.

– Nosso tempo não pode ter acabado. Eu ainda quero você.

– Você não pode sempre ter as coisas que quer. – Katie voltou a se debater, contorcendo seu corpo macio contra o membro pulsante de Wulf.

Respirando fundo, ele tentou acalmar a necessidade que o consumia. Em vez disso, o aroma da pele dela invadiu seus sentidos. Apesar da câmara de cura ter limpado o aroma de lírios draxianos, Wulf ainda se sentia excepcionalmente atraído por ela.

– Katie, pare. Eu estou... fora de mim. Vou fodê-la contra esta parede se você não parar de se esfregar em mim.

Ela empurrou seus ombros.

– Você não pode me manter aqui contra minha vontade. Eu encontrarei um jeito de voltar para casa.

O coração dele martelou em resposta àquelas palavras.

— Farei você querer ficar. — sua língua tracejou a orelha de Katie. Wulf levou a mão entre seus corpos e abaixou a cintura da calça, libertando seu membro, que pulsou entre os dois, tão ereto que chegava a doer. — Eu farei você queimar de desejo igual a mim.

O olhar de Sapphire foi capturado pela imagem do pênis de Wulf, tão grosso e longo, impulsionando brutalmente entre eles. Ele estava obviamente excitado, mostrando-se descaradamente ao ar livre.

Quando a mão livre de Wulf entrou debaixo do roupão dela e tocou seu quadril, Katie ofegou com medo e prazer ao mesmo tempo. Aquela ameaça sensual pairava no ar, fazendo-a tremer. Wulf se tornava duplamente perigoso ao saber o quanto ela o desejava, e ele não hesitava em usar esse conhecimento contra ela.

— Que diabos você está fazendo? — ela ergueu o queixo.

O sorriso dele não alcançou seus olhos.

— Meu pai acha que você é uma espiã ou uma assassina.

— Eu não me importo com o que ele acha.

— Eu me importo. — seu tom de voz fez Katie congelar — Mas mesmo assim, eu o desafiei, constrangi meu irmão e coloquei D'Ashier em risco. Por você. Porém, você parece que não sente o mesmo que eu. Você está sempre me lembrando o quanto é fácil para você me jogar de lado.

Sapphire não conseguia se mexer com a mão de Wulf em sua garganta, a perna entre suas coxas, o corpo prendendo-a contra a parede. Ela praguejou e mordeu a orelha dele com força o bastante para tirar sangue, mas ele não se abalou.

— O que você quer de mim? — ela exigiu saber — Meu amor? Minha devoção? Saber que devemos nos separar e que isso me mataria se você significasse mais para mim do que significa neste momento?

— Sim — ele rosnou — Por tudo que arrisquei por você.

Ele soltou sua garganta. Depois, deslizando as mãos na parte de trás das coxas dela, Wulf levantou seu corpo...

— Wulf!

... e com um gemido torturado, abaixou-a sobre seu membro ereto.

Sapphire gemeu quando a grossa cabeça forçou para dentro da pele que ainda não estava totalmente pronta para ele. Sapphire estava úmida, mas não molhada. Ele a pressionou contra a parede e impulsionou os quadris, avançando para dentro dela, lutando contra cada centímetro que queimava em sua pele.

– Você está me machucando – ela sussurrou.

Wulf congelou.

As mãos dela subiram até os ombros dele e sentiram os músculos flexionando debaixo das palmas. Ela arqueou sobre a intrusão de seu corpo, pressionando os seios contra o peito dele.

Tremendo, ele encostou sua testa úmida contra a dela.

– Você está me *destruindo*. Você não me dá espaço. Se ficar ou se for embora, você não se importa.

– Eu não posso me importar.

– Você não se abre para mim.

– Se eu não me importasse, tudo seria diferente. As coisas estão do jeito que estão porque eu me importo.

– Eu estou desmoralizado por causa da falta de controle que sinto com você – ele rosnou, seu tom de voz cheio de autodepreciação – Eu quase matei meu irmão por sua causa, depois fiz algo pior ao tentar entrar em você da única maneira que você me permite.

– Eu o perdoo. – Sapphire segurou sua nuca e apertou o rosto contra ele. Wulf a segurava sem nenhum esforço, parado com apenas metade de seu membro pulsando dentro dela – Você quase morreu. Eu fui a primeira coisa que viu logo depois e...

Ele apertou ainda mais a cintura dela.

– Você não entendeu nada se pensa que *isto* – ele pontuou a palavra flexionando seu pau – é apenas gratidão. Eu gostaria que fosse. Eu poderia cobri-la com joias e dinheiro, e tudo estaria acabado. Eu poderia ter ido embora como você me pediu, e consideraria sua liberdade como uma recompensa por sua hospitalidade.

Com mãos trêmulas, Sapphire virou a cabeça dele para poder encará-lo. Ela podia sentir sua tensão. As pupilas estavam dilatadas; o verde das íris era um mero círculo fino ao redor dos centros negros. Seu grande corpo tremia, traindo sua afirmação de que não possuía controle. Ele estava no limite de seu desejo, mas conseguia se manter onde estava.

Seu olhar brilhava febrilmente quando ele disse:

— Eu nunca quis ser outra pessoa. Até agora.

— Eu nunca pediria para você mudar. Nunca. Eu adoro tudo que você é, do jeito que você é.

Você não se abre para mim...

Levando uma das mãos entre seus corpos, Sapphire começou a esfregar seu clitóris fazendo lentos e gentis círculos com os dedos.

— Katie...?

— Eu quero você dentro de mim.

Ele perdeu o fôlego, depois abaixou a cabeça até um dos seios. Sua língua se enrolou ao redor da joia presa ao mamilo e acariciou a parte de baixo. Wulf a excitou imediatamente, com uma experiência espantosa. Sapphire sentiu um calor subindo e o sexo cada vez mais molhado, permitindo deslizar sobre seu pau como uma luva feita sob medida. Ele a abaixou até a base e deixou a tensão escapar quando exalou quente sobre os seios úmidos de Sapphire.

Para ela, a sensação de ter se conectado com sua outra metade era profunda. E essa sensação estava se tornando tão necessária quanto respirar. E isso era assustador.

Sapphire nunca soube que isso poderia acontecer. Nunca ninguém contou que o sexo poderia dar mais do que prazer físico. Ela pensava que a satisfação seria maior e a necessidade mais aguda, mas nunca se preparou para a sensação de unidade ao fazer amor com um homem num nível emocional.

E ela sabia que Wulf sentia o mesmo, afinal, ele era um sedutor tão preso em seu papel de príncipe herdeiro que apenas a proximidade da morte conseguira libertá-lo.

— Eu sabia que acabaria assim — ela sussurrou, equilibrando-se entre prazer físico e dor emocional — Eu sabia que seríamos forçados a escolher entre o resto de nossas vidas ou um ao outro. E sabia como nós dois escolheríamos. Eu tentei ser forte...

— Adoro a sua força. — ele a beijou, longa e lentamente, num encontro de lábios e línguas que fez seu sexo se apertar faminto ao redor da ereção. Puxando o ar, ele falou sobre a boca dela — Mas preciso saber se você gosta mesmo de mim.

Prendendo os tornozelos nas costas de Wulf, Sapphire se ergueu, apertando os músculos internos para abraçar a extensão de seu membro da base até a ponta.

Ele gemeu. Suor escorria por sua sobrancelha.

– Quero que me possua. Eu já tomei demais de você.

Ela abaixou novamente sobre ele, gemendo de prazer ao sentir aquela invasão interminável.

– Eu gosto quando você me possui.

Quando estava com ele, Sapphire se transformava numa criatura de paixão. Sem razão nem planejamento. Era um tipo de liberdade que nunca havia sentido e na qual já estava viciada.

Encostando-se na parede, ela soltou os braços, sabendo que a força dele era suficiente para sustentar seu corpo com facilidade. Sapphire se abriu para Wulf de todas as maneiras, mostrando com os olhos e a postura indefesa que ela era dele. Mesmo que só por aquele momento.

Wulf começou a penetrá-la. Primeiro, com movimentos curtos e gentis. Depois, com mais força e velocidade, usando os braços junto com os quadris, puxando-a para baixo enquanto seu pau a invadia.

Foi selvagem e animal, e ela adorou. Tudo. Desde o começo apressado e desesperado, até este avanço furioso buscando o clímax.

Posicionando os quadris dela, Wulf se enterrou por inteiro, sua grossa cabeça atingindo tão fundo que os dedos dos pés de Sapphire se enrolaram e apertaram. Ele acertava de novo e de novo sobre o ponto dentro dela que a deixava louca de prazer, soltando gritos desesperados que o estimulavam ainda mais.

– Os sons que você faz – ele rosnou – Eu os ouço mesmo quando você não está comigo.

O cheiro de sua pele, exótico e almiscarado, intoxicou Sapphire, assim como a sensação da calça raspando na parte interna de suas coxas. Ela gemeu e fechou os olhos.

– Vou gozar – ela ofegou, sentindo os músculos se apertarem dentro dela. A tensão explodiu num violento clímax pulsante. Sua boceta agarrou o pau de Wulf e ondulou por toda a extensão, ordenhando o grosso membro em apertões extasiados.

Wulf praguejou e a apertou contra a parede, seu peito expandindo contra os seios dela enquanto disparava o sêmen em jatos rápidos e fortes. Foi delicioso. Luxurioso. A sensação de receber aquela erupção tão feroz.

Esfregando a testa molhada de suor sobre ela, Wulf disse enquanto tentava recuperar o fôlego:

— Sou louco por você igual a um jovem com sua primeira mulher.

— Eu gostaria de ser a sua primeira – ela sussurrou – A sua única.

Um pequeno sorriso surgiu no canto da boca dele.

— Sou grato pela experiência que possuo, ou não teria a habilidade de dar prazer a você.

— Você me satisfaz mais do que eu achava possível. – ela tocou nas mãos dele onde Wulf segurava em seus quadris – E sempre quero mais.

O rosto de Wulf se tornou sério, perdendo toda a suavidade e exibindo uma tristeza que fez o peito de Sapphire se apertar.

— Quanto tempo mais você pode passar comigo?

— Uma semana. Talvez. Se eu puder falar com meu pai e acalmar suas preocupações.

Wulf assentiu.

— Você me permitirá esse tempo?

— Se eu puder. – Sapphire beijou suas sobrancelhas – Se eu pudesse, ficaria com você até se cansar de mim.

— Ou você de mim.

— Duvido que isso seja possível.

O sorriso dele parecia sombriamente determinado.

— Eu tenho alguns dias. Vou fazer você ter certeza de que é impossível.

CAPÍTULO 11

Sapphire olhou para a mancha de sangue na cama de Wulf, e um doloroso aperto se formou em seu estômago.

Seu ciclo havia começado. Pontualmente, como sempre.

Você sabia que isso estava para acontecer. Mas saber não significava estar preparada.

Ela não seria capaz de acomodar Wulfric nesta noite ou nos últimos dias antes de ir embora. Ela sabia por experiência própria e pelos conselhos de Sabine que Wulf era um homem de apetite sexual voraz. Alguns dias atrás – antes da horrível cena com o Príncipe Duncan no pátio – ela poderia até acreditar que ele quisesse ficar com ela de qualquer maneira, que estaria disposto a passar os últimos dias com ela sem sexo. Mas agora, Sapphire não sabia em que acreditar.

Ele já não mais a beijava, não abraçava, nem sorria. O sexo era apenas sexo. Era cada vez mais passional, e às vezes ela até sentia que havia quebrado a barreira emocional de Wulf. Seus olhos brilhavam sobre ela em meio à escuridão e ela imaginava suas emoções, imaginava que Wulf estivesse também se abrindo para recebê-la em seu coração. Ela então abria os lábios faminta por ele, faminta pela sensação de ser devorada por ele como se nunca fosse suficiente.

Mas então ele recuava e voltava a ser o príncipe distante que ela não reconhecia. Um estranho reservado que não era frio, mas ao mesmo tempo não era acolhedor. Distanciando-se emocionalmente antes da inevitável separação física.

Dirigindo-se para a sala de banho, Sapphire tomou seu banho de sempre. Depois atravessou o longo corredor até o harém, onde, por segurança, passava as horas do dia. O som das várias conversas era familiar depois dos cinco anos que passara servindo o Rei de Sari. Ler alguma coisa ou conversar com as concubinas ajudava a encurtar as horas enquanto Wulf estava ocupado.

Porém, hoje, Sapphire desejava que o tempo parasse. As outras mulheres se aproximavam, sorrindo hesitantes, tentando enturmá-la, mas seu humor triste logo as afastou. Ela não conseguia comer nem se concentrar num livro. Não conseguia pensar em nada que não fosse o momento em que Wulf retornaria e a escolha que precisaria tomar. Será que ele chamaria uma concubina para servir as necessidades que ela não podia satisfazer? Talvez ele a enviasse para casa de uma vez por todas? Sapphire não conseguia lutar contra a esperança de que ele fosse emergir de sua concha isolada e voltar a ser o homem que incendiava suas veias. Um homem disposto a lutar por ela e tomar posse dela, apesar das consequências.

– Madame.

Virando a cabeça, ela encontrou Sabine.

– Está na hora de prepará-la – a governanta disse.

Respirando fundo, Sapphire disse:

– Meu ciclo começou.

– Oh... – Sabine franziu as sobrancelhas – Entendo.

– Desculpe – Sapphire murmurou amargamente.

– Bem... – a governanta começou a dizer, hesitante – Sob circunstâncias normais...

– Sob circunstâncias normais, você não enviaria uma concubina para Sua Alteza que não pudesse desempenhar suas funções.

Sabine ofereceu um sorriso encorajador.

– Esta é uma situação diferente, Madame.

– Nós não temos certeza disso. Eu prefiro seguir o protocolo.

– Você quer provocá-lo. – Sabine sentou-se na poltrona de frente a ela.

– Talvez. Seria um alívio enxergar algum fogo nele. – Sapphire esfregou seus olhos, que ameaçavam se encher de lágrimas – Ele parece tão distraído ao ponto de me fazer achar que às vezes se esquece de que estou aqui. Eu me sinto como se fizesse parte da mobília. Ele se recusa a discutir qualquer assunto pessoal. Ele...

– Chama você todas as noites e fica com você até o sol raiar – Sabine completou.

– Porque o sexo é fantástico. Certamente não fica comigo para conversar. Ele apenas fala sobre manobras militares. Na noite passada eu adormeci antes mesmo que ele voltasse para cama.

– E você dormiu até de manhã? – Sabine perguntou com um sorriso provocador.

– Bom, não, mas isso prova meu argumento. Se eu não puder servi-lo, o que poderei fazer? Nós não fizemos mais nada ontem. Nós comemos. Ele trabalhou em sua escrivaninha. Eu dormi. Com exceção do sexo, eu não tinha nenhum outro propósito.

Wulf tinha se distanciado dela, assim como já havia acusado Sapphire de fazer com ele. Wulf compartilhava seu corpo livremente, mas todo o resto estava indisponível.

– A distância dele já é ruim o bastante. Eu me recuso a ser rejeitada... – Sapphire estremeceu.

– Madame, eu sugiro...

– Desculpe, Sabine – ela disse com uma autoridade discreta – Sua Alteza ordenou que você obedecesse a mim em tudo. Por favor, faça o que pedi. Siga o protocolo.

Sabine se levantou e fez uma reverência.

– Como quiser. – depois, fez um gesto para uma ruiva sensual pedindo para segui-la.

Uma hora depois, Sapphire observou quando a concubina de cabelos vermelhos seguiu dois guardas para fora do harém. Era óbvio que a mulher já dormira com Wulf; seu entusiasmo estava evidente em seus passos lépidos. Ela era adorável, alta e magra, com uma grande boca e um sorriso fácil.

Sapphire se virou para o outro lado, sentindo um nó no estômago. Ela começou a circular inquieta a piscina. Clarke a seguiu ao seu lado.

– Acho que isso foi uma péssima ideia – ele resmungou.

– Eu preciso saber.

– Isso é uma artimanha feminina, feita para levar os homens à loucura. Vai apenas causar problemas.

Ela parou de repente.

– Você acha que eu gosto disto? Eu *odeio* isto. Odeio me importar. Odeio sentir meu peito tão apertado que não consigo pensar por falta de ar. Odeio que ele tenha feito eu me importar. – ela apertou os punhos ao lado do corpo – Eu *odeio* isto.

Os olhos negros de Clarke suavizaram.

– Então, por quê?

Em sua mente, Sapphire visualizou Wulf puxando a ruiva em seus braços. Presenteando a mulher com um de seus beijos devastadores que ele já não mais compartilhava com ela. Acariciando o corpo esguio da concubina com suas mãos hábeis...

Sapphire estremeceu. Há quanto tempo a concubina estava com ele? Tempo demais...

As portas do harém se abriram de repente. Ela girou nos calcanhares. Quando Wulfric entrou com a concubina atrás dele, Sapphire se protegeu atrás do enorme braço de Clarke. Parando na porta, Wulf agarrou os ombros da ruiva e beijou sua testa rapidamente. Depois ele a enviou para Sabine.

Sapphire levou a mão até o peito. A visão de Wulfric beijando a concubina era dolorosa, apesar da inocência do gesto. Precisando de um momento para se recompor antes de encará-lo, ela correu para o quarto que Sabine havia preparado. Mas não conseguiu chegar muito longe. Wulf a alcançou e bloqueou seu caminho. Ele estava vestido casualmente com calças largas e uma túnica sem mangas, o poder latente de seu corpo estava visível em cada linha de sua figura.

– Então – ele disse com a voz arrastada e os olhos queimando – Eu posso fodê-la, mas beijá-la perturba você.

Sapphire levantou o queixo.

Agarrando-a pela cintura, ele a puxou para perto, flexionando o bíceps com o movimento.

– Desde o começo, Katie, eu admirei sua honestidade. Por que começar com esses joguinhos agora?

Ela encarou seu peito dourado, que a abertura da túnica revelava.

– Meu... – ela suspirou – Estou menstruada.

Um músculo no queixo dele tremeu.

– Entendo.

– Entende?

– Sim. – Wulf levantou o rosto dela com um dedo e a estudou – Passei no teste?

Sapphire jogou a cabeça para o lado, sentindo o rosto queimando.

– Agora é o momento em que eu digo o quanto você estava errada? – ele perguntou com a voz rouca – Quando acalmo suas preocupações professando meu afeto incondicional?

– Você está sendo cruel ao me provocar assim. – ela olhou para ele, incapaz de resistir. A imagem dele fazia tudo valer a pena.

Wulf curvou a boca num sorriso afetuoso pela primeira vez em dias.

– Funcionou. Você agora tem minha atenção total.

Sapphire perdeu o fôlego.

– Eu tenho?

– Quando fui avisado de que a sala adjunta das concubinas havia sido preparada, eu fiquei surpreso, mas pensei que talvez você pretendesse usá-la para alguma brincadeira safada ou para me provocar de alguma maneira. Fiquei excitado só de pensar. Você não imagina como fiquei desapontado quando encontrei outra mulher ali. Um banho frio teria sido mais gentil.

A tensão nos ombros dela sumiu. Sapphire se entregou para a força de Wulf, abraçando seu amado corpo.

Ele a apertou com firmeza.

– Minha doce Katie. Eu mataria qualquer homem que tocasse em seu corpo. Você não sente a mesma possessividade em relação a mim?

– Sim... – ela enterrou o rosto nos cabelos de seu peito – Mas você parece tão distraído ultimamente. Pensei que seus sentimentos haviam mudado. Eu esperava que você mostrasse que eu estava errada. Eu deveria ter perguntado, mas...

– Shh – ele a acalmou, moldando suas curvas com as mãos – Sim, você deveria ter perguntado. Mas entendo que está menstruada, e isso bagunça a mente das mulheres.

Sapphire soltou um rosnado de brincadeira. Ele riu.

– Você não sorri para mim há dias – ela disse – Quase esqueci o que o seu sorriso provoca em mim.

– Estou lidando com muita pressão. – as linhas de estresse que começaram a marcar sua boca nos últimos dias se intensificaram.

– Mas você não compartilha nada disso comigo.

– Não quero estragar nosso tempo com meus problemas.

Ela riu.

– Você passa todas as horas me mantendo distante falando de estratagemas e...

Ele baixou a cabeça e cobriu os lábios dela com um beijo ardente. Suas mãos tocaram as costas de Sapphire, pressionando os seios dela contra seu peito enquanto sua língua passeava com lambidas provocantes. Sapphire agarrou sua cintura definida para não se perder naquela inesperada demonstração de paixão.

Uma hora sem um beijo dele já era demais. Os últimos dois dias haviam sido uma tortura.

Ele afastou o rosto com um gemido.

– Não estou mantendo distância – ele disse asperamente, encostando a testa em Sapphire – Eu falo sobre assuntos militares porque você possui muito conhecimento nessa área. Eu admiro seu raciocínio e respeito seus pontos de vista. Eu discuto essas coisas com você porque quero mostrar o quanto eu valorizo o seu conhecimento.

– Mentiroso. Você está me afastando da sua vida. Agora, beije-me novamente.

Um leve sorriso apareceu no canto da boca de Wulf.

– Você não permitirá que eu tente me salvar, não é?

– Salvar para quê? Para outra mulher? Não, não vou permitir. Eu me entreguei completamente durante uma semana. Não é justo você não entregar nada em troca.

– Eu quis dizer me salvar *de você* – ele a corrigiu, suspirando – Não é a falta de interesse que me afeta. É interesse demais.

– Wulf. – ela franziu o nariz – Nós estamos agindo como idiotas.

– Certo. Então, vamos. Quero ficar sozinho com você. Temos tão pouco tempo. – ele entrelaçou os dedos com ela e a levou de volta para seu aposento.

Quando as portas do quarto se abriram, os olhos de Sapphire imediatamente foram atraídos pela montanha de mapas e documentos que lotavam a escrivaninha de Wulf.

— Se você quer mostrar respeito pelas minhas opiniões, diga-me o que está incomodando você — ela o desafiou.

Ele se sentou em meio às almofadas da área de descanso e puxou Sapphire para cima de seu corpo. Wulf acariciou a extensão dos braços dela; seus dedos provocaram o centro de suas palmas.

— Os quatro mercenários que estão sob nossa custódia não possuíam muitas informações importantes. Eles apenas disseram que eu fui capturado por um motivo diferente, depois fui trocado por seu líder quando ele foi preso por uma patrulha sariana. Interessante, mas não muito útil.

Sapphire soltou um suspiro frustrado.

— Não consigo aguentar essa incerteza. Eu me preocupo com o que vai acontecer com você quando eu for embora.

Ele passou a ponta do nariz em seu pescoço.

— Todos os guardas do palácio passaram a invejar meus guardas pessoais. Você os treinou muito bem. Você continua me protegendo, assim como faz desde que nos conhecemos.

— Por que os mercenários se dariam ao trabalho de capturá-lo, para depois entregá-lo tão facilmente? — Sapphire se virou sobre seu colo para encarar seu rosto — Faria sentido eles sacrificarem seu líder para receberem a recompensa em troca de você.

Wulf continuou segurando a mão dela.

— A não ser que ele fosse o único que soubesse meu real valor, e quem pagaria.

— Seu pai pagaria o resgate? Talvez com talgorite? — D'Ashier possuía a distinção de ter o maior depósito do precioso mineral.

— Sim. Qualquer um que use talgorite como fonte de energia teria um motivo.

— Isso abre infinitas possibilidades. — ela podia sentir o peso do cansaço que recaiu sobre ele e sabia que teria que fazer de tudo para ajudá-lo a descobrir a verdade. Quando deixou o palácio sariano, ela queria um propósito. Agora, Sapphire possuía um, algo para ocupar seu tempo depois que voltasse para casa.

– É verdade. – ele ergueu a voz – Guardião. Estou faminto.

– *Cuidarei disso, Vossa Alteza.*

Alguns momentos depois, vários criados chegaram trazendo pratos de comida e vinho gelado. Wulf alimentou Sapphire com a própria mão, levando tentadoras porções de suas comidas favoritas até sua boca. Ela memorizou a imagem de Wulf, com seu olhar focado com uma atenção singular sobre os lábios dela, determinado a servi-la e fazê-la feliz. O incidente mais cedo com a concubina pareceu funcionar em seu propósito de fazer Wulf voltar a se concentrar em quão pouco tempo eles tinham. Não era tempo suficiente para desperdiçar com falta de comunicação, dúvidas ou testes juvenis de afeto.

Momentos como estes, embora passageiros, davam a Sapphire um pequeno vislumbre da vida que eles poderiam ter tido, se ao menos fossem pessoas diferentes. Seu amante guerreiro era seu par perfeito, tão parecido com ela, mas diferente o bastante para mantê-la encantada. Wulf continuava surpreendendo-a, ao mesmo tempo em que era familiar e confortável.

Sapphire estava perdidamente apaixonada por aquele homem impossível. A comida que ele oferecia com tanta ternura erótica poderia não possuir sabor algum, pois toda sua atenção estava capturada pelas batidas em pânico de seu coração.

Mais tarde, Wulf a deitou em sua cama, envolvendo-a com seu corpo e posicionando a pesada ereção entre o vale de seu traseiro. Ele a abraçou com força, sem deixar espaço entre eles, enterrando o rosto na curva de seu pescoço e rapidamente adormecendo.

Ela permaneceu acordada por horas, com medo de dormir e perder algum momento precioso.

CAPÍTULO 12

Sapphire estava sentada na beira da piscina do harém, movendo o pé descalço inquietamente na água. Sua semana com Wulfric terminaria no dia seguinte, o que criava uma sensação de urgência que a levava à loucura. Graças aos céus, seu ciclo acabara mais cedo. Havia sido uma pequena bênção que a deixou aliviada.

– Você está infeliz – Clarke disse.

Ela olhou para ele. Foram necessárias muita paciência e bajulação para convencer o reservado Capitão da Guarda a se juntar a Sapphire ao lado da piscina em vez de ficar de guarda atrás dela. Depois de finalmente aceitar a sugestão, ele enrolou a barra das calças e se sentou, mergulhando suas poderosas panturrilhas até a metade na água.

– Estou – ela concordou.

– Está com saudades de casa?

Ela riu suavemente.

– Não estive longe tempo o bastante para sentir saudades, e na verdade eu não tenho realmente uma casa para voltar. Meu pai viaja muito e minha mãe é professora titular na Escola de Artes Sensuais, uma posição que toma a maior parte de seu tempo. A casa onde moro é mais do rei do que minha, e agora eu percebo que não posso voltar para lá. Não tenho certeza se seria uma boa ideia eu voltar a viver em Sari.

A expressão de Clarke mostrava que ele compreendia sua posição.

– Talvez você pudesse encontrar um jeito de fazer deste palácio a sua casa.

– Eu não poderia ser feliz aqui. O rei suspeita que eu tenha más intenções, e a solução de Wulf é me trancar para me proteger. – chutando a água, Sapphire observou as ondas alcançarem uma das três fontes – Não posso passar meus dias esperando pelo prazer dele. Eu deixei essa vida recentemente. Graças aos céus. Não quero voltar para isso.

O capitão permaneceu em silêncio.

– E o que vai acontecer a mim quando ele se casar? – ela continuou – Eu não conseguiria suportar compartilhá-lo com outra mulher. – ela se lembrou da postura gélida e da profunda amargura que envolvia a linda Rainha Brenna. Sapphire nunca permitiria que isso acontecesse com ela.

– Sua Alteza é um tolo – Clarke resmungou.

– Clarke! – ela olhou ao redor, certificando-se que sua declaração não fora ouvida por ninguém.

– Ele está enterrando a cabeça na areia. Algum dia ele irá parar e perceber o que perdeu. E quando isso acontecer, será tarde demais.

– Não há nada que possamos fazer. Eu sabia desde o momento em que descobri sua identidade que nós estávamos condenados. E ele também sabia disso. O fim era tão certo quanto o começo.

Clarke sacudiu a cabeça.

– Eu não acredito nisso. Eu acho que as coisas podem mudar para servir a um propósito.

– Você é tão obstinado quanto o Príncipe Wulfric. – Sapphire tocou nas mãos dele – Caso eu não tenha outra chance, quero dizer o quanto eu passei a gostar de você, Clarke. Você é um bom homem, alguém que qualquer pessoa teria sorte de chamar de amigo.

Ele grunhiu e um rubor se espalhou por sua pele.

– Então, considere-se uma sortuda.

As portas do harém se abriram, e os dois viraram a cabeça para ver quem entrava. Príncipe Duncan apareceu. Sapphire o olhou cuidadosamente. O jovem príncipe visitava os aposentos das concubinas de Wulf diariamente, tentando atrair aquelas interessadas em se mudar para sua ala do palácio.

Através dele, Sapphire podia enxergar um vislumbre do jovem Wulfric. Duncan possuía cabelos negros e olhos verdes semelhantes aos do seu irmão, e era tão alto quanto. Mas aos dezenove anos, ele ainda exibia um corpo juvenil. Não possuía os ombros largos de Wulf e o físico musculoso, e o peito praticamente não tinha pelos.

Ela curvou a boca tristemente. De acordo com as mulheres que se mudavam para seu harém, o que lhe faltava em experiência era compensado com vigor juvenil. E aparentemente, ele era bondoso e charmoso com elas, algo difícil para Sapphire entender, pois ele sempre a olhava com malícia. Assim como fazia agora.

Duncan se aproximou. Tanto ela quanto o capitão ficaram tensos.

– Venha comigo – o jovem príncipe ordenou.

Sapphire olhou para Clarke.

Duncan a levantou pelos ombros, agarrando-a quando os pés dela escorregaram no piso molhado.

– Não olhe para ele. Ele não pode me impedir.

O príncipe começou a arrastá-la com ele.

Clarke levantou-se imediatamente com uma graça surpreendente para um homem de seu tamanho.

– Sua Alteza, Príncipe Wulfric, ordenou que eu a acompanhasse em toda parte.

– Então venha junto. Você pode assistir.

Ela tentou se livrar da mão que a machucava.

– Estou menstruada – ela mentiu.

– Não de acordo com o Guardião. Por que você acha que esperei até agora?

Clarke entrou em seu caminho.

– Minhas ordens são para também protegê-la.

Duncan riu asperamente.

– Você não entendeu o propósito dele, Capitão. Você não está protegendo *ela*, você está protegendo todas as outras pessoas *dela*.

– Isso é mentira. – o tom de voz de Sapphire era frio. Por um momento, ela pensou que Duncan iria acertá-la por sua insolência. Ela se preparou para o golpe. Ele não a pegaria desprevenida novamente.

– Você se esquece de que é uma prisioneira – ele zombou – Você deve se referir a mim como "Vossa Alteza", e irá pagar o respeito a que tenho direito.

– Não sou uma prisioneira.

Ele riu novamente, num sòm ainda mais desagradável do que antes.

– Por que você acha que está aqui em D'Ashier?

Ela não se dignou a responder.

– Deixe-me dizer a razão – ele disse com um olhar malicioso – Você é filha de Grave Erikson, o homem que nos derrotou nas Confrontações. Você é a concubina favorita do Rei de Sari, nosso inimigo. Você é um grande prêmio para nós. Iremos trocá-la por informações e prisioneiros de guerra. Enquanto isso, Wulfric tem aproveitado esse espólio de guerra e aprendido sobre as estratégias militares do seu pai. A propósito, obrigado por compartilhar tão facilmente o conhecimento militar do seu pai.

Sapphire se encolheu como se tivesse recebido um golpe.

O príncipe sorriu com presunção.

– Wulfric mantém você presa o dia todo. Por que você acha que ele faz isso? Você obviamente é capaz de proteger a si mesma, então essa não pode ser a razão. Onde você acha que ele esteve nos últimos dias? Ele esteve arranjando o seu pedido de resgate. Em breve, você será enviada para casa e eu pretendo desfrutar de você antes que vá embora.

Ele começou a puxá-la em direção à porta novamente. Desta vez ela não resistiu, digerindo em sua mente as coisas que ele disse, mas não querendo acreditar. Olhar para a situação sob aquele ângulo horrível fazia muito sentido. A distância e as distrações de Wulf, os constantes guardas ao redor dela, as longas horas que ele passava fora do palácio, a maneira como ele pedia opiniões sobre as estratégias militares.

Será que a prova do que Duncan dizia estava diante de Sapphire durante todo o tempo, só que ela estava apaixonada demais para enxergar?

Ela segurou o estômago ao sentir um enjoo.

Quando Clarke tentou interceder, Sapphire lançou um olhar de alerta. Ele não poderia desafiar o príncipe. Ele não tinha o direito nem a autoridade. Ela não aguentaria vê-lo punido por sua causa.

O capitão fechou os punhos e cerrou os dentes.

Sabine os interceptou quando eles alcançaram a porta.

– Vossa Alteza Real. – ela fez uma reverência até o chão – Por favor, muitas outras concubinas estão dispostas. Escolha outra, eu lhe imploro.

– Levante-se, Sabine – Duncan ordenou – Príncipe Wulfric me permitiu usar suas concubinas.

– Se elas estiverem *dispostas.*

O sorriso de Duncan era predatório.

– Nós sabemos que esta rebelde aqui gosta primeiro de lutar, mas no final ela se dispõe a qualquer coisa.

Sapphire quase engasgou.

– Eu nunca estarei disposta a *você.*

Negando-se a continuar argumentando, Duncan a puxou para o corredor, onde dois guardas esperavam usando suas cores pessoais, vermelho e branco.

– Levem-na para meu quarto.

Ele continuou pelo corredor, deixando Sapphire sob o cuidado dos guardas.

Sapphire se moveu rapidamente, pois não tinha outra escolha. Ela não conhecia nenhuma outra ala do palácio; portanto, se quisesse escapar, teria que tentar aqui e agora.

Fechando o punho, ela jogou o braço para cima, quebrando o nariz do guarda à sua direita. Quando ele gritou, ela agarrou seu braço e girou para a esquerda, usando o corpo dele para derrubar o outro guarda.

E então ela disparou correndo, lutando para manter a tração no chão de mármore com seus pés molhados.

Lembrando-se do dia em que havia chegado, Sapphire sabia que a sala de transferência ficava a alguns metros de distância do quarto de Wulf. Era uma linha reta que seguia pelo longo corredor. Se pudesse correr mais rápido que os guardas, talvez pudesse se trancar lá dentro e se teletransportar para a segurança de sua casa.

Os guardas de Wulf se alinhavam no corredor em intervalos regulares, protegendo sua ala do palácio, mas nenhum deles se moveu para impedi-la. Sapphire passou correndo por eles, surpresa pela falta de reação, mas sem tempo para considerar os motivos.

Um empurrão por trás tirou o ar de seus pulmões. O peso de um corpo masculino a derrubou no chão de mármore. Surpreendida, ela lutou para puxar ar. Quando o agressor a rolou no chão, ela não conseguia respirar.

Duncan montou sobre ela, com seus olhos acesos com uma luxúria furiosa.

– Eu vou gostar disso – ele rosnou, rasgando a fina camisola de Sapphire.

Sapphire golpeou com força e acertou sua têmpora.

Ele rugiu, caindo para o lado. Girando, ela golpeou usando o joelho, mirando no meio de suas pernas. Ele se moveu, fazendo Sapphire acertar sua coxa.

– Cadela! – ele disparou, agarrando o braço dela com força para machucar.

Ela se esquivou de um golpe iminente, mas o peso dele a jogou para trás. Duncan subiu sobre ela. Sapphire arranhou seu rosto, tirando sangue com as unhas. Prendendo uma das mãos dela debaixo do quadril, Duncan prendeu a outra sobre a cabeça. Depois ele lambeu a lateral de seu rosto, desde a têmpora até o queixo.

– Pronta para gritar? – ele rosnou.

– Pronto para morrer? – ela ergueu o joelho novamente, desta vez acertando seu saco e tirando seu fôlego.

Duncan se afastou, levantando o punho. Ela libertou a mão debaixo do quadril e acertou a base da palma no meio de seu olho. A cabeça caiu para trás e ele gritou.

Abruptamente, Duncan ficou em silêncio, arregalando os olhos antes de revirarem nas órbitas. Seu corpo caiu pesado sobre Sapphire. Clarke pairava sobre os dois, empunhando o cabo de sua espada laser.

Um alívio tomou conta dela.

– Tire-o de cima de mim.

Agarrando-o pela nuca, o capitão jogou o príncipe inconsciente para o lado e ofereceu a mão para Sapphire, ajudando-a a se levantar. Ela olhou ao redor, notando como os guardas do corredor mantinham seus olhos cuidadosamente afastados. Fingindo não ver nada.

– Preciso ir embora. – ela mancou em direção à sala de transferência.

– Você não sabe se o Príncipe Duncan estava dizendo a verdade.

– E também não sei se não estava. Estou colocando meu pai e meu país em risco. E para quê?

– Por amor?

Ela parou e agarrou o enorme braço de Clarke.

– Deixe-me ir. Você não percebe? Eu não posso ficar. Nunca poderia ficar, mesmo antes disto acontecer.

Ele hesitou, depois assentiu.

– Você precisará de uma muda de roupas.

— Não há tempo. Os guardas de Duncan logo chegarão com reforços.

Clarke olhou na direção do harém. Ela seguiu seu olhar. Os guardas de Wulf bloqueavam o corredor, fingindo algum problema na porta. Apesar de sua ansiedade, ela teve a presença de espírito de agradecer a ajuda que aqueles homens estavam dando a ela. Sapphire havia feito alguns amigos naquele dia do treinamento no pátio.

— Vamos — Clarke disse, começando a correr.

Apesar das dores que ela sentia, Sapphire o seguiu e manteve o ritmo. As portas da sala de transferência se abriram quando eles se aproximaram, e se trancaram após um rápido comando de voz. Uma vez lá dentro, o capitão mandou-a para a cabine de teletransporte e depois se debruçou sobre o painel de controle.

— Maldição — ele murmurou.

— O que foi?

— Os controles estão lacrados para permitir apenas transferências dentro do território de D'Ashier, e apenas de cabine para cabine.

— Por quê? — Sapphire manteve os olhos grudados na porta.

— Príncipe Wulfric estava preocupado que seu pai pudesse detectar a sua transferência e localizá-la aqui.

Sapphire pensou rapidamente.

— Então me transfira para Akton. Eu seguirei para Sari a partir de lá.

— Akton é igual a todas as cidades fronteiriças. Não é seguro para você, principalmente com as roupas que está vestindo. — ele endireitou os ombros — Eu irei com você.

— *Não*. Você deve ficar aqui. Coloque a culpa dos eventos de hoje em mim. Diga que fui eu quem agrediu o Príncipe Duncan e escapei sozinha. Diga que você tentou me impedir.

— Madame...

— Você precisa ficar e dizer ao Príncipe Wulfric que ele deve libertar meus *mästures*. Eu sei que ele fará isso. — ela olhou nervosamente para a porta — Agora, digite as coordenadas! Nosso tempo está acabando.

Clarke parecia pronto para continuar discutindo.

— Eu posso cuidar de mim mesma. — ela o tranquilizou — Você sabe disso.

Quando ele tocou nos controles, Sapphire conseguiu exibir um sorriso hesitante.

– Obrigada, meu amigo. Espero que algum dia nós possamos nos encontrar de novo.

Respirando fundo, o capitão digitou vários números no computador.

Sapphire piscou e de repente ela estava numa cabine de transferência pública em Akton. A cabine estava cheia de mulheres, todas com vários estágios de nudez igual a ela. Como um bando de pássaros coloridos, mulheres de todos os tipos e tamanhos se misturavam numa grande multidão de vestidos sedutores. A brisa natural soprou, carregando junto os aromas do deserto e as saborosas ofertas dos vários vendedores de comida nas ruas.

Surpreendida pela proliferação de pedestres, ela vasculhou os arredores. Uma grande faixa vermelha esticada sobre a rua soprava com o vento e capturou seu olhar:

LEILÃO DE CONTRATOS DE CONCUBINAS
TODOS OS TERCEIROS DIAS

Enquanto sua apreensão crescia, ela mentalmente calculou a data. Sapphire estremeceu. *Oh, inferno.*

CAPÍTULO 13

— Eu avisei.

Wulf segurava Duncan pelo pescoço contra a parede em seu quarto, deixando os pés de seu irmão pendurados a vários centímetros acima do chão.

— Wulfric, p-por favor. — Duncan murmurou através de seus lábios inchados e cortados — Desculpe. E-eu não sabia...

— Mentiroso. Eu disse que custaria caro a você se tocasse nela de novo. — Wulf jogou seu irmão no canto, depois se virou para o capitão da guarda do palácio — Contate o General Petersen. Diga a ele que a Sua Alteza, Príncipe Duncan, irá se juntar à infantaria. E não deve receber tratamento especial nem consideração. Ele deve passar pelo Treinamento Básico junto com todos os outros recrutas. Assim que se formar, quero que receba as tarefas mais indesejadas pelos próximos três anos. Quero relatórios semanais sobre seu progresso diretamente do general.

— Meu Deus, Wulfric. Não — Duncan gemeu, encolhendo-se em posição fetal.

O rei deu um passo à frente.

— A surra que você deu já é o bastante. Ele é parte da família!

— Não me lembre disso, meu pai. Não é algo que me orgulha nesse momento.

Wulf se abaixou sobre Duncan, lutando para conter sua fúria e frustração.

– Você não tem ideia de como é sortudo por não ter tido sucesso com seus planos para Katie. – ele se levantou e girou os ombros numa vã tentativa de aliviar a tensão – Quero Vossa Alteza enviado para o exército imediatamente. E não poderá usar uma câmara de cura até chegar lá. E quero que vá de transporte, não por transferência.

– Maldição, Wulfric. – Anders rugiu – Isso é uma barbaridade.

– E estuprar uma mulher não é? A punição deve estar à altura do crime.

– Mas ele não foi até o fim!

– Não por falta de tentativa. Se Katie fosse uma mulher menos capaz, o resultado seria bem diferente. – Wulf fechou os punhos ao pensar nisso – Agora você conhece a sensação, Duncan, de ser brutalizado por um oponente consideravelmente mais forte do que você. Usar sua força com uma mulher é intolerável. Você é mimado e indolente, e eu culpo a mim mesmo por isso. Estive focado demais no estado da nação e não dei atenção aos caprichos da minha própria família. Estou corrigindo esse erro agora.

Ele fez um gesto para o capitão.

– Leve-o para a área de embarque, Capitão, depois volte para mim. Temos muito que discutir.

Quando ficaram sozinhos, Wulf se virou para encarar seu pai.

Anders o encarou de volta.

– Eu entendo a sua necessidade de defender aquilo que é seu e ensinar respeito ao seu irmão, mas exílio por três anos é demais.

– O tempo dirá. Foi a punição menos severa que consegui pensar.

– Por causa da filha de Erikson. – Anders começou a andar inquieto – É isso que não entendo. Por que você foi tão rápido para ficar do lado *dela*?

Wulf fechou a cara.

– Ela poderia ter me machucado em centenas de maneiras diferentes, mas não fez nada além de cuidar de mim e me proteger.

Ele desviou os olhos e sua garganta se fechou.

Katie havia sumido.

– Wulfric...

Wulf interrompeu Anders com um gesto.

– Chega. Você é tão responsável por isto quanto Duncan. Você o atiçou contra ela com suas suspeitas e ódio por Sari. – ele soltou a respiração com força – Apenas... vá embora, por favor. Podemos discutir isto mais tarde. Agora, eu preciso ir atrás dela. Katie está sozinha, seminua e ferida. Se algo acontecer com ela em solo de nosso país, teremos uma guerra em nossas mãos.

Anders hesitou, mas depois foi embora sem dizer outra palavra.

O capitão voltou logo depois.

– Príncipe Duncan já embarcou no transporte. O General Petersen agradece pela confiança que Vossa Alteza depositou nele.

Wulf assentiu com impaciência.

– Você já detectou o sinal *nanotach* dela?

Ele sentiu alívio por ter tido a ideia de implantar o dispositivo de rastreamento em sua nádega direita durante sua primeira noite em D'Ashier. Ela estava exausta depois do encontro na piscina do harém e mal sentiu quando ele injetou o dispositivo enquanto ela dormia. Com exceção de uma breve menção a uma dor que durou um ou dois dias, Katie não prestou mais atenção ao desconforto.

– Sim, já detectamos.

– Excelente. Vamos. – Wulf cerrou os olhos quando o capitão hesitou – O que foi?

– Não estou em posição de me opor a você, Vossa Alteza.

– Se você tem algo a dizer, Capitão, eu dou permissão para tal.

O queixo moreno se ergueu e os enormes ombros se endireitaram, numa postura defensiva que deixou Wulf apreensivo.

– Eu acho que Vossa Alteza deveria permanecer no palácio e permitir que eu organize a busca e o transporte de Katie Erikson de volta para Sari.

– Ela é minha responsabilidade.

– Posso liderar um esquadrão até a fronteira mais ao norte, onde poderemos libertar os criados dela perto de um posto sariano. Só precisarão caminhar alguns quilômetros para chegar em casa.

– Não.

Clarke ficou em silêncio, com o rosto impassível.

Wulf respirou fundo.

– Isso é um assunto político delicado. Seria necessária uma supervisão precisa e habilidosa.

– Perdoe-me, Vossa Alteza – o capitão disse –, mas você não está sendo objetivo.

– Minha preocupação a beneficia – Wulf rosnou.

– Apenas se for altruísta.

Wulf se aproximou da parede cheia de janelas com vista para a cidade lá em baixo. Ele parou, com as mãos atrás das costas e as pernas separadas. Wulf olhou para o país diante dele. D'Ashier era como uma amante exigente, pressionando-o, incentivando-o para erguê-la e torná-la um grande país. Milhões de pessoas contavam com ele e Wulf lutava diariamente para cumprir as expectativas. Se entregasse ao máximo seu sangue e suor, D'Ashier podia sem dúvida rivalizar com todas as nações.

Tudo que ele sempre aspirou a ser era um bom monarca. Wulf se esforçava para ser justo, forte e proteger ferozmente os direitos de seu povo e suas terras. Aprendera a tomar rapidamente decisões importantes, independentemente do resultado. Um governante poderoso não possuía o luxo do remorso ou do arrependimento. Sua palavra era a lei, e a lei não podia vacilar.

Porém, ele sempre evitara a maior e mais importante decisão de sua vida. Com medo de se tornar vulnerável, com medo de errar, ele se recusara a enxergar aquilo que estava diante de seus olhos.

Wulf se virou.

– Você acha que eu deveria desistir dela?

– Ela é uma mulher orgulhosa – o capitão disse –, inteligente e forte. Ela estava sendo desperdiçada durante o dia, esperando por sua volta. Estava entediada e solitária. Uma mulher com tantos talentos precisa se sentir útil. Ela poderia ter sacrificado seu lar, seu país, sua família por você. Eu acho que ela teria feito isso, se você tivesse oferecido torná-la uma igual, provando seu respeito e afeto por ela. – Clarke curvou-se respeitosamente – Espero que não se ofenda com minhas observações, Vossa Alteza.

– Você gosta dela.

– É claro. Não havia nada desagradável sobre ela.

– Você ajudou em sua fuga.

O capitão não disse nada, o que já era resposta suficiente.

O olhar de Wulf flutuou até sua cama no quarto ao lado. Como ele poderia dormir sem tê-la ao seu lado? Como poderia passar as horas do dia sabendo que ela não estaria presente à noite?

— Eu agradeço sua sinceridade, Capitão, mas irei atrás dela — ele disse — Nós partiremos imediatamente para Akton.

Isso *não* estava acontecendo.

Sapphire fechou os olhos e rezou para que quando abrisse o leilão se transformasse num fragmento de sua imaginação. Ela abriu os olhos.

Não funcionou.

Maldição.

Se ao menos tivesse tido tempo de vestir um traje *dammr*. Assim, ficaria claro que ela não era uma concubina de baixa classe forçada a leiloar seu contrato. Agora, explicar a situação apenas atrasaria sua fuga, tomando um tempo que não poderia perder. Se Wulfric decidisse ir atrás dela, ele começaria imediatamente, e qualquer atraso por parte dela resultaria em sua recaptura.

No fundo de seu coração ela sabia que Duncan estava errado sobre Wulf, mas isso não significava que estava errado sobre o que a família real como um todo estava considerando fazer com ela. Se o Rei de D'Ashier queria usá-la como vantagem contra seu pai, ele faria disso, e Wulf não poderia impedi-lo. Sapphire não poderia arriscar que isso acontecesse. Ela não poderia permitir que se tornasse um risco para as pessoas que amava, e enquanto permanecesse em D'Ashier ela era um risco tanto para seu pai quanto para Wulf.

Impelida por esse pensamento, Sapphire se moveu rapidamente entre a multidão em direção à rua.

Infelizmente, sua pressa chamou atenção. A óbvia qualidade de sua camisola mantinha essa atenção fixa sobre ela. Quando estava prestes a se separar do grupo de mulheres, seu cotovelo foi agarrado por um homem cujo olhar malicioso a deixou enjoada.

– Solte-me – ela ordenou num tom de voz irritado, mas discreto – Não estou aqui para ser leiloada.

O olhar sombrio do homem estudou-a pacientemente de cima a baixo, observando seu corpo através do tecido transparente da camisola.

– Não seja tímida, minha querida. Tudo acabará antes que você perceba, e logo estará empregada de novo. Uma beleza como a sua deve conquistar um dono rico sem problemas.

Libertando o braço, Sapphire disparou:

– Eu já disse, não estou aqui para ser leiloada.

Quando o homem tentou agarrá-la novamente, ela o acertou com uma rápida cotovelada. O nariz dele quebrou sob a força do golpe e ele gritou, caindo de joelhos com seu nariz sangrando entre as mãos.

– O que está acontecendo aqui? – outro homem, vestido com o mesmo uniforme preto e branco, abriu caminho pela multidão.

– Essa maldita mulher acertou o meu nariz! – a voz do homem saiu abafada por suas mãos – Acho que ela o quebrou.

Sapphire olhou para os dois homens.

– Eu disse a ele que não estou aqui para ser leiloada, mas ele não quis me ouvir.

O homem a observou com o mesmo olhar insolente que seu companheiro.

– É uma grande coincidência você estar aqui, vestida dessa maneira, ao mesmo tempo em que essas outras mulheres.

Ela pousou as mãos nos quadris.

– Não importa se é coincidência ou não. Meu contrato, se eu tivesse um, e eu não tenho, seria meu para vender ou não.

– Não é verdade – disse uma voz melosa atrás dela – Você chamou a atenção de um dos meus melhores clientes.

– Ela está nos causando problemas, Braeden – o homem disse.

– Mas ela vai parar com isso.

Rindo com ironia, Sapphire se virou para encarar o dono daquela voz açucarada. Ela se surpreendeu ao ver que ele era exoticamente bonito.

– Seu melhor cliente ficará desapontado, assim como você. Não estou à venda.

O sorriso de Braeden provocou arrepios na pele de Sapphire.

– Acho que você é quem ficará desapontada. Karl Garner gosta de um pouco de rebeldia na cama, e sua demonstração atiçou o paladar dele. E Karl sempre consegue aquilo que quer.

– Karl pode ir para o inferno.

Braeden estendeu o braço e levantou o colar dourado que guardava o chip de sua Guardiã. Ele usou o polegar para acariciar o brasão real de D'Ashier antes de Sapphire arrancá-lo de sua mão.

– Parece que você é uma ladra – Braeden disse, encarando-a com um olhar gelado e sombrio – Eu posso resistir a não entregá-la para as autoridades. *Se* você cooperar comigo.

– Sua Alteza, Príncipe Wulfric, entregou pessoalmente este colar para mim. Estou sob sua proteção. Para sua segurança, sugiro que me permita ir embora sem alarde.

As pessoas ao redor explodiram em risadas. Humilhada e frustrada, Sapphire começou a abrir caminho.

– Você pode checar com o Capitão da Guarda se não acredita em mim. Enquanto isso, já que você não possui autoridade para me deter, eu vou embora.

Quando os homens tentaram impedi-la novamente, Sapphire revidou. As mulheres ao redor correram assustadas, provocando uma boa distração. Outros três homens vestidos em preto e branco tentaram capturá-la, mas logo todos estavam caídos no chão com vários tipos de ferimentos. Antes que a terrível situação piorasse, Sapphire subiu as escadas que terminavam na rua principal e começou a correr.

Ajudaria saber onde ela estava, mas por enquanto, qualquer lugar longe dos leiloeiros seria suficiente. Virando uma esquina, Sapphire encontrou um grupo de comunicadores públicos. Ela escolheu aquele mais longe da rua e se escondeu atrás da tela de privacidade, olhando cuidadosamente para fora enquanto seus perseguidores passavam sem notá-la. Depois, ela ativou o comunicador.

Sapphire olhou para a entrada do chip de crédito, mas isso não teria serventia para ela. Então, examinou o topo e os lados da máquina, procurando fazer uma ligação direta com os fios. Ao sentir o lado de baixo, ela descobriu um pequeno buraco redondo. Quando se abaixou para inspecionar mais de perto, seu colar ficou pendurado no pescoço e raspou na máquina.

O comunicador ligou.

Encorajada, Sapphire tentou inserir o pingente na abertura e sentiu um grande alívio quando o holograma tridimensional do brasão de D'Ashier girou lentamente sobre o comunicador. De todas as opções, apenas ENVIAR e RECEBER estavam disponíveis. Ela digitou o código para iniciar o bloqueio de identificação de chamada, depois digitou o número de seu pai. Rezando silenciosamente, ela pressionou o botão ENVIAR.

Ela estava esperando a linha se conectar quando foi agarrada por trás. Gritando de fúria e frustração, ela foi posicionada para encarar o homem chamado Braeden.

– Eu já não disse que... ? – ela ofegou ao sentir a pontada em seu braço.

Com o queixo caído, ela olhou para baixo e enxergou uma seringa sendo retirada de sua pele.

Sapphire quis gritar, mas o mundo se dissolveu em escuridão.

CAPÍTULO 14

Wulf andava de um lado a outro na pista de aterrissagem da base militar de Akton. A pista era raramente usada, já que era muito mais rápido e conveniente usar a transferência. Mesmo assim, transportar grandes maquinários e armas requeria transporte aéreo, e a proximidade de Akton com a fronteira com Sari fazia a cidade ser a principal localização para lançar contra-ataques quando necessários.

Já fazia cinco horas, *cinco malditas horas*, desde que Katie deixara o palácio. Cinco horas que pareciam cinco anos. Seu medo pelo bem-estar dela piorava por sua necessidade de dizer a ela que Duncan havia mentido. Wulf não poderia deixá-la ir embora acreditando que ele pretendia usá-la. E se algo acontecesse com ela antes de encontrá-la...

Ele estava enlouquecendo. Seu coração martelava violentamente; seu estômago estava amarrado com força.

Em apenas alguns momentos a noite cairia e a cidade de Akton se transformaria num labirinto de luzes brilhantes no meio da escuridão do deserto. Onde ela estava? Será que estava ferida ou em perigo? Como ele pôde ser tão cego para a traição de sua própria família?

Ele rosnou.

O sinal do chip *nanotach* estava fraco, fraco demais, considerando o quanto deviam estar perto dela. Uma vez que a energia do chip era alimentada pela força vital dela, o sinal fraco significava duas coisas: ela estava inconsciente e esteve assim por algum tempo, ou estava próxima da morte. Os dois cenários deixavam Wulf selvagem. Feroz.

– Vossa Alteza!

Wulf se virou para o jovem tenente que corria em sua direção.

O oficial fez uma reverência antes de continuar falando com excitação.

– Acho que a encontramos!

– Onde?

– Houve uma confusão no centro de transferência. Uma mulher com a descrição da Madame afirmou que estava sob sua proteção pessoal antes de ser capturada por vários homens.

Um rosnado surgiu da garganta de Wulf.

– Quem eram esses homens?

– Funcionários da Casa de Leilões Braeden.

Wulf congelou. Hoje era o terceiro dia.

Ele imediatamente registrou a importância do dia. Braeden não deixaria passar uma mulher tão linda quanto Katie. Quase nua, ela seria irresistível. Praguejando, ele começou a andar apressado na direção da sala de transferência.

– Junte seus homens, tenente.

Em questão de momentos Wulf estava de pé no saguão da próspera casa de leilões de Braeden. Familiar com o lugar por passagens anteriores, Wulf foi diretamente para o salão dos fundos.

Sua presença era intimidadora, ele sabia disso, enquanto andava pelo salão com suas vestimentas reais em vermelho-sangue esvoaçando atrás dele, além de uma patrulha completa de guardas circulando os ocupantes. Quando os homens surpresos se jogaram ao chão em reverência, ele esperou impacientemente. Wulf permaneceu em silêncio, não dando permissão para se levantarem, forçando-os a permanecer a seus pés.

– Vossa Alteza – Braeden murmurou maliciosamente – Eu não sabia que você pretendia participar das atividades de hoje. Infelizmente o leilão já acabou, mas tenho certeza que...

– Onde ela está? – a ameaça sombria na voz de Wulf fez o leiloeiro franzir as sobrancelhas em confusão.

– Perdão? – Braeden disse – Eu não sei quem...

Wulf o ergueu do chão com violência.

– Você capturou uma mulher que dizia estar sob minha proteção. Onde ela está?

O leiloeiro empalideceu.

– Vossa Alteza, eu lhe asseguro, eu não tinha ideia de que ela falava a verdade. Suas roupas eram...

– Mais uma vez – Wulf disse com uma delicadeza ameaçadora – Onde ela está?

Braeden fez um gesto com o queixo na direção da escadaria.

– No quarto do prazer, subindo as escadas.

Enquanto Wulf lutava para controlar sua raiva quase assassina, o braço que segurava Braeden tremia.

– Alguém tocou nela?

– E-eu acho que n-não. – o leiloeiro engoliu em seco – O vencedor do leilão acabou de subir.

Wulf jogou um olhar sobre o ombro e um guarda rapidamente se separou do grupo e correu escada acima.

– Ela sofreu algum ferimento?

– Eu administrei um pequeno coquetel – Braeden admitiu – Uma combinação de sedativos leves e um afrodisíaco que eu ocasionalmente uso com mulheres ariscas. – ele ergueu a voz – Ela estava selvagem, Vossa Alteza! Ela feriu cinco dos meus homens!

Wulf o jogou para o lado. Sua voz saiu áspera quando falou.

– Por seu abuso contra uma mulher que declarou ter minha proteção, eu irei confiscar o seu empreendimento.

Braeden começou a implorar.

– Silêncio! Por ilegalmente sequestrar uma mulher e tentar vender seus favores contra sua vontade, você será levado para a cadeia mais próxima, onde permanecerá até ser julgado por seus crimes. É melhor você rezar para eu encontrá-la intocada, Braeden. Do contrário, eu irei castrá-lo.

– Depois, você vai se ver comigo – o tenente acrescentou friamente. Um murmúrio de aprovação ecoou entre seus homens.

Wulf reavaliou os eventos daquele longo dia, eventos que esteve muito distraído para perceber antes. Ele pensou sobre como Sabine havia tentado interceder com Duncan, e como as outras concubinas prontamente ofereceram seus serviços no lugar de Katie. Depois pensou sobre como os seus próprios homens detiveram os guardas de seu irmão para que ela pudesse escapar. Lembrou-se também da conversa com o capitão, que tão obviamente admirava Katie. E o tenente e os homens sob seu comando que estavam expressando o desejo de vingá-la, se necessário.

Em seu curto tempo com ele, Katie conquistara o respeito de todos. Até mesmo a ansiedade do rei, se vista sob o contexto adequado, revelava o medo do monarca de seu poder crescente no palácio.

Katie era seu par perfeito. Uma guerreira como ele próprio, uma sedutora, forte e solidária, uma mulher para se admirar e respeitar. Uma amante de que podia desfrutar. Seu coração doía ao pensar naquilo que quase perdera – uma excelente consorte para D'Ashier, a companheira ideal para ele.

Ele se virou em direção à escadaria, cheio de um propósito renovado. Iria se unir a ela, de um jeito que nunca se separariam de novo.

Sapphire ouviu a porta se abrir, apesar do zumbido em seus ouvidos. Sua mente estava enevoada e a visão parecia turva e desorientada.

Erguendo a cabeça, ela se esforçou para enxergar através da cortina transparente que envolvia a cama. Sapphire avistou as costas musculosas de um homem que se despia, e fechou os olhos com força, deixando a cabeça cair no travesseiro com um gemido.

Ela pensou que poderia dar as costas para ele. O relaxante muscular que recebera a deixava lânguida, não imóvel, mas o afrodisíaco estava a enlouquecendo. Sapphire forçou-se a permanecer o mais parada possível, pois o menor movimento causava uma sensação de formigamento queimando sobre sua pele, aquecendo seu corpo e acelerando a respiração. Ela estava completamente nua, mas não apanhou o lençol de seda que havia chutado para longe mais cedo. A sensação do tecido sobre sua pele sensível era demais para aguentar e sua modéstia não valia a tortura.

— Se eu fosse você – ela conseguiu dizer numa voz arrastada –, eu daria meia-volta e sairia correndo.

Ela ouviu uma risada sedutora que percorreu seu corpo como fumaça, inflamando cada terminação nervosa. Sapphire cerrou os dentes ao sentir o zumbido no ouvido piorar.

– O Príncipe Herdeiro Wulfric logo virá me resgatar. – ela esperava que fosse verdade – Ele é um homem muito possessivo. Se você me tocar, ele poderá matá-lo.

– Você pertence a ele? – a voz grave e profunda do homem ecoou por sua mente.

Sapphire queria dizer outra coisa, mas o que saiu foi a verdade.

– Sim.

Em meio ao som enlouquecedor dentro de sua cabeça, ela pensou ter ouvido passos descalços se aproximando.

– Pelo que posso ver – ele murmurou –, alguns momentos em seus braços valem a pena correr o risco de morte.

– Não faça isso. – ela implorou suavemente, com o peito apertado demais para falar mais alto – E-eu o amo. Eu não suportaria ser tocada...

Ela sentiu quando o homem parou de repente e uma tensão começou a irradiar de sua figura.

Quando ele falou novamente, sua voz estava profundamente embargada.

– O príncipe? É ele quem você ama?

Ela suspirou, sentindo uma grande saudade. Rolando o corpo para longe dele, Sapphire gemeu com a dor daquele desejo não natural.

– Ele virá... Não é tarde demais... para você ir...

As finas cortinas se abriram e o colchão afundou com o peso do homem. Ele estava tão perto que ela podia sentir o calor de sua pele, mas ele não a tocou.

– Ele também ama você?

Sapphire gemeu contra a onda de luxúria causada pela proximidade e o aroma evocativo de sua pele.

– Vá – ela ofegou.

– Ele ama você? – o homem repetiu.

– Não... mas ele me deseja... ele irá lutar por mim.

– Então, ele é um tolo por ter seu amor e não retorná-lo.

Sua boca quente pressionou-se contra o ombro dela, enviando sensações que irradiavam por toda sua pele. Ela pressionou um beijo contra sua vontade, com seu corpo ansioso por um alívio daquele tormento induzido artificialmente. Enquanto seu coração bombeava rapidamente o sangue através das veias, o zumbido apenas piorava. Ele lambeu o pescoço dela.

– Eu quero amá-la – ele sussurrou.

Sapphire riu, zombando suavemente.

– Tenho certeza que quer, ou não estaria nesta cama. Ansioso para morrer.

Os cabelos de seu peito rasparam nas costas dela, fazendo sua respiração falhar.

– Quero fazer amor com você. – sua voz era ardente, apesar de estar abafada no ombro dela – Desde o momento em que a vi pela primeira vez, eu senti a necessidade de possuí-la. E farei isso lentamente, profundamente. Vou desfrutar do seu corpo. Vou dar prazer a você até o sol raiar.

– O-o quê? – ela se arqueou na direção do corpo excitado dele, sentindo o calor e a rigidez de sua ereção contra seu traseiro.

– Você está sofrendo. Deixe-me ajudá-la.

Vozes alteradas do outro lado da porta penetraram sua mente confusa e a deixaram em pânico.

– Por favor, vá embora – ela implorou – E-eu estou drogada. Não quero isto.

A respiração dele raspou sobre o rosto dela.

– Apenas imagine que eu sou o homem que você ama. Entregue-se para mim como se eu fosse. Eu farei você se esquecer do príncipe que não a merece. Eu o apagarei da sua memória para que você apenas possa pensar em mim... um homem cujo único desejo é servir a você.

A língua dele tracejou a orelha de Sapphire e ela ronronou com um prazer proibido.

– Preciso de você. – aquela voz parecia muito familiar agora que estava tão perto – Eu preciso de você assim como preciso de ar para respirar.

O coração dela parou.

Ela havia sonhado tanto em ter seu passional Wulf de volta, aquele que havia se escondido na escuridão de seu quarto e roubado seu fôlego com a totalidade de sua posse.

Com um grito afogado de rendição, Sapphire se virou para seus braços e o puxou para mais perto.

– *Wulf.*

Wulf gemeu, num som grave e profundo de confirmação e alívio quando Katie rolou para seu abraço. Como era maravilhoso tê-la em seus braços após a preocupação e a busca torturante.

Ela o amava. Ele não pôde resistir a apertá-la com força e jurar nunca mais soltar.

Hoje ele compartilharia seu afeto em cada toque dos lábios, em cada carícia das mãos. Prometeria o mundo a ela e passaria o resto da vida se esforçando para entregar. Sua vida, que já foi uma vida de eternos dias cheios de obrigação e noites de sexo vazio, se tornaria uma vida melhorada pela alegria, amor e uma doce paixão arrebatadora.

Sua boca desceu até a dela e Wulf a abraçou com mais firmeza, até a maciez dos seios se apertarem contra seu peito. De algum lugar lá no fundo, Wulf podia sentir a conexão entre eles. Desde o início, ele sentira a conexão e seguira sua paixão por ela até um território desconhecido e amedrontador. Ele não se arrependia independentemente das muitas dificuldades que enfrentariam pela frente.

Katie se debatia contra ele. Seu corpo estava tão quente e sensível por causa do afrodisíaco que ela parecia tentar se livrar da própria pele.

— Por favor. — ela esfregou o sexo contra a coxa de Wulf e deixou um rastro de umidade. Já fazia dias que eles não transavam. Senti-la se derretendo era uma atração irresistível, que inchou seu membro dolorosamente.

— Wulf, eu preciso de você dentro de mim.

— Calma. — rolando, ele a posicionou debaixo de si e abriu suas pernas — Vou oferecer aquilo que você precisa.

Com um rápido movimento, ele se enterrou profundamente e ela começou a gozar, arqueando as costas para fora do colchão, ondulando as paredes molhadas de sua boceta para cima e para baixo na ereção, soltando um grito aliviado que preencheu o quarto. Preencheu sua mente. Aquecendo as veias com o conhecimento de que ele podia fazer coisas com seu corpo que nenhum outro homem conseguia, podia levá-la a lugares que não sabia que existiam.

— Isso — ele sussurrou, cerrando os dentes com aquele prazer devastador. Ele se retirou e ela agarrou seus quadris com dedos de aço, puxando-

-o de volta. Ela estava queimando, pingando, e ele gemeu diante da sensação inacreditável da sucção em seu pau.

Com a súplica desesperada de Katie, Wulf começou a bombear entre suas coxas, penetrando gentilmente a princípio, depois acelerando, cada vez mais furioso enquanto ela implorava por mais, sempre mais.

O coquetel de drogas disparava seus orgasmos. Wulf nunca sentiu nada assim em sua vida, o corpo dela ordenhava seu membro enquanto ele estocava forte e profundamente.

– Katie. – ele ofegou ao sentir o orgasmo iminente fazendo seu membro pulsar com violência. Ele precisava disso. Precisava estar unido a ela, precisava estar dentro dela.

– Sim – ela respondeu num sussurro enquanto erguia os quadris para encontrar cada movimento que ele fazia – Isso é muito bom... tão bom...

Jogando a cabeça para trás com um feroz rugido de prazer, Wulf disparou quente e grosso, sentindo seu clímax prolongado pelo orgasmo dela, com suas convulsões acontecendo uma atrás da outra ao redor dele. Wulf a abraçou fortemente, pressionou beijos de gratidão em seu ombro e rosto coberto de lágrimas, descobrindo um prazer na arte de fazer amor que ele nunca soube que existia. Até que a encontrou.

Sapphire gemeu quando Wulf retirou seu pau de dentro dela.

– Não me deixe.

– Nunca. – ele se deitou ao seu lado, enterrando os dedos de uma das mãos nos cabelos suados e desarrumados dela. A outra mão acariciou seu quadril, deslizando para baixo e arrastando a ponta áspera dos dedos.

Ela abriu as pernas sedutoramente, enterrando o rosto em seu pescoço, onde o aroma de sua pele era tão forte. Sapphire aspirou com desespero, sua fome feroz estava apenas levemente saciada pelos orgasmos que ele arrancara tão habilmente de seu corpo atormentado.

– Você está aqui. – ela sussurrou, passando a mão sobre seu peito – Estou muito feliz por estar aqui.

– Shh... Eu tomarei conta de você.

Ela dobrou as costas quando os dedos dele abriram os lábios de seu sexo. Wulf era tão atencioso com seu prazer e necessidades. Ele a fazia sentir como se ela fosse a única pessoa no mundo, uma mulher que era como um tesouro que ele protegia e adorava.

Seu polegar raspou sobre o clitóris e ela ofegou. Sem o afrodisíaco, seu toque era elétrico. Mas com a droga, o toque era quase doloroso, as sensações sobrecarregavam as terminações nervosas que já estavam sensíveis. Os dedos deslizaram sobre a abertura de seu sexo, provocando-a.

– Mais – ela implorou – eu preciso de você.

Wulf baixou a cabeça até um seio, passando a língua sobre o mamilo enrijecido.

– Sim. – Sapphire se ergueu nos ombros, empurrando a ponta sensível sobre o paraíso que era sua talentosa boca – Me chupa.

Com um murmúrio suave, Wulf empurrou dois longos e grossos dedos dentro dela. Sapphire gemeu, fechando os punhos sobre os lençóis. Cada puxão em seu mamilo ecoava em seu sexo, cujos músculos se apertavam contra a intrusão bem-vinda.

Ele ergueu a cabeça. Enquanto seus dedos a penetravam, Wulf a olhou com um brilho possessivo.

– Você está encharcada com meu orgasmo. Está cheia dele.

Sapphire lambeu os lábios, gemendo enquanto ele a fodia lentamente com os dedos.

– Eu adoro quando você goza dentro de m-mim. Você fica grosso e forte quando entra tão f-fundo.

Wulf soltou um rosnado que ecoou pelo quarto.

– Você perde o c-controle. – ela ofegou, raspando os quadris contra a mão dele – Você me fode até eu achar que n-não consigo mais aguentar. Os sons que você faz... como se fosse bom demais para...

– E é bom demais para aguentar. – sua língua penetrou a orelha dela, fazendo Sapphire gritar. – Eu me pergunto se vou sobreviver. Depois me pergunto quanto tempo vai demorar para fazer tudo de novo, para experimentar isso de novo.

– Eu sinto isso quando você goza. Tão quente. Tão grosso. Interminável. Eu adoro. – Sapphire gozou em seus dedos com essa lembrança.

– Você me destrói. – ele penetrou três dedos dentro dela, para dentro e para fora, usando a língua em sua orelha e prolongando o prazer de seu orgasmo – Você acaba comigo. Isto nunca será suficiente.

– Wulf... – ela soltou os lençóis e agarrou o corpo dele, precisando sentir seu peso, sentir sua presença. Sapphire apertou a palma das mãos sobre suas costas molhadas, depois pressionou a testa febril contra o ombro dele.

– Dentro de mim – ela disse ofegando – Preciso de você dentro de mim.

Ele usou um braço para apoiar seu peso enquanto os dedos continuavam penetrando em meio aos espasmos.

– Isto é por você, Katie. – sua voz saiu sombria e rouca – Não para mim.

Inclinando a cabeça, ela beijou sua boca. Os mamilos, tão eretos e sensíveis, rasparam sobre os cabelos de seu peito. O sexo de Sapphire ondulava com aquele prazer a mais, seu corpo todo parecia encantado com Wulf.

– Então, faça por mim – ela implorou.

Ele soltou seus cabelos e montou sobre ela. Sapphire impediu que um som de protesto escapasse quando ele retirou os dedos, deixando-a vazia e gananciosa. Ela esperou, prendendo a respiração, enquanto ele se movia sobre ela, passando a grossa cabeça de sua ereção entre seus fluidos misturados.

Preparada e ansiando pela sensação de recebê-lo dentro de seu corpo, Sapphire estava dolorosamente ciente de sua vulnerabilidade. As drogas a deixavam desesperada por sexo. Mas seu desejo por Wulf vinha de dentro dela, independentemente de qualquer coisa que ela pudesse controlar. Nada seria igual pela manhã, enquanto ao mesmo tempo nada teria mudado. Ela não poderia ficar com ele.

Wulf baixou a mão e agarrou a perna de Sapphire, abrindo-a ainda mais. Ele impulsionou os quadris, enterrando o máximo que conseguia. Quando ela colocou o outro calcanhar sobre o colchão e se ergueu querendo mais, ele a repreendeu e agarrou a outra perna também.

– Devagar e sempre – ele sussurrou, apoiando-se nos joelhos. Levantando Sapphire pelas coxas, ele a manteve inclinada, com o sexo aberto e desesperado para ser preenchido. Esticado.

Ela arrastrou as unhas pelo lençol.

– Forte e fundo.

Wulf levou suas grandes mãos até os seios dela, amassando a pele macia com suas palmas quentes.

– Você vai ficar dolorida. Temos várias horas pela frente.

– Eu preciso de você.

– Confie em mim. – ele penetrou gentilmente, entrando mais um centímetro.

Ela gemeu, agradecida por seu cuidado e atenção, amando a maneira como ele sabia o que ela queria e precisava antes que ela mesma soubesse, mas odiando ele estar certo em ser cuidadoso. O desejo era agonizante, impelindo Sapphire a se contorcer debaixo dele, a implorar, a gemer e praguejar enquanto ele a invadia com uma lentidão dolorosa.

– Você é tão sexy – ele disse, pingando suor das longas madeixas de cabelo negro – Adoro foder você. Adoro seu rosto quando você goza. Sempre que te vejo, penso nisso.

– E eu adoro gozar para você. – ela prendeu os calcanhares nas costas dele e puxou, soltando um gemido de prazer quando ele se enterrou por inteiro.

Então, ele começou. Doces e lentos movimentos. Empurrando e puxando. A sensação incrível da cabeça de sua ereção acertando deliciosamente nervos hipersensíveis. Ela podia jurar que sentia cada veia pulsante, cada gota de umidade que escapava, cada batida frenética de seu coração.

Instintivamente, gemidos carentes escapavam de seus lábios. Sons primitivos de entrega e fome que instigavam o macho dominante dentro de Wulf. Ela podia enxergar em seus olhos, na maneira com apertava o queixo, no jeito como seu peito respirava com dificuldade apesar do ritmo cuidadosamente marcado.

– Mais fundo – ela implorou – Mais forte.

Wulf resistiu ao último, mas se esbaldou no primeiro, movendo as pernas dela até seus ombros e subindo sobre ela. Sapphire ergueu os quadris ainda mais enquanto os quadris dele se abaixaram, penetrando seu membro nas profundezes mais fundas que podia. Wulf se enterrava em cada estocada e se retirava totalmente em cada volta. A sensação do longo e grosso pênis bombeando toda sua extensão dentro dela levou Sapphire ao orgasmo e a manteve se debatendo durante o clímax.

Wulf envolveu os braços debaixo dos ombros dela e a manteve presa no lugar enquanto penetrava, respirando sobre sua orelha. Sapphire sentiu o rosnado antes de ouvi-lo, sentiu a tensão que o atacou nos momentos que antecederam o orgasmo. Ele manteve o ritmo que deveria estar matando-o, mas seu fervor cresceu. As batidas de suas peles aumentaram de volume, intensificando o prazer dela.

Sapphire cravou as unhas nas costas dele e sussurrou:

– Goze em mim. Encha meu corpo com você.

– Katie – ele rosnou.

Wulf cresceu ainda mais. Ela gozou de novo ao sentir os músculos internos dela se esticando, e ele explodiu com um grito rouco de seu nome, apertando seu corpo do jeito que ela adorava. O jeito que dizia que ele era tão indefeso contra a força daquela necessidade quanto ela.

Ele ficou parado no lugar mais profundo dela, pulsando dentro de Sapphire, esvaziando sua luxúria em jatos ferozes e escaldantes.

Com a testa encostada nela, Wulf ofegou:

– Eu te amo. Nossa... eu te amo.

Ele continuou gozando nos braços dela. Sapphire o abraçou fortemente durante aquela torrente que devastava os dois.

Wulf apoiou seu torso no alto para olhar para Sapphire.

– Diga-me o que aconteceu com você hoje.

Ela respirou fundo. Seus olhos negros estavam luminosos e lindos.

– Não quero falar. Quero apenas abraçá-lo.

Ele passou o nariz no vale perfumado entre seus seios.

– Temos muito para conversar. Sobre os planos para nosso fut...

– Não. Pelas próximas horas você não é um príncipe, você é simplesmente meu amante. Não existe amanhã ou qualquer outro dia depois disso. Existe apenas o hoje e esta cama. – seu sexo agarrou o membro de Wulf, apertando até ele começar a se mexer dentro dela.

– Duncan me contou sobre o que ele disse a você. Nada daquilo é verdade.

– Eu sei.

Ele tomou sua boca, usando a língua para acariciar, sentindo a gratidão por sua confiança causar um aperto em seu peito. Quando ela arqueou impaciente contra ele, Wulf rolou sobre as costas, usando um braço para apoiar a cabeça.

– Venha me usar até o efeito das drogas passar.

– Você é minha fantasia. – ela sorriu e tudo dentro dele se amarrou – Sabia disso?

Montando seus quadris ansiosamente, Katie o recebeu até a base, gemendo de prazer ao sentar completamente sobre ele. Wulf a olhava nos olhos, sentindo o peito se apertar diante da imagem de Katie delineada contra o luar que entrava pela pequena janela atrás dela.

– Nunca me deixe novamente. – sua voz embargou de vez – Eu buscarei você no fim do universo se for preciso. Nunca mais vou deixar você sumir.

Quando começou a se mover, Katie se abaixou e o beijou na boca. Ela o cavalgou lenta e carinhosamente. Wulf adorou a pressão de seu corpo sobre ele – a sensação dos seios roçando em seu peito, a umidade aveludada subindo e descendo em seu pau, os toques gentis dos cabelos sobre seus ombros.

Exceto pela carícia de sua mão sobre a coxa dela, Wulf se esforçou para permanecer parado. Ele apertou o maxilar e agarrou os travesseiros quando sentiu a onda interminável dos orgasmos de Katie. Seu corpo exuberante estava torturado, atormentado, devastado com sensações aumentadas artificialmente, e a única coisa que ele podia fazer para ajudá-la era permitir que usasse seu corpo para aliviar a dor. Ele gostaria de poder fazer mais.

Ela ofegou, seu corpo estremecia ao redor de Wulf. O toque das mãos dela sobre sua pele era reverente. Ela o fazia se sentir especial e importante. Katie sempre dizia o quanto ele dava prazer a ela. A maneira como ela o olhava, beijava, falava com ele – tudo isso o fazia *sentir*. Desde que a encontrou, ele nunca sentira tanto.

Ele fechou os olhos e a abraçou com o pensamento de que nunca mais a soltaria, nunca permitiria que ela se afastasse mais do que o alcance de seu toque.

Katie cavalgou o corpo dele por horas, mas finalmente o suor e a exaustão queimaram as drogas de seu corpo. A última transa foi lenta e carinhosa. Apenas os dois, sozinhos no mundo. O corpo dela esparramado na cama debaixo dele, jogando a cabeça para os lados enquanto ele fazia amor com ela vagarosamente.

Ele a possuía com um desejo gentil, mantendo-a presa e indefesa debaixo de seus movimentos rítmicos e preguiçosos. Wulf sussurrava palavras de carinho contra sua pele suada, elogiando sua beleza, sua paixão.

Como era diferente fazer amor com ela com seu coração. Ele nunca experimentara sexo assim antes, numa junção de mais do que apenas corpos.

Quando o sol começou sua lenta subida, ele sentiu uma pontada de melancolia no beijo de Katie, mas a exaustão impediu que investigasse esse sentimento. Suas pálpebras estavam pesadas e ele dormiu abraçando Katie fortemente.

Já passava da metade da manhã quando os sentidos de guerreiro de Wulf o alertaram de que eles já não estavam mais sozinhos no quarto.

Ele se moveu por instinto para proteger Katie com seu corpo e se surpreendeu com a velocidade com que uma mão escura adentrou as cortinas para encostar um transportador neural no braço dela. O corpo de Wulf instantaneamente caiu sobre o colchão.

Katie foi teletransportada diretamente de baixo do corpo dele.

Com um rugido raivoso, ele rolou para fora da cama, passando pelas volumosas cortinas e buscando o cabo de sua espada que estava no chão. Ele acionou a lâmina um segundo antes que o primeiro golpe do agressor quase o cortasse em dois.

Desviando o golpe e chutando com a perna, ele ganhou tempo o bastante para se levantar e se preparar. Wulf congelou por um instante, surpreso ao reconhecer seu adversário, mas rapidamente desviando o golpe seguinte.

– General Erikson – ele disse, aliviado por Katie estar em boas mãos. Depois preparou a postura para lidar com a óbvia fúria de seu pai.

– Príncipe Wulfric.

Grave Erikson o encarou com uma espada em cada mão, as duas lâminas incandescentes em direções opostas, criando um escudo impenetrável para seu corpo.

– Nu como veio ao mundo. – o general rosnou, chutando uma cadeira para o lado – E é assim que também vai deixá-lo.

Com aquela declaração ameaçadora, ele deu um impulso para frente, atacando com uma espada e defendendo com a outra.

Ao longe, Wulf registrou os sons de seus guardas tentando entrar no quarto. Mudando de posição, ele ficou de frente para a porta e notou que Erikson havia instalado um bloqueador nos controles. Wulf sentiu alívio. Se seus homens entrassem no quarto, a possibilidade de o pai de Katie se ferir aumentaria muito.

O suor irritou seus olhos enquanto lutava defensivamente, recusando- -se a ferir o pai da mulher que amava. Foi necessária toda a sua habilidade para manter as espadas de Erikson longe de seu corpo. A fúria do general parecia infinita. E mortal.

– Lute comigo, maldito seja! – Erikson gritou.

– Não posso. Katie nunca me perdoaria se eu machucasse você.

De repente, o general deu um passo para trás e desativou as lâminas. Wulf cautelosamente fez o mesmo. A escuridão baixou sobre o quarto quando a luz do laser diminuiu até desaparecer.

– Você melhorou muito, Vossa Alteza, desde nossa última luta – Erik- son disse, mostrando apenas um pouco de falta de fôlego – E você já era muito bom naquela época.

Wulf assentiu com a cabeça, com olhos desconfiados e uma postura tensa com a expectativa.

– Onde estão os seus homens?

– Eu vim sozinho. Trazer homens comigo seria uma incursão militar. Estou aqui como um pai.

– Eu preciso que ela volte, General.

– Você não tem nenhum direito sobre ela.

– Eu a amo.

– Não fale de amor para mim! – Erikson retrucou – Você sabe como localizei minha filha? O abuso que ela sofreu na praça da cidade ontem é a fofoca de hoje. Se você não consegue protegê-la, você não a merece.

O rosto de Wulf se aqueceu.

– Eu a protegeria com minha própria vida.

– Você a *roubou*! – o general deu um passo à frente, segurando os cabos das espadas com tanta força que seus dedos ficaram embranquecidos. – Você a tirou de um lugar onde ela é venerada e a trouxe para um lugar onde é vilificada. Onde o perigo a cerca de todos os lados. Onde é um alvo para qualquer pessoa que possua algo contra Sari.

Wulf se endireitou, encobrindo sua nudez com uma dignidade real.

– Cometi muitos erros com sua filha, General, mas estou preparado para retificá-los. Katie é preciosa para mim.

– Ela não é nada para você. Esqueça que ela existe.

– Sem chance – Wulf jurou.

Erikson cerrou o olhar.

– Você terá que passar por mim se quiser chegar a ela. Será muito menos doloroso encontrar uma nova concubina em D'Ashier.

Wulf também deu um passo à frente.

O cinto do general soou um bipe.

– Seu tempo acabou, Vossa Alteza.

Com uma rápida reverência, Erikson se teletransportou.

Atordoado com o repentino final da conversa e a nova perda de Katie, Wulf permaneceu congelado.

Katie desapareceu sem saber que ele pretendia torná-la sua consorte.

Ela o deixara ontem e ele não prometera nada, desde então, que a faria mudar de ideia. Será que a confissão de seu amor seria suficiente para convencê-la? Katie se recusara a conversar sobre o futuro, como se eles não possuíssem nenhum. Wulf ainda podia sentir seu último beijo em seus lábios. Um desespero o atingiu como o ataque de um chicote.

Ela não iria voltar. Ele sabia disso, sentia em seus ossos.

CAPÍTULO 15

— Eu sei que ele me ama, papai, mas isso não é suficiente.

Sapphire andava de um lado a outro no escritório de seu pai, sentindo uma dor pulsante em seu peito.

— E você o ama? — seu pai perguntou gentilmente.

Ela respirou fundo e lançou um sorriso autodepreciativo.

— Perdidamente.

Estar longe de Wulf era como se faltasse uma parte dela própria. Sapphire sentia falta da exigência arrogante de sua atenção plena e a maneira como ele focava toda a atenção sobre ela. Sentia falta de sua risada e do som de sua voz, que podia acalmar ou excitar dependendo de seu humor. Sentia falta do cheiro de sua pele e do peso de seu corpo. Ela estava viciada nele, às vezes desejando-o tanto que seu corpo chegava a estremecer.

Enquanto se movia inquieta, o olhar de seu pai não desgrudava dela.

— Você quer ficar aqui com sua mãe e comigo? Você quer voltar para sua casa?

Casa. Será possível que apenas algumas semanas atrás ela estivesse extremamente entusiasmada com a dádiva de sua liberdade? Parecia que uma vida inteira se passara.

— Aquela casa não é meu lar, papai. Ali existem condições as quais não estou disposta a ceder.

: – Eu entendo. Então, quem sabe umas férias? – seus olhos negros estavam cheios de preocupação – Uma viagem para fora do planeta? Às vezes, se afastar é o melhor remédio.

Ela parou, depois abriu um largo sorriso.

– Essa é uma ótima ideia. Vou encontrar aquele mercenário responsável pelo ataque contra Wulf.

– *O quê?*

– Preciso descobrir por que Wulf foi atacado, qual era o objetivo. Preciso saber se ele ainda está em perigo.

– Você não está em condições de sair numa caçada dessas – ele protestou – Você precisa recobrar a razão primeiro, ou colocará a si mesma em risco.

– Eu *estou* usando a razão. – Sapphire olhou ao redor da sala forrada em madeira, encontrando conforto em sua familiaridade – Sempre estarei pensando em Wulf, não importa o que eu faça. Ao menos, dessa maneira, poderei focar essa concentração em algo positivo.

Grave se inclinou para frente.

– Essa tarefa não é simples. Pode levar anos até você encontrar Gordmere. Não posso aguentar a ideia de você ficar longe por tanto tempo.

Sapphire afundou no sofá ao seu lado.

– Será melhor assim. Tenho certeza.

– Talvez seja melhor conversar com sua mãe primeiro.

Ela baixou os olhos até suas mãos.

– A mamãe é uma romântica.

O sorriso dele era indulgente.

– É verdade.

– Não me arrependo de nada. – Sapphire levantou os olhos para encarar seu pai – Você deveria ter visto o quanto ele é determinado, o quanto se entrega para D'Ashier. Ele é deliberado, focado, inabalável... exceto quando o assunto sou eu. A saudade vale a pena quando você é amada por um homem como aquele, por mais breve que seja esse amor.

Seu pai ergueu a mão e tirou uma mecha de cabelo que caía sobre seu rosto.

– Estou orgulhoso de você.

– Obrigada, papai. – ela acariciou a mão dele com o rosto – Além disso, Gordmere precisa ser impedido. Eu posso fazer isso. Sou mais do que capaz.

– Você nunca foi de fugir dos problemas.

Os dois olharam ao mesmo tempo para a voz melodiosa vinda da porta. Sasha Erikson entrou no quarto, trazendo junto com ela uma palpável energia.

Sapphire franziu o nariz.

– Você não tem ideia do quanto Wulf pode ser determinado, mamãe, ou do quanto ele pode ser teimoso. Quanto mais impossível for a circunstância, mais obstinado ele se torna. Agora que eu me afastei, ele terá uma chance para reconsiderar. E, então, ele entenderá que esta foi a decisão certa para nós dois.

· – Se vocês se amam, talvez...

– É impossível, mamãe. A família dele... eu mereço coisa melhor.

– É claro. – Grave a tranquilizou – Eu nunca permitiria que você não fosse a pessoa mais importante na vida do seu homem.

Ela se virou para seu pai.

– Então você me ajudará?

– Se for isso que você realmente quer, eu cuidarei do assunto. – Grave a puxou para mais perto e beijou o topo de sua cabeça.

– Ótimo! Vou arrumar minhas coisas. – Sapphire se levantou e correu para fora da sala.

Sasha se aproximou de seu marido com os movimentos sensuais inatos que fizeram sua união inevitável. Fora preciso apenas uma olhada sobre ela para saber que a possuiria para sempre. Não tê-la simplesmente nunca fora uma opção.

Ela se sentou onde sua filha esteve e pousou a cabeça loira sobre o ombro de Grave.

– Fico triste por ela. Por que tinha que se apaixonar pelo homem mais inalcançável para ela?

– Não é inalcançável, mas é algo extremamente difícil e dispendioso. Os dois teriam que pagar muito caro.

– Nós também.

– Sim. Não sei se nenhum de nós está preparado ou disposto a pagar.

Inclinando a cabeça para trás, Sasha o encarou.

Ele acariciou a elegante curva de suas costas.

– Não vai demorar até o príncipe vir atrás dela. Ele está no cio. Não está pensando claramente.

– Talvez exista amor em meio à luxúria? Por que não mantê-la aqui até ele chegar, para que os dois possam descobrir juntos?

Grave exalou asperamente.

– Porque isto não é um conto de fadas, Sasha. Para ficar com ele, ela teria que abrir mão de tudo. Renunciar à sua pátria natal. Wulfric também pode perder tudo que considera importante, incluindo o trono. Eu me recuso a facilitar as coisas para eles.

– Pobre Katie. – tocando em sua nuca, ela o puxou para um beijo – Então irei ajudá-la a arrumar as malas.

Sapphire observou quando a última de suas malas desapareceu na cabine de transferência. Ela já havia se despedido de todos. Agora, não restava mais nada além de embarcar.

Partir estava mais difícil do que ela havia imaginado. Sapphire já havia viajado para fora do planeta muitas vezes, acompanhando o rei por várias razões. Mas desta vez era diferente. Ela estava deixando sua antiga vida para trás e se perguntava como iria reinventar a si mesma com o passar do tempo. Ela não conseguia silenciar a parte de sua mente que desejava voltar para Wulf e aceitar aquilo que ele oferecesse. Mas Sapphire sabia que nunca seria feliz se não o possuísse por inteiro, e ele nunca poderia entregar isso, pois estaria dividido pela lealdade para com sua família e a Coroa.

Encorajando-se com a renovada convicção de que estava fazendo a coisa certa, Sapphire entrou na cabine de transferência. Ela se virou para sinalizar ao controlador que estava pronta para embarcar na nave, mas se surpreendeu quando Dalen entrou na cabine ao seu lado.

– O que você está fazendo? – ela perguntou.

– Indo com você.

– Eu apenas precisava que você me ajudasse com minha bagagem.

– Mas eu *quero* partir com você, Madame. – ele sorriu – Eu sempre quis viajar e você precisará de ajuda para se estabelecer.

– Não vou me estabelecer em lugar nenhum. Estarei trabalhando, Dalen. Será perigoso e cansativo, não haverá tempo para conforto...

– Parece ótimo.

– Você acabou de retornar de D'Ashier.

– Viu? Esta viagem vai parecer como umas férias depois daquilo.

Sapphire olhou cuidadosamente para o lindo homem loiro.

– Por quê?

Ele entendeu.

– Você pode proteger a si mesma, mas eu ficaria mais tranquilo se estivesse com você. Meu irmão mais velho era um capitão sob o comando do seu pai nas Confrontações. Ele jura que o general salvou sua vida. Minha família tem uma grande dívida com a sua. Cuidar de você é o mínimo que posso fazer.

– Isso não é...

– Necessário. Eu sei.

– Certo. – ela encolheu os ombros – Se você não gostar, apenas me diga e eu arranjarei seu retorno para Sari.

– Feito. – Dalen se endireitou e sorriu.

Ela sinalizou para o controlador dizendo que estavam prontos. Instantaneamente, eles se teletransportaram para a sala de transferência do *Argus*, um transportador interestelar. Levaria dois dias para alcançarem Tolan, onde, de acordo com as investigações, Tarin Gordmere fora visto pela última vez.

Olhando para Dalen, ela sorriu diante de sua animação juvenil. Talvez fosse bom ter alguém que ela conhecia ao começar uma nova vida.

Uma vida sem Wulfric.

– Como assim você não consegue encontrá-la?

A paciência de Wulf já estava no limite uma hora depois que Sapphire fora tirada dele. Agora, uma semana depois, sua paciência havia se esgotado.

O capitão o encarou sem se abalar.

– Nós perdemos o sinal *nanotach* ontem e não conseguimos recuperá-lo.

– *Perderam* o sinal? Que diabos isso significa?

– Significa que ela removeu o chip ou está além do alcance de nossos receptores.

Wulf batia os dedos inquietamente na escrivaninha.

– Fora de alcance? Que distância ela precisaria viajar para ficar fora de alcance?

O capitão apertou os lábios antes de responder.

– O sinal *nanotach* seria detectável em qualquer lugar do planeta.

Wulf se levantou.

– Você está me dizendo que ela está *fora* do planeta?

– É uma possibilidade, Vossa Alteza.

– Maldição.

E ali estava ele, esperando impacientemente que Katie o contatasse. Wulf quis fazer isso ele próprio, mas se preocupava em colocá-la em perigo com o rei caso o contatasse. Pensara que com certeza ela se lembraria de sua última noite juntos e suas declarações de amor, e assim encontraria um jeito de falar com ele.

Mas Wulf não tinha como saber se ela havia escolhido partir... ou se partira contra sua vontade.

– Encontre o General Erikson. *Agora!*

– Boa noite, General.

Wulf observou quando o pai de Katie casualmente tirou os olhos de seu livro. Sentado num sofá verde, o general não parecia nem um pouco surpreso por ver Wulf, como se um príncipe inimigo de pé em seu escritório fosse a coisa mais comum do mundo. Afinal, Wulf havia deixado claro que não desistiria de Katie sem lutar. E sabia que o general não se deixava apanhar desprevenido.

– Boa noite, Vossa Alteza. – Erikson respondeu – É bom vê-lo vestido. Gostaria de beber uma cerveja? Ou talvez algo mais forte?

– Não, obrigado. Eu vim por causa de Katie. Onde ela está?

— Você chegou tarde. – Erikson fechou o livro com força – Eu esperava que você aparecesse há uma semana.

— Eu não podia arriscar contatá-la e colocá-la em perigo.

— Então, por que está aqui?

— Eu preciso saber se ela está bem, General.

— Ela não está aqui.

— Eu sei que ela está fora do planeta. Onde?

— Como você sabe disso? – o general cerrou os olhos.

Wulf ignorou a pergunta.

— Preciso falar com ela.

Erikson sacudiu a cabeça.

— Ela seguiu com sua vida, Vossa Alteza. Vá embora. Encontre outra concubina.

— General... – Wulf cerrou os punhos. Katie não poderia seguir com a vida. Não antes de ouvir o que ele tinha a dizer – Não me provoque. Não estou com paciência.

— Maldito seja! – Grave jogou o livro para longe – O jeito como você e o rei tratam Katie é patético. Vocês acham que...

Wulf se impulsionou sobre a mesinha de centro e derrubou o general no chão. Erikson riu, e a luta começou.

— Onde diabos ela está? – Wulf desviou-se de um soco iminente no rosto.

— Você adoraria saber, não é? – o general grunhiu ao pagar caro·pela piada, sofrendo um golpe nas costelas.

Eles se atracavam como dois garotos, lutando por puro instinto animal para estabelecer o macho dominante.

— Eu não vou desistir, General. Não agora. E nem nunca.

— É melhor que não desista – Erikson retrucou –, ou irei chutar o seu traseiro.

Wulf grunhiu e se jogou para cima dele. O general o apanhou pelas calças e usou a impulsão para jogar Wulf numa poltrona, que quebrou sob o impacto.

— Chega! – o general se afastou – Se causarmos mais algum dano por aqui a Sasha irá me fazer dormir no sofá.

Ofegando, os dois se apoiaram na mobília mais próxima. Wulf o encarou, o general sorriu.

– Já era hora de você mostrar um pouco de fogo nos olhos, Vossa Alteza. Você precisará disso nos próximos dias.

Wulf riu com desprezo.

– Onde ela está?

Erikson pousou a mão sobre as costelas.

– Ela viajou para o planeta Tolan, atrás do mercenário que arranjou o ataque contra você, Tarin Gordmere.

Katie o estava protegendo. De novo.

Wulf limpou o suor da testa.

– É tarde demais para nós? – ele perguntou – Ela quer que eu a deixe em paz?

– Eu não diria isso – Erikson disse secamente.

– Obrigado, General. – Wulf se endireitou – Eu a encontrarei e a trarei de volta em segurança.

– O rei não irá desistir dela tão facilmente. – Erikson alertou – Ele a libertou de seu contrato, mas ele não *a* libertou.

– Eu entendo.

O general o encarou atentamente.

– Nós ainda poderemos nos encontrar em lados opostos do campo de batalha.

Wulf assentiu tristemente.

– Eu daria as costas a você, General.

– E eu daria as costas a você, Vossa Alteza.

Eles fizeram uma reverência ao mesmo tempo.

Com um rápido toque em seu anel, Wulf desapareceu.

CAPÍTULO 16

– Você é impossível, Wulfric – Anders disse rispidamente – Eu ordeno que vá para suas concubinas para esquecer aquela mulher sariana.

Wulf se concentrou na rapidez de sua respiração em vez da fúria que fervia tão próxima da superfície. Ele sabia que seu temperamento, que mal conseguia controlar, o transformava numa péssima companhia e, por isso havia evitado seu pai o máximo possível.

– Se você não gosta do meu humor, meu pai – ele disse com uma calma forçada –, posso sugerir que vá embora do meu quarto?

O rei andava de um lado a outro.

– Não sou o único que pensa que você está insuportável. Os criados estão com medo de chegar perto de você e os guardas estão tirando no palitinho para decidir quem vai ficar ao seu lado. Isso já foi longe demais.

Wulf esfregou o rosto. Katie tivera uma semana de vantagem e parecia ter desaparecido sem deixar rastros. Ele não entendia como ela poderia estar sobrevivendo. Ela não estava usando créditos. Como pagava pelas coisas de que precisava? Comida, alojamento, transporte? A preocupação por ela o corroía por dentro. Será que ela encontrara Gordmere e acabara ferida... ou pior?

Seu maxilar se apertou. Wulf sabia que ela podia cuidar de si mesma, mas ele não queria que ela precisasse fazer isso.

Quando um bipe soou na porta, ele deu a permissão para entrar. O capitão apareceu e fez uma reverência.

– Vossa Majestade. Vossa Alteza. – ele se endireitou e cruzou os olhos com Wulf – O pequeno grupo de guardas que você ordenou está se preparando para a jornada até Tolan.

Wulf assentiu.

– Excelente. Eu estarei pronto em breve.

– Você não irá partir com eles – falou o rei, com uma suavidade ameaçadora.

– Sim, irei.

– Eu gostaria da sua permissão para acompanhá-lo, Vossa Alteza – disse o capitão.

– Concedida.

Com uma reverência, o capitão se retirou do quarto.

Wulf se dirigiu para o quarto de dormir, onde os criados estavam arrumando sua bagagem. Ele foi impedido por uma poderosa mão que agarrou seu cotovelo. Wulf olhou para seu pai. Lutando para não se descontrolar, ele perguntou:

– O que você está fazendo?

– O rei maneriano e sua filha chegarão hoje.

– Eu sei.

– Você deve conhecer a princesa antecipando uma possível união.

– Então é melhor você enviar Duncan. Eu não estarei aqui.

A voz de Anders vibrou com raiva.

– Wulfric, eu me afastei do poder para permitir que você tivesse liberdade com suas decisões, mas nunca se esqueça de que *eu* sou o rei. Você *irá* me obedecer.

– Meu pai, não faça isso.

O rei apertou os lábios.

– Uma união com Maneria, Wulfric! Você pode imaginar o poder e a influência que D'Ashier teria?

– Sim, seria uma união excelente. – Wulf pousou a mão sobre o ombro de seu pai – Mas a princesa de Maneria pode esperar. Katie está em perigo por minha causa.

Anders rosnou.

– Eu achava que você sempre colocaria D'Ashier em primeiro lugar. Nunca imaginei que poderia ser tão egoísta.

– Sinto muito por você pensar assim. – ele se livrou da mão de seu pai e continuou andando.

– Wulfric! Você não dará as costas para mim até eu dispensá-lo.

Wulf parou no meio do caminho. Com o rosto impassível, ele se virou cuidadosamente para confrontar seu pai.

– Você irá me ouvir – o rei ordenou.

– Eu sempre o ouço. Eu ouvi muito bem os seus comentários sobre minha partida.

– *E então?*

– Então, é isso. Katie está em Tolan, arriscando a vida para me vingar. Eu preciso ir até ela.

– E se eu ordenar que você fique?

Wulf respirou fundo.

– Teria que me prender, o que não ficaria bem aos olhos do Rei de Maneria.

As mãos do rei se apertaram em punhos.

– E se eu ordenar que se case com a princesa?

– Podemos discutir Maneria quando eu voltar, meu pai.

– Eu o proíbo de perseguir a filha de Erikson!

– Preciso arrumar minhas coisas. – ele fez uma reverência e se virou.

– Wulfric. – havia um tom de angústia na voz de seu pai que fez Wulf parar de novo – Por quê?

– Quando eu estava naquela caverna... qualquer leve brisa sobre minha pele causava agonia. Quando acordei na câmara de cura e vi Katie, pensei que havia morrido e ela era minha recompensa. Eu senti alegria. Gratidão. Desde o primeiro momento, eu sabia que ela era minha. Eu *sabia*. E ela me olhou da mesma maneira. Antes de saber quem eu era. Eu era apenas um homem ferido que não possuía nada para oferecer a ela.

– Ela sabia muito bem quem você era.

– Não sabia. – Wulf fez um gesto incisivo com a mão – Posso dizer isso com certeza absoluta. Eu estava lá quando ela descobriu. Eu vi o horror e o medo. A confusão. Ela não sabia.

– Você fala como se ela fosse a única mulher a desejar você. – Anders zombou – Todas as mulheres o desejam.

– Mas eu não quero todas as mulheres. Desde minha captura, não consigo aguentar que me toquem. Dispensei minhas criadas pessoais. Eu me visto e tomo banho sozinho. Mantenho distância física de todas as pessoas.

– Exceto a única pessoa de quem você precisa ficar longe!

– Ela me faz *sentir*. Eu a vejo, sinto seu sabor, seu cheiro... Tudo mais é uma área cinzenta para mim, mas ela é algo vibrante. Eu *preciso* que ela me toque. Eu desejo desesperadamente a sensação de suas mãos sobre mim. Parte de mim morreu naquela caverna. O que restou existe por causa dela. Não posso explicar melhor do que isso. Ela é necessária para mim.

Wulf se ajoelhou.

– Eu imploro, meu pai, não me peça para escolher entre D'Ashier e Katie.

– Você nunca me implorou por nada – Anders disse com a voz rouca – Eu gostaria que me pedisse algo que eu pudesse entregar.

– O apoio do pai dela poderia facilitar o tratado com Sari que nós dois queremos. Pense no futuro – Wulf disse.

O silêncio que seguiu suas palavras parecia eterno. A espera era uma tortura.

– Eu estou pensando, Wulfric. – aceitando as mãos oferecidas por Wulf, o rei o ajudou a se levantar. O grande suspiro que ele soltou fez Wulf sentir um aperto no peito. – Vá atrás dela, se é isso mesmo que você precisa fazer. Mas a presença dela em sua cama faz a necessidade de uma poderosa aliança ainda mais urgente.

Wulf o abraçou.

– Nós vamos lidar com a logística quando chegar a hora.

O rosto de Anders ficou marcado por cansaço e decepção, envelhecendo-o drasticamente.

– Farei o meu melhor para tranquilizar os manerianos. Por você, meu filho. Porque eu te amo.

– Você não se arrependerá – Wulf prometeu.

– Eu já me arrependo, mas não consigo pensar em nenhuma outra maneira para apressar seu tédio com ela.

Quando Wulf voltou seu olhar para a janela com a vista de sua adorada D'Ashier, seu estômago deu um nó. Ele se lembrou de Katie, nua em frente à janela, banhada pelo brilho avermelhado do sol poente, seu corpo macio e lânguido depois de fazerem amor.

Ele não sabia se poderia viver sem um dos dois.

Wulf esfregou o peito.

– Eu preciso ir agora. Retornarei assim que puder.

Sapphire se movia discretamente pela escuridão urbana, segurando o cabo de sua espada com firmeza. O mercenário andava casualmente pela calçada, sem perceber que ela o seguia como uma sombra. Havia pouco movimento na rua – provavelmente por causa da chuva fraca que tinha caído, mas era suficiente para deixá-la imperceptível em meio às pessoas.

Respirando profundamente, ela sentiu o raro cheiro de uma noite chuvosa. Tolan era um planeta exuberante, num forte contraste com seu planeta natal desértico. Coberto com árvores de folhas douradas e oceanos de grama verde selvagem, era lindo. Um paraíso. Infelizmente, a perfeição era maculada por enormes cidades, cuja estética metálica brilhava sob os sóis gêmeos de Tolan.

– Você tem fogo? – Gordmere parou uma mulher que passava para acender seu charuto.

Sapphire se protegeu sob a sombra da marquise de um estabelecimento fechado.

Depois da viagem de dois dias para Tolan, demorou quase duas semanas para localizar o mercenário. Gordmere era esperto o bastante para trocar de nome constantemente, o que dificultava monitorá-lo através do sistema interestelar. Poderia ter levado ainda mais tempo para localizá-lo, mas ela descobrira que ele possuía duas poderosas fraquezas – jogos de azar e arrogância. Ele não temia ninguém, e não conseguia parar quando estava perdendo. Alguns cassinos eram mais tolerantes do que outros. Quando ela descobriu quais cassinos deixavam os jogadores se afundarem cada vez mais, o resto foi fácil.

De certa maneira, Sapphire estava agradecida por a caçada necessitar de toda sua atenção. O tempo que passou localizando Gordmere a manteve ocupada o bastante para impedi-la de ficar remoendo sobre Wulfric, ao menos durante as horas do dia. As noites eram outra história.

Quando Gordmere continuou sua andança, Sapphire voltou a persegui-lo, sentindo o cheiro de fumaça pairando sobre o ombro dele.

Gordmere parou diante de uma porta e olhou para os dois lados. Ela continuou andando e passou por ele, tomando cuidado para não chamar atenção. Certificando-se de que estava livre, ele desapareceu porta adentro.

– Dalen – ela sussurrou.

A resposta veio no minúsculo comunicador em seu ouvido.

– *Sim, Madame?*

– Ele acabou de entrar.

– *Já o encontrei.*

Ela suspirou. Era difícil deixar uma tarefa tão importante para outra pessoa, mas aquele era um estabelecimento para cavalheiros e sua entrada não seria permitida.

– Não se esqueça de sentar perto o bastante para ouvir a conversa.

– *Eu entendo. Por favor, não se preocupe. Sou muito bom em fazer amizades.*

– Estarei por perto, esperando.

Sapphire se virou e entrou no elevador que levava ao pequeno quarto que alugava de frente para o clube. Era uma espelunca, mas mesmo com essas condições, fora preciso pagar duas caixas de vinho de Sari, muito mais do que valia. Mas não havia outro jeito. Ela não podia deixar Dalen, que não possuía treinamento, sozinho. Algo poderia acontecer, muitas coisas poderiam dar errado, e ela precisava estar por perto caso fosse preciso intervir.

Entrando no pequeno quarto, ela repentinamente se sentiu sobrecarregada pelas emoções e exaustão. Isso acontecia sempre que ficava sozinha sem nada para se ocupar.

Nada além de pensamentos sobre Wulf.

Olhando através da janela encardida para o clube lá embaixo, Sapphire imaginou o que ele estaria fazendo. Será que sentia saudade como ela? Será que sentia o mesmo vazio por dentro? E mais uma vez Sapphire se perguntou se cometera um erro, como se devesse voltar para ele, apesar de tudo.

Já era tarde quando Dalen cambaleou para fora do clube junto com Gordmere, os dois levemente bêbados. Eles se despediram na calçada e ela deixou o pequeno quarto usando o elevador. Sapphire andou atrás de Dalen de propósito para ter certeza de que ele não estava sendo seguido. Quando ela se certificou de que estavam seguros de olhos bisbilhoteiros, seguiu-o até o quarto de hotel onde estavam hospedados.

Assim como quase tudo em Tolan, o hotel era desenhado para parecer "moderno", com linhas retas, toques metálicos e cores neutras. Ela odiava e imaginava por que os habitantes daquele planeta admiravam um cenário tão sem vida quando seu mundo era tão exuberante e vibrante.

Ela encontrou Dalen sentado na poltrona bege na pequena área de estar. Ele cheirava a perfume e sexo, e seu sorriso bobo dizia que se divertira com as concubinas do clube. Sapphire estava feliz por ele. Ao escolher viajar com ela, ele deixara para trás tudo que conhecia e amava, mas ela fora até então uma péssima companhia; irritada num momento, chorosa no outro.

Ao afundar na poltrona ao lado, ele sorriu com seu charme juvenil.

– Acho que você vai gostar de ouvir sobre os eventos desta noite, Madame.

– Ele mencionou alguma coisa sobre o Príncipe Wulfric?

– Não.

Ela gemeu.

– Mas – Dalen continuou –, ele me ofereceu um trabalho.

– O quê?

– Repeti tudo que você pediu para eu dizer. Eu disse que fui mandado embora do meu emprego por roubar. Mencionei meu ressentimento e falta de trabalho. Tudo isso parecia entediante para ele, até eu falar que trabalhei no palácio de D'Ashier. Então, ele começou a me ouvir.

Sapphire se inclinou para frente.

– *E?*

– Ele quis saber mais. – Dalen bocejou.

– Você disse que conhecia o Príncipe Wulfric pessoalmente?

Ele assentiu.

– Ele estava interessado em tudo que eu contava.

– Interessado como? Você acha que vai conseguir conversar com ele novamente?

– Melhor do que isso. – Dalen abriu um sorriso – Ele disse que foi contratado para capturar uma pessoa de grande importância e que eventos recentes reduziram sua equipe consideravelmente. Ele ofereceu uma vaga para mim.

Sapphire piscou incrédula.

— Ele ofereceu *contratar* você? Para capturar o príncipe herdeiro? Ele nem conhece você!

Dalen abriu um sorriso convencido.

— Eu disse que era muito bom em fazer amizades.

— Isso é fantástico. — ela se recostou na poltrona.

Sapphire havia considerado centenas de cenários para lidar com Tarin Gordmere, mas trabalhar em seu grupo não era um deles. Porém, era perfeito.

— Conte-me tudo.

— Ele disse que precisa refazer sua equipe antes de agir e disse que foi alertado de que seu alvo é um guerreiro de grande habilidade. Ele não quer tomar o primeiro passo antes de ter certeza de que poderá vencer. E para isso, aparentemente, será preciso mais algumas semanas.

Ela franziu as sobrancelhas.

— Não se ele está contratando estranhos pelas ruas.

Dalen riu.

— Meu trabalho no palácio parecia muito importante para Gordmere. Ele mencionou isso várias vezes. Se eu não tivesse revelado, ele provavelmente não ofereceria a vaga.

— Será que ele pretende capturar Wulf no palácio? — Sapphire esfregou as têmporas, tentando juntar todas as possibilidades e encontrando variáveis demais. Ela precisava proteger Wulf. Se alguma coisa acontecesse com ele...

Sapphire estremeceu. Nada iria acontecer, pois ela se certificaria de que ele nunca ficaria em perigo.

— Quando você irá encontrá-lo de novo? — ela perguntou.

— Amanhã. — os olhos azuis de Dalen se acenderam numa óbvia expectativa — Você estava certa sobre seu vício em jogos. Gordmere também possui uma fraqueza por mulheres.

Ela sorriu tristemente.

— Eu percebi isso com o seu cheiro.

— Acho que vou passar as próximas semanas conhecendo Gordmere melhor – o sorriso de Dalen era malicioso –, e seu estilo de vida luxurioso.

Sapphire franziu o nariz. Ela não poderia ficar assistindo àquilo sem fazer nada. Precisava se envolver de algum jeito, por menor que fosse. Uma ideia surgiu em sua mente, junto com um lento sorriso que se abriu em seus lábios.

Dalen a olhou desconfiado.

— Eu conheço esse olhar, Madame. Raramente isso acaba bem.

— Besteira – ela zombou – Fique feliz de saber, Dalen, que você acabou de adquirir uma *mätress*.

— Tenho que fazer alguma coisa sobre ele – Sapphire murmurou no ouvido de Dalen, jogando o braço ao redor de seu pescoço.

O olhar de Dalen seguiu os olhos de Sapphire até parar num homem forte, de pé, ao lado de Gordmere no bar do clube. A música soava alto enquanto a cantora no palco berrava uma canção popular. Por todos os lados, vários clientes dançavam seguindo o ritmo, criando um ambiente de decadência selvagem.

— Que tipo de coisa? – ele perguntou.

— Ainda não decidi, mas ele não gosta de nós, e se continuar reclamando, Gordmere pode decidir que não valemos a pena. Tor Smithson é seu companheiro há anos, e nós somos apenas estranhos.

Fingindo serem um casal amoroso, ela jogou a perna sobre o colo de Dalen.

— Precisamos continuar envolvidos por tempo suficiente para descobrirmos quem contratou Gordmere.

— O que você quer que eu faça?

Ela observou quando Gordmere se interessou por uma linda concubina, depois se levantou para ir atrás dela, deixando Smithson sozinho. Sapphire colocou os pés no chão.

— Mantenha Gordmere distraído.

Dalen agarrou o braço dela.

— Você vai fazer isso *agora*?

Olhando em seus olhos preocupados, ela ofereceu um sorriso tranquilizador.

– Já faz três semanas e ele ainda não disse nada para você sobre quem o contratou, nem contou nenhum detalhe do trabalho. Ele ainda não confia em você, e não confiará enquanto Smithson estiver enchendo a cabeça dele com dúvidas. Precisamos tirá-lo do caminho. – ela se levantou – Além disso, Smithson é um dos mercenários que torturou Wulfric. Ele merece o que vou fazer.

Dalen agarrou seu pulso.

– Você está desarmada.

– E ele também. Não se preocupe. Eu voltarei em meia hora. Se não voltar, *aí* você pode ficar preocupado.

– Você não é muito boa em tranquilizar as pessoas – ele murmurou, mas se levantou e se dirigiu para Gordmere.

Sapphire se aproximou do bar e sorriu para Smithson. Ela pediu uma dose de licor de Tolan, uma bebida potente que Dalen gostava, mas que ela achava forte demais.

– Por que você não volta para casa? – Smithson disse rispidamente – Você não deveria estar aqui.

Ela o estudou com um olhar de soslaio, analisando a ameaça que ele apresentava enquanto media seu tamanho. Seu pai sempre dizia que estar preparada era vencer metade da batalha.

– Eu estaria entediada em casa – ela reclamou fazendo um beicinho.

O olhar em resposta de Smithson era de óbvia irritação.

– Isso não é problema meu, é um problema para minha carteira. Seu namorado olha para você toda vez que alguém pergunta algo para ele. Um homem que se sujeita a uma mulher como você não pode receber confiança.

Sapphire olhou sobre o ombro. Dalen estava conversando animadamente com Tarin Gordmere, que estava de costas para ela. O bartender entregou a bebida e ela se moveu rapidamente para aproveitar a oportunidade.

– Por que você não me leva para outro lugar?

– Você está indo embora? – ele a estudou com desconfiança – Assim, de repente?

– Claro. – ela encolheu os ombros – Não quero causar nenhum problema. Nós precisamos do dinheiro, sabe?

– Você pode ir embora sozinha – ele disse friamente.

Ela suspirou.

– Certo. Eu fico. Não vou achar um transporte público sozinha e...

Smithson agarrou seu ombro e a puxou para a saída.

– E quanto ao drinque de Dalen? – ela reclamou fazendo charme, cambaleando atrás dele.

– Eu entrego para ele quando voltar.

Ela escondeu um sorriso.

– Certo.

No instante em que as portas se fecharam atrás deles, Sapphire atacou. O elemento surpresa era tudo que ela tinha, portanto, decidiu usá--lo, girando o braço de Smithson com todo seu peso, cerrando os dentes quando ouviu o osso quebrar. Seu grito de dor foi ensurdecedor. Ela ergueu o pé e chutou seu traseiro, jogando-o para longe da porta para que ninguém os ouvisse.

A entrada do clube ficava num beco fora da rua principal, o que tornava o tempo urgente. Ela estava apenas a alguns momentos de ser descoberta.

Smithson se abaixou e deu uma rasteira, acertando os pés de Sapphire. Ela cambaleou para trás e caiu em cima dele. Antes que ela pudesse reagir, ele envolveu seu braço ao redor do pescoço dela e apertou. Ofegando e arranhando, Sapphire se debateu para aliviar a pressão sobre sua traqueia. O mercenário era forte demais. Pontos vermelhos apareceram diante de sua vista, depois a escuridão tomou conta de tudo. A poucos segundos de desmaiar, ela puxou o braço quebrado de Smithson. Quando seu rugido agonizante ecoou no beco, ela conseguiu se livrar.

Tempo. O tempo estava se esgotando. Levantando-se com dificuldade, ela puxou ar em seus pulmões e sentiu o pescoço latejar.

Smithson rosnou, rolando e de algum jeito conseguindo se ajoelhar.

– Vou matar você.

Quando ele levou a mão até a bota, Sapphire avistou a bainha de uma adaga. Smithson a encarou nos olhos, com sede de sangue e uma maldade inerente que gelou seus ossos. Aquele homem caçava humanos por profissão e torturava os indefesos por puro prazer. Ele quase conseguira matar o homem que ela amava.

– Ainda bem que você disse isso. – Sapphire se preparou para a iminente tarefa sombria – Matar um homem a sangue frio não faz meu estilo.

Ele se impulsionou na direção dela e a lâmina brilhante ganhou vida em sua mão. Ela o chutou. Sorte e muita habilidade asseguraram que seu pé atingisse o pulso dele, jogando a adaga no ar, atrás dos dois.

Sapphire pulou e apanhou a arma. Com um corte diagonal, ela rasgou a garganta do homem. O corpo caiu pesado no chão.

– Mas autodefesa é minha especialidade.

CAPÍTULO 17

– Katie Erikson está aqui, Vossa Alteza.

Wulf desviou o olhar da tela do computador quando o capitão entrou no quarto.

– Você a viu com seus próprios olhos?

O capitão assentiu.

– Como ela está?

– Mais magra, cansada.

– Mulher teimosa. – Wulf rosnou, mas ele estava quase sentindo tonturas de alívio. Seis semanas de buscas e Katie estava finalmente próxima o bastante para ser tocada. Ele se levantou para se arrumar, mas uma rápida olhada ao redor do aposento transformou a animação em irritação.

Tolan era um membro relativamente novo do Conselho Interestelar. A prática de automação avançada do planeta era tão nova que ainda era motivo de orgulho dos habitantes. Tudo em toda parte era frio e cinza. Wulf tentou imaginar sua sensual Katie num lugar tão desanimador, mas não conseguiu. O fato de que estava em Tolan somente por sua causa fazia seu coração doer.

– Onde ela está agora, Capitão?

– Ela e o *mästare* estão no terminal especificado por Gordmere.

Wulf começou a se despir de suas vestimentas.

– Eu quero vê-la.

– Vossa Alteza, eu não recomendo que você me acompanhe. Alguém poderia vê-lo, e isso arruinaria tudo. Precisei de semanas para chegar nesta posição.

– Serei discreto e ficarei longe de seu caminho.

– Perdoe-me, mas é impossível você ser discreto.

Wulf sorriu maliciosamente.

– Não é tão difícil quando você está por perto, Capitão. Você sabe como chamar atenção.

Um pequeno sorriso apareceu no canto dos lábios negros do capitão.

– Como quiser, Vossa Alteza. Eu a removerei da conversa. Se eu conseguir, sugiro que você e a Madame saiam da área e permitam que eu cuide do resto.

– Levá-la para outro lugar não será nenhum aborrecimento, eu posso lhe assegurar.

Em questão de minutos, eles estavam a caminho do terminal.

Sapphire subiu sobre Dalen e passou a língua ao redor de sua orelha.

– Hum... – ela ronronou. Arqueando as costas, Sapphire pressionou os seios no braço dele. Uma mão se arrastou sobre seu peito nu e subiu até os cabelos dourados. Os dedos da outra mão passearam sobre sua perna e desceram até o meio das coxas. Ele gemeu e virou a cabeça, enterrando o rosto em seu pescoço.

– Madame. – ele ofegou – Isso é mesmo necessário?

– Ele precisa acreditar que somos um casal. Gordmere se tornou extremamente desconfiado desde a morte de Smithson.

– S-sim, mas... – ele agarrou seu pulso e impediu o movimento – Sou apenas um homem, e você é uma concubina altamente treinada. Eu tenho meus limites.

Olhando sobre o ombro para os ocupantes do pequeno saguão do Terminal Deep Space 10, Sapphire notou o homem loiro magro que acabara de entrar.

Ela se moveu rapidamente sobre Dalen, montando suas coxas e envolvendo os braços em seu pescoço.

– Ele está voltando. – ela passou o nariz em sua garganta. – Você sabe o que fazer.

– Não consigo pensar quando você faz isso!

– Negocie um pouco com ele sobre o preço de seus serviços – ela sussurrou – Levamos semanas para chegar até este ponto, você não quer parecer ansioso demais. E seja lá o que você fizer, descubra quem o contratou para capturar...

Uma voz profunda retumbou atrás dela.

– Tire a mulher daqui.

Sapphire congelou. Ela se virou lentamente, lutando para esconder sua surpresa, mas falhou miseravelmente e seu queixo caiu ao avistar Clarke, que estava ao lado de Gordmere como se fossem velhos amigos.

– Não temos necessidades de seus serviços para esta conversa. – seu olhar sombrio a analisou atrevidamente.

Ela piscou incrédula.

– Você nunca viu um homem de verdade antes? – Clarke zombou, agarrando o cotovelo dela e arrancando-a de cima de Dalen. Ele a puxou para mais perto, apertando-a contra seu peito enorme.

– Quando se cansar do seu garotinho bonito, venha me ver. – ele a dobrou sobre seu braço e mordeu gentilmente sua orelha – Vá para a saída – ele rosnou, depois a levantou e a empurrou em direção à porta.

Sapphire cambaleou, olhando sobre o ombro com espanto. *Que diabos estava acontecendo?* Distraída, ela trombou com um peito rígido como rocha e foi puxada para fora do saguão e para dentro da multidão no terminal.

– O quê...

– *Katie.*

Ela sentiu tonturas. Seu olhar seguiu a mão dourada que segurava seu pulso e subiu pelo braço musculoso. Ela parou por uma fração de segundo nos deliciosos lábios que pareciam irritados, depois seus olhos arregalados cruzaram com os olhos furiosos de Wulf. Lágrimas surgiram diante do incrível alívio e amor que brilhavam naquela profundeza esmeralda. Com um gemido de prazer, Sapphire pulou sobre ele, envolvendo as pernas ao redor de sua cintura esguia e beijando sua boca.

Ele absorveu o impacto facilmente e se virou, pressionando-a contra a parede do corredor, beijando-a de volta com fome e desespero.

O coração de Sapphire disparou. Ela precisava dele. Precisava tanto. Cada noite evocava sua lembrança, exigindo que sonhasse com ele.

– Senti sua falta. – ela ofegou em sua boca.

Wulf impulsionou os quadris contra as coxas abertas de Sapphire, revelando a profundidade de seu desejo.

– Você e Dalen...

Um som grave e irritado vibrou em seu peito.

– Não existe nada.

– Ela arqueou sobre ele, sentindo o sangue acelerar.

Ele mordeu o ponto vulnerável onde o pescoço se juntava ao ombro. Seu toque era áspero, quase descontrolado.

– Você estava beijando-o e se esfregando nele... Eu vou parti-lo ao meio...

– Não. – ela gemeu, presa contra a parede por seu corpo poderoso e excitado. Ela estava queimando, pegando fogo sobre ele e sua paixão por ela. – Tudo aquilo foi por você.

– Não quero saber qual era sua razão. Você é minha!

– Sim...

– Você pertence a mim. – ele agarrou os cabelos dela, puxando a cabeça para trás e expondo sua garganta. Wulf mordeu e lambeu sua pele macia enquanto a outra mão subiu para agarrar um seio, apertando o mamilo, puxando o anel até enrijecê-lo. – Mesmo se depender da minha vida, você nunca mais tocará outro homem.

– Tolo ciumento. – Sapphire riu, cheia de alegria por estar em seus braços. Ela o abraçou com as coxas, mas não era necessário; o enorme corpo de Wulf a prendia no lugar com firmeza. – Eu faria qualquer coisa por você. Eu te amo.

– Você ainda será o meu fim. – Wulf encostou a testa em Sapphire – Você irá me levar à loucura...

– Wulf. – ela acariciou a extensão de suas costas, sabendo como ele se sentia. Ela passara pela mesma coisa quando enviara aquela concubina para ele – Você é o único para mim.

– Nunca mais. – ele murmurou contra seu rosto – Nunca toque outro homem novamente. Não posso aguentar isso.

Puxando-a da parede, ele a carregou para longe.

– Precisamos sair daqui.

– Dalen! Não posso deixá-lo para trás.

– O capitão cuidará dele. Agora, você precisa cuidar de mim.

Sapphire se acomodou em seu abraço, sentindo suas fortes coxas flexionando debaixo dela enquanto ele facilmente andava pela multidão, com sua mera presença dominadora fazendo as pessoas abrirem caminho.

– O que você está fazendo aqui? – ela perguntou, ofegando por causa de sua possessividade audaciosa.

Uma sobrancelha negra se ergueu.

– Eu vim atrás de você.

Seu rosto parecia mais pálido, os lábios mais finos, mas ele continuava sendo o homem mais lindo que ela já vira. Apenas com ele Sapphire sentia uma gama tão grande de emoções. Era viciante, intoxicante, avassalador.

– Wulf. Você rouba meu fôlego.

O peito dele se expandiu com uma profunda inalação. Apertando os braços ao redor dela, Wulf acelerou os passos.

– Você não tem ideia do quanto eu senti sua falta. Você é tão linda. Por mais que eu imaginasse a sua figura, minha mente nunca conseguia fazer justiça.

Sapphire sorriu.

– Minha aparência está um inferno.

– Não, você se parece com o céu. – ele pressionou os lábios em sua têmpora e os manteve ali. Baixando a voz, ele disse:

– Vou consertar meus erros. Vou mudar. Eu posso fazê-la feliz.

Os braços dela circularam o pescoço dele.

– Não posso passar por isso novamente. Você não deveria ter vindo.

– Eu não poderia ficar longe. Nunca consegui isso. *Eu te amo.*

Lágrimas se libertaram, molhando o rosto dos dois.

– Wulf...

– Shh. Espere até ficarmos sozinhos. Eu quero pedir uma coisa a você.

Sapphire olhou em seu rosto. Suas feições estavam sérias e determinadas, seus olhos pareciam queimar. Ela corou.

– Eu sei o que você quer.

A boca dele se curvou num sorriso sexy.

– Você não sabe tudo. Mas pode saber, se me der tempo para sair daqui.

Ela passou a curta viagem de carro até a hospedagem de Wulf aninhada no calor e na força de seu peito. Suas mãos acariciavam os braços dela; a boca pressionava beijos sobre o rosto e pescoço. Eles não disseram nada, os dois ansiosos pelo momento em que poderiam ficar sozinhos. Quando o transporte chegou ao hotel, eles correram para o quarto.

Wulf a conduziu diretamente para sua suíte. O saguão externo era semelhante ao resto da cidade – detalhes metálicos nas paredes e chão de cimento polido. Sapphire ainda considerava a decoração estéril chocante. Sari e D'Ashier há muito haviam redescoberto a beleza das coisas táteis. A necessidade de celebrar aquilo que era humano era o que fazia seus guerreiros tão respeitados e as concubinas tão preciosas.

– Por aqui. – Wulf disse. Ela o seguiu até o quarto de dormir. Sapphire prendeu a respiração diante da visão que a recebeu.

Tapetes multicoloridos decoravam o piso; ricos cobertores de veludo cobriam a cama junto com várias almofadas. A luz principal não se acendeu, o quarto estava iluminado com uma profusão de velas cintilantes.

– É lindo – ela sussurrou.

Wulf se aproximou por trás dela, envolvendo os poderosos braços ao redor de sua cintura.

– Apenas porque você está aqui. – ele a virou para olhar em seu rosto, depois a beijou.

Ela se derreteu sob o beijo. O calor que surgiu entre eles era ainda mais quente do que antes. A paixão incendiou cada terminação nervosa no corpo de Sapphire, viajando de seus lábios até os pés. Sentindo tonturas de tanto desejo, ela afastou o rosto para recuperar o fôlego e se perdeu na imagem de Wulf.

Ele estava corado, a boca estava molhada e aberta, a respiração acelerada. Mas foi o seu olhar – feroz e determinado – que mais a excitou. O efeito que ele causava nela era potente e envelhecia como um belo vinho, tornando-se mais forte com o passar do tempo.

– Eu farei amor com você agora. – o tom de Wulf era como um sensual sussurro. Ele usou a mão para apanhar um seio, o polegar raspou sobre o mamilo – Depois nós iremos conversar sobre nosso futuro juntos, e você não sairá deste quarto até eu dizer aquilo que tenho para dizer. Entendido?

Tremendo, ela o beijou apaixonadamente. Era realmente incrível que aquele homem magnífico a amasse o bastante para que fosse atrás dela em outro planeta.

– Eu adoro você. – ela sentiu Wulf estremecer. Suas palavras libertaram algo primal dentro dele. Wulf então agarrou seu frágil vestido com as duas mãos e o rasgou ao meio.

Sapphire estava tão desesperada quanto ele, querendo sentir o calor de sua pele debaixo das mãos, querendo ter certeza de que não era um sonho. Ela parou quando viu a corrente dourada carregando o chip de sua guardiã ao redor do pescoço dele. Sapphire o puxou de repente de sua pele.

Wulf a segurou pela cintura enquanto ela o examinava.

– Nós a encontramos na casa de leilão de Braeden. Desde então eu a mantenho por perto.

Ela acariciou o metal.

– Eu senti falta desta tangível lembrança sua.

Ele arrancou o restante das roupas dela e pressionou suas costas na cama.

– Não será mais preciso nenhuma lembrança. Para o resto da vida eu passarei cada momento livre enterrado profundamente dentro de você.

Ela afundou nos cobertores de veludo com um suspiro, sentindo que o luxuoso tecido não se equiparava à textura sedosa da pele de Wulf. Ele a cobriu com seu corpo. Ela queria muito mais. Sua boca pressionava beijos molhados sobre o topo de seu ombro. Ela lambia e mordia. As mãos acariciavam, as unhas arranhavam. As pernas se enrolaram ao redor da cintura. Sapphire queria devorá-lo.

– Apresse-se – ela implorou.

Wulf riu.

– Estive sonhando com isto por semanas, deixe-me aproveitar.

– Aproveite mais tarde.

Com uma risada maliciosa, ele posicionou a grossa cabeça de seu membro diante da entrada e começou a empurrar para dentro.

– Tão apertada, Katie.

Ele a beijou profundamente, pressionando cada vez mais dentro dela. Um gemido grave de prazer retumbou por sua garganta.

– Eu quis você tanto que pensei que fosse enlouquecer.

– Eu te amo – ela sussurrou quando ele se acomodou até a base – Sonhei tanto com você, precisei tanto de você.

Wulf baixou a cabeça ao lado dela, respirando com dificuldade. Ele se retirou, depois penetrou fundo. Quando ela se arqueou sobre ele, apressando-o, incitando-o, Wulf começou a penetrá-la do jeito que ela precisava, balançando os quadris, fodendo com uma habilidade devastadora. Ele baixou a boca e tomou um mamilo, sugando com tanta força que Sapphire podia sentir cada puxão profundamente dentro de seu sexo.

Gemidos de prazer escapavam dela. Fazia tanto tempo. Tempo demais. A sensação era incrível, ele era tão grosso e duro, bombeando entre suas coxas com um poder latente.

– Sim... isso é tão bom...

Ele murmurou algo que soou arrogante, depois levou a boca para o outro seio. Sapphire apoiou os calcanhares no colchão e moveu também os quadris, precisando que ele alcançasse o mesmo lugar onde ela estava: mergulhada na luxúria, desesperada por um orgasmo, perdidamente apaixonada. Ela amava o jeito como ele era tão seguro de si, amava saber que ela era necessária e importante o bastante para ele, e por causa disso Sapphire era sua única vulnerabilidade.

Ele tomou o controle, erguendo-se sobre ela, enganchando os braços debaixo das pernas dela para abri-la melhor. Seus mamilos estavam inchados, sensíveis demais, distendidos pelo ataque passional de sua boca. Wulf começou a penetrá-la ferozmente, bombeando os quadris, a enorme ereção invadindo através de músculos gananciosos que o apertavam de volta.

Rápido e forte, esfregando e ondulando os quadris, Wulf deliberadamente levou Sapphire para além da sanidade. Sua imagem era provocante. Seu lindo rosto se contorcia num sorriso de puro prazer. Por estar conectado a ela da maneira mais íntima possível.

– Eu te amo. – ele gemeu.

Suas palavras arrastadas de amor deixaram-na perto do abismo, dobrando as costas num clímax iminente. Ela gemeu enquanto estremecia ao redor dele, seu corpo inteiro sacudindo com arrepios intermináveis.

– Mais – ele rosnou. As estocadas de seu membro dentro do calor de Sapphire eram implacáveis – Goze de novo.

– Não... – ela gemeu, certa de que outro orgasmo a mataria.

Wulf levou a mão entre seus corpos, esfregando seu clitóris com dedos habilidosos. O orgasmo seguinte veio ainda mais poderoso do que antes. Enquanto ela se contorcia debaixo dele, Sapphire sentiu Wulf inchar. Ele gritou seu nome, agarrando-a contra seu corpo trêmulo, dizendo palavras de amor obscenas enquanto disparava quente e grosso dentro dela.

Ofegando, Wulf girou o corpo, puxando-a para cima sem se separar dela. Seus braços fortes a apertaram enquanto suas respirações se acalmavam.

Ele beijou o topo de sua cabeça.

— Eu quero me juntar a você, Katie.

Ela ergueu a cabeça e olhou em seus olhos, atônita.

— Juntar?

— Podemos fazer funcionar. Nós nos amamos, Katie. Eu não esperava que fosse acontecer, nem mesmo queria que acontecesse, mas aconteceu. E eu não me arrependo.

— Juntar? – ela repetiu.

— Eu estive pesquisando. Nos primeiros anos depois que D'Ashier estabeleceu a soberania, o monarca e sua família estavam em grande perigo. Para estabilizar a coroa, preservar a linhagem era uma prioridade acima de qualquer cerimônia. Se um membro da família real quisesse se casar, eles nem sempre podiam esperar para fazer isso propriamente. Não em tempos de guerra e traições.

Ela assentiu.

— Entendo.

Wulf apanhou a mão dela e a levou até seu coração.

— Por causa disso a tradição da junção se estabeleceu: era um acordo informal, porém a ligação era tão forte quanto um casamento. Não é preciso a bênção do rei como num casamento formal. Apenas requer o consentimento das duas pessoas.

— Wulf. – ela mordeu os lábios – Você iria contornar seu pai em um assunto tão importante?

Ele apertou sua mão ainda mais.

— Ele ainda teria a palavra final. Se nunca der sua bênção, a união se tornaria um casamento morganático, quando um príncipe se casa com uma plebeia. Você seria minha consorte, não minha rainha, e nossos filhos nunca poderiam subir ao trono.

— Nossos filhos... – uma emoção atingiu seu peito com tanta força que ela estremeceu. Seus olhos e garganta queimavam. Ela perderia tudo o que possuía, mas ganharia algo tão precioso que nem ousava sonhar com isso. Um casamento. Uma família. *Com Wulf.*

Seus olhos verdes brilhavam com obstinação. Ela raramente o via tão determinado.

— Você merece mais, Katie. Eu gostaria de poder prometer mais. Mas isto é tudo que posso oferecer agora: meu coração, minha cama, o respeito e importância de ser a consorte real, e a promessa de que farei tudo em meu poder para convencer meu pai e ganhar sua bênção. Acredito que é possível. E se ele nunca ceder, você ainda pertenceria a mim. Eu pertenceria a você. Nada poderia quebrar os votos que juraríamos um ao outro.

Sapphire entrelaçou seus dedos e pousou o queixo sobre eles.

— Não quero ser responsável por causar um racha entre você e sua família.

Colocando um travesseiro sob a cabeça, Wulf a olhou nos olhos.

— Eu preciso de você em minha vida para ser feliz. É simples assim. Posso lidar com qualquer coisa, desde que você seja minha. Desde que você me ame também.

Lágrimas escaparam.

— Meu pai... Se outra guerra acontecer...

— Eu já contatei o Rei de Sari — ele disse rapidamente — E ele concordou em se encontrar comigo para discutirmos a possibilidade de um cessar-fogo e novos tratados. Não vou dizer que nunca mais haverá outra guerra, mas juro fazer o meu melhor para preveni-las.

— É impossível.

— Não é. — a força de vontade de Wulf era tão poderosa que parecia carregar o ar ao redor — Não vou mentir e dizer que será fácil. Não posso prometer um final feliz, onde tudo é maravilhoso e as nossas famílias coexistem pacificamente. Posso apenas prometer amar você, dedicar meu tempo a você e dar carinho a você. Nunca vou dar motivos para você se arrepender dos sacrifícios que fizer para ficar comigo. Nós vamos sobreviver às dificuldades juntos. Encontraremos um jeito. E quando não encontrarmos, ainda assim teremos um ao outro.

O coração dela se apertou.

— Eu te amo.

— Isso é tudo de que precisamos. Diga sim.

Sapphire assentiu, sua garganta estava apertada demais para falar. Wulf queria se unir a ela, a um grande custo pessoal e político. Ela não poderia recusar. Ela também o queria com a mesma intensidade.

Ele se jogou para trás com um movimento exagerado.

– Ótimo.

Ela se esforçou para sorrir.

– Você parece tão aliviado.

O sorriso que Wulf exibiu em resposta era pecaminoso, mas ardente. Sapphire se sentou, recebendo a ereção em seu ponto mais profundo.

– O que você faria se eu recusasse?

Wulf flexionou dentro dela.

– Iniciaria o Plano B.

– E qual era o Plano B? – ela perguntou, mas lá no fundo Sapphire sabia a resposta.

– Sequestrar você de novo e mantê-la presa na minha cama até eu convencê-la a se casar comigo.

Ela soltou um suspiro de brincadeira.

– Eu deveria ter esperado o Plano B.

Uma sobrancelha negra se ergueu. Wulf agarrou seus quadris e a levantou.

– Bom... – ele começou a impulsionar para cima – Só porque o Plano A funcionou não significa que precisamos descartar o Plano B.

A cabeça dela caiu para trás com um gemido grave.

– Sou toda sua.

– Sim – ele sussurrou, tomando seu corpo. Amando-a – Você é.

Wulf estava faminto. Sentado diante da pequena mesa de metal na área de estar, ele atacou sua refeição com gosto. Quando olhou para Katie, seu peito se apertou. Seus adoráveis lábios estavam curvados num sorriso indulgente, o olhar estava cheio de amor enquanto o observava. Ele pensou sobre o futuro juntos e quantas vezes veria essa mesma imagem todos os dias do resto de sua vida. Nunca imaginou que uma alegria assim fosse possível.

Um bipe soou na porta. Ele deu permissão para entrar. O capitão e Dalen apareceram. Eles fizeram uma reverência, depois se endireitaram, mas sua aparência era sombria.

– O que foi? – ele perguntou – O que descobriram?

O capitão deu um passo à frente.

– Vossa Alteza. Nós identificamos o alvo.

Katie se levantou. Sua voz estava tensa quando falou.

– O príncipe está em perigo, não é?

Wulf também se levantou, puxando-a para seus braços.

O capitão balançou a cabeça.

– Gordmere foi contratado para capturar *você*.

CAPÍTULO 18

— *Eu* sou o alvo?

Wulf olhou para o rosto pálido de Katie e sentiu um nó em seu estômago. Ele a abraçou com mais força, movendo os olhos entre Dalen e o capitão.

— Foi uma sorte extrema você ter deixado o terminal antes que o mensageiro de Sari chegasse — o capitão continuou — Gordmere recebeu um disco com imagens em vídeo de seu alvo, a quem ele conhece apenas como "Katie Erikson". Quando ele assistir o vídeo, ele saberá que a *mätress* de Dalen e Katie Erikson são a mesma pessoa.

— Eu não entendo. — ela franziu as sobrancelhas — Eles estavam atrás do Príncipe Wulfric antes...

— Aquela era uma missão diferente, que foi interrompida quando Gordmere foi capturado por tropas sarianas. Smithson trocou Vossa Alteza por Gordmere, perdendo aquela recompensa.

— Quem o contratou?

— Eu não sei. Essa informação é algo que Gordmere protege cuidadosamente. Acredito que ele seja o único do grupo que sabe qual é a proveniência do dinheiro.

— Então alguém ainda está atrás do Príncipe Wulfric? — Katie perguntou.

Dalen assentiu.

— Gordmere pretende usar os créditos que ganhar com a sua captura para terminar o trabalho anterior.

– Quantos interessados existem? – Wulf perguntou – A mesma pessoa está querendo Katie e eu?

– Por que alguém quer me sequestrar? – ela disse – Não sou ninguém importante.

– Você é importante para homens importantes – Dalen apontou – Porém, acho que são dois trabalhos diferentes.

Wulf olhou para o capitão, que assentiu.

– Eu concordo, Vossa Alteza.

A mão de Katie agarrou o braço de Wulf.

– Então, o que faremos?

– Dalen está fora de cogitação agora que seus motivos estão escancarados – o capitão disse –, mas eu continuarei com Gordmere e tentarei descobrir o que puder. Não acho que ele vá desistir do trabalho, mesmo sabendo que seu grupo foi infiltrado. Assim que assistir ao disco e descobrir o quanto seu alvo sabe lutar, ele perceberá que foi ela quem matou Tor Smithson. Pelo que descobri sobre sua personalidade nas últimas semanas, Gordmere irá caçá-la meramente para vingar seu amigo.

Wulf encarou Katie. A franqueza no olhar dela respondeu sua pergunta silenciosa. Ele cambaleou ao saber que ela havia matado um homem por ele. O homem que o torturara até ele rezar para morrer.

Um orgulho superou seu choque. Ele mataria por ela, faria qualquer coisa necessária para mantê-la segura. E ela provara repetidas vezes que sentia o mesmo. Wulf a agarrou desesperadamente, sentindo seu estômago se apertar com o medo de perdê-la. Odiava a sensação de ter tanto a perder.

– Gordmere. Qual é o *interesse* dessa pessoa por ela?

– Não. – o capitão exalou asperamente – Francamente, ele não se importa. Suas ordens são para levá-la até um ponto de encontro que ainda será especificado. É sua única preocupação no momento: onde deixá-la e quantos créditos vai ganhar.

Wulf beijou o topo da cabeça de Katie, abraçando-a com força em resposta à surpreendente maneira com que ela o abraçava de volta. Ele estava longe de sua área de conforto, longe de sua casa e da segurança que representava.

– Se tivermos que lutar, eu preferia que fosse em território familiar.

– Concordo. Não é seguro aqui em Tolan.

– Volte para Gordmere. Katie e eu partiremos pela manhã.

— Como quiser, Vossa Alteza. — o capitão fez uma reverência — Eu entrarei em contato quando encontrar uma oportunidade.

Wulf se virou para Dalen.

— É arriscado demais você retornar para sua hospedagem. Você ficará aqui esta noite. Os criados cuidarão do seu conforto. Eu devo muito a você por seu apoio.

Dalen assentiu. Ele olhou para Katie e ofereceu um sorriso tranquilizador.

— Você está em boas mãos, Madame. Não que precise delas. Suas mãos são muito capazes de proteger a si mesma.

Katie conseguiu abrir um leve sorriso. Nenhum deles entendia o que estava acontecendo.

E Wulf não descansaria até descobrir.

O Príncipe Wulfric Andersson de D'Ashier se uniu a Katie Erikson, uma cidadã comum de Sari, com pouca ostentação no Conselho da Embaixada Interestelar no planeta Tolan.

Ele não usou uma coroa, apenas um simples traje de viagem. A consorte usou um vestido vermelho-escuro com longas mangas e cintura fina. Um cinturão dourado envolvia os quadris com uma corrente que chegava aos joelhos. Pendurado na ponta havia o brasão encrustado de joias da casa real de D'Ashier. Eles compraram o vestido e o cinturão numa loja local qualquer. Wulf trouxera o brasão consigo de seu planeta natal.

A única outra pessoa presente era o clérigo da embaixada, um homem magro com uma expressão entediada que se alterou quando revisou a licença.

— Vossa Alteza. — ele fez uma reverência — Estou honrado por presidir o seu casamento. Venha comigo. Tenho um lugar muito mais adequado para uma ocasião tão importante.

Se dependesse do príncipe, eles se casariam num cargueiro se fosse preciso. O que importava era a noiva em questão. Mas ele seguiu o clérigo, segurando o cotovelo de Katie, sentindo os passos leves com a expectativa.

O enorme salão da embaixada tirou o fôlego de Sapphire. O teto se erguia a quatro andares acima. Os candelabros que iluminavam o salão eram do tamanho de pequenos transportes antigravidade. Faixas prateadas e douradas cruzavam a claraboia acima, refletindo a luz do sol, que brilhava no chão de mármore.

A breve cerimônia passou como um lampejo. Ela pouco se lembrava dos procedimentos, apenas o timbre suave da voz de Wulf quando declarou seus votos e a pontada da agulha quando colocaram a mão no coletor de sangue para selar o casamento no registro interestelar.

Tudo pareceu mais real quando Wulf tomou sua mão e deslizou a aliança de ouro e talgorite em seu dedo. Sua mão direita ganhou um anel com brasão igual ao de Wulf, porém muito menor – era seu meio de transporte de volta para o palácio de D'Ashier, igual Wulf fizera quando a sequestrou em Sari.

E então, ele a beijou com paixão, envolvendo-a em seus braços de um jeito protetor e carinhoso. Tudo se tornou claro como cristal. Wulfric era dela. Para sempre.

– Eu te amo – ele sussurrou contra seus lábios.

Lágrimas deslizaram pelo rosto de Sapphire.

– Eu também te amo, meu querido Wulf.

Palácio Real de D'Ashier

– Nervosa?

Sapphire assentiu para a suave pergunta de Wulf, embora nervosismo não chegasse nem perto de descrever aquilo que ela realmente sentia.

Ele a puxou para seu lado, oferecendo o apoio de seu poderoso corpo.

– Apenas seja você mesma.

– Na última, e única, vez que encontrei seu pai, as coisas não foram muito bem – ela o lembrou.

– Na época você era a concubina do inimigo. Agora, você é a Princesa Consorte de D'Ashier.

– Tenho certeza de que isso não fará o rei gostar mais de mim – ela murmurou, sentindo sua confiança diminuir cada vez mais.

Wulf sorriu e beijou a ponta de seu nariz.

– Toda vez que você começar a duvidar, eu a lembrarei que é tarde demais para mudar de ideia.

– Nunca é tarde demais para uma mulher mudar de ideia.

– Mas para você é – ele rosnou.

Os lábios dela tremeram num quase sorriso.

– Eu te amo, meu príncipe arrogante.

– Assim é melhor. Agora, sorria e mostre a meu pai o quanto você está entusiasmada por se tornar minha esposa.

Ela olhou para as portas duplas que levavam à ala do palácio que pertencia ao rei.

Era hora de encarar a família de Wulfric.

Entrelaçando os dedos com ele, Sapphire entrou na informal sala de recepção, uma parte do palácio na qual antes ela não tinha permissão para entrar.

A luz do sol invadia a sala aconchegante e iluminava o homem de cabelos escuros que estava de pé envolvido por um halo dourado. O palácio real de Sari era lindo e fora construído muitos séculos antes. O palácio de D'Ashier era muito mais novo e usava técnicas mais avançadas, que permitiam o uso de enormes janelas sem comprometer a segurança ou a eficiência térmica. As paredes eram feitas com uma linda pedra branca, altamente decoradas com joias multicoloridas de todos os tamanhos e formas.

Sapphire lutou contra a vontade de olhar ao redor com o queixo caído diante daquela magnificência – a residência que agora também seria seu lar. Ela prometeu a si mesma explorar cada centímetro assim que pudesse.

Voltando sua atenção para o soberano que os esperava, ela ficou tensa contra sua vontade, sentindo uma profunda pressão para fazer essa reunião agradável para o bem de Wulf.

O Rei de D'Ashier impressionava por sua imponência. Um homem bonito, tão viril e saudável quanto seus filhos, que tanto se pareciam com ele. Alto, moreno e com um peitoral forte, ele era formidável, um monarca que facilmente despertava respeito apenas com sua presença. As linhas de expressão ao redor da boca e dos olhos não o diminuíam, mas denunciavam como ele se sentia em relação à notícia que Wulf trouxera mais cedo.

Sapphire estava prestes a se ajoelhar em respeito quando o movimento foi impedido pela mão de Wulf em seu ombro. Ela o olhou confusa.

Ele sacudiu a cabeça.

— Não me faça começar com o pé esquerdo — ela protestou.

— Meu pai. — Wulf levantou a voz — Eu aconselhei Katie a mostrar seu respeito com uma leve reverência, de acordo com sua nova posição.

A boca do monarca se afinou, igual fazia Wulf.

— Como sempre, você faz aquilo que quer.

Ela disfarçou um estremecimento e fez a reverência.

— Vossa Majestade.

O rei a estudou cuidadosamente, da cabeça aos pés.

— Eu acho que meu filho está errado em relação a você. Mas Wulfric é teimoso e faz apenas aquilo que deseja. Só me resta confiar que ele conseguirá lidar com você quando for necessário.

— Eu o amo. Ele é a coisa mais importante em minha vida. Farei tudo o que for possível para mantê-lo seguro, feliz e ter orgulho de mim.

Sapphire não ficou surpresa quando o rei ficou em silêncio e continuou a encará-la com antipatia, mas isso ainda a machucava. Ela apertou a mão de Wulf ainda mais.

— Por favor, nos dê licença, meu pai — Wulf disse com a voz áspera — Katie e eu precisamos começar os preparativos para nossa *shahr el'assal*. Nós partiremos amanhã de manhã.

— Wulfric. — a voz do monarca carregava um tom de aço — Você é o Príncipe Herdeiro. O povo quer uma união que possa celebrar, uma união que fortaleça o país. E não uma união que certamente trará a guerra.

— A união já está feita, meu pai. — Wulf reiterou — Já está certificada no registro interestelar para todos verem. Você pode arranjar uma recepção com dignitários e outras pessoas importantes, se é isso que você quer. Inferno, arranje uma segunda cerimônia se quer que o povo festeje. Escolha o dia que quiser, mas o casamento é irreversível.

Sapphire congelou. Ela sentiu a resposta correspondente em Wulf, mostrando mais uma vez sua sintonia com ela.

O rosto do rei ficou vermelho.

— Isso é intolerável.

— Nós agradecemos suas felicitações — Wulf disse secamente, conduzindo Sapphire para fora. — Boa noite.

— Isso foi horrível — ela sussurrou quando eles saíram da sala.

Ele apertou sua mão.

— Sorte sua que ficar comigo vale a pena.

Ela se recostou nele.

— Espero que você também considere que ficar comigo vale a pena.

— Você vale muito mais para mim. Eu lutaria qualquer guerra por você.

Enquanto caminhavam pelo corredor em direção ao quarto, ela perguntou sobre o Príncipe Duncan, sabendo que seria mais uma batalha que ele enfrentaria para ficar com ela.

— Por que o seu irmão não estava junto com o rei?

Após uma breve explicação sobre seu paradeiro no exército, ele disse:

— Dizem que ele se adaptou à vida militar. Duncan será logo promovido a Primeiro Tenente.

— Essa punição não afetou a relação de vocês?

— No começo, sim — Wulf admitiu — O Treinamento Básico é difícil e ele recebeu as piores tarefas. Agora, ele diz que agradece minha decisão.

— Será que ele se ressentirá de mim? — Sapphire tinha seu próprio ressentimento para superar e duvidava que fosse conseguir, mesmo se Wulf pedisse. Ela não conseguia enxergar nada que redimisse o jovem príncipe.

— Não mais do que você em relação a ele, eu imagino. — seus dedos acariciaram a palma da mão dela — Ele entendeu o quanto você é importante para mim quando eu o enviei para o exército. Todos irão pagar o respeito que você merece, ou terão que se ver comigo. Eu lhe asseguro, ninguém quer provocar minha paciência. Principalmente Duncan.

Mais tarde naquela noite, Sapphire se levantou da cama e andou até a enorme janela com vista para a capital. Em meio à escuridão, ela se perguntou se estaria à altura da tarefa que aceitara ao concordar em se tornar a consorte real.

Ela havia sonhado com a felicidade de possuir Wulf apenas para si, mas foi ingênua ao considerá-lo apenas como um homem, e não como um monarca. Ela o enxergava como seu amante, mas o resto do mundo o respeitava como um audaz príncipe herdeiro, um guerreiro cujas habilidades eram lendárias. Sapphire era o par perfeito do homem. Mas será que seria o par perfeito para o futuro rei?

– Eu te amo – Wulf murmurou, envolvendo-a por trás com seus braços quentes.

Tentando entender – não pela primeira vez – como um homem daquele tamanho podia se mover tão silenciosamente, ela se recostou em seu abraço e perguntou:

– E o amor conquista a tudo?

– Com toda a certeza. Você não pode mudar de ideia agora. Você deixou muito claro que eu só poderia tê-la como minha esposa. Eu aceitei o compromisso, agora é a sua vez.

– Você não precisa soar tão mal-humorado sobre isso – ela protestou.

– Mal-humorado? Katie, eu sabia naquela noite em Akton que eu pediria você em casamento. Se o seu pai não tivesse interferido, nós seríamos poupados de muito sofrimento. Após seis semanas de tortura, eu tenho direito de soar *mal-humorado* com você.

Ele a puxou para longe da janela.

– Volte para cama. Não consigo dormir quando você não está perto de mim, e amanhã teremos um dia cheio.

– Ah, sim. Você vai sair em lua de mel amanhã – ela provocou, seguindo-o.

– Vou levar você para o meu lugar preferido de todo o universo. Vou colocar cobertores na areia e fazer amor com você debaixo das estrelas. Vou foder o seu corpo magnífico até você não conseguir se mexer, até não conseguir pensar em nada além de mim e o quanto eu amo você. E o quanto você me ama de volta.

Ela sorriu.

– Eu preciso esperar até amanhã?

Wulf a tirou do chão e a carregou de volta para cama.

CAPÍTULO 19

Eles corriam pelo deserto como se não houvesse amanhã.

Enquanto o *skipsbåt* cruzava as dunas em alta velocidade, Katie agarrava a cintura de Wulf e ria de alegria. O vento refrescante soprava sobre seus cabelos e o sol poente refletia nas areias esvoaçantes. Com o coração leve, eles voavam até o lugar onde Wulf prometera levá-la.

Aquele oásis sempre havia sido o lugar favorito de Wulf, seu retiro, onde podia descansar e relaxar. Após aquela noite, também se tornaria o lugar "deles", um refúgio onde poderiam escapar dos problemas do mundo, um recanto para seu amor quando as exigências de suas vidas se tornassem grandes demais.

Havia guardas por toda a parte, acompanhando-os em vários transportes antigravidade. Logo à frente, o oásis estava cercado com soldados, toda a cena já estava preparada com ordens específicas. Mas todos manteriam distância, permitindo aos dois a ilusão de que estavam completamente sozinhos.

Apenas os dois, num mundo que era apenas deles.

Quando ouviu o riso encantado de Katie, Wulf acelerou, ansioso para tê-la em seus braços e desfrutar do fato de que ela era finalmente sua.

A areia ondulava gentilmente na brisa constante. Ele amava seu planeta e seu lindo país, quase tanto quanto amava a mulher destinada a compartilhar os dois com ele. Ao alcançarem o topo da duna seguinte, Wulf a ouviu exclamar, maravilhada. Ele sorriu. O ponto final de sua viagem se estendia por vários quilômetros diante deles, um oásis com um lago no centro e uma exuberante vegetação ao redor, um paraíso verdejante no meio do deserto. Uma tenda branca esvoaçava ao vento, protegendo sua comida e sua cama lá dentro.

Wulf diminuiu a velocidade até parar e soltou o guidão para segurar as mãos dela, que agora estavam sobre suas coxas.

– O que você acha?

– É lindo – ela sussurrou – Oh, Wulf, acho que este também será meu lugar favorito no universo.

Ele se virou para olhar para ela. Seu rosto estava corado por causa da jornada, seus olhos negros brilhavam com felicidade e amor, os lábios estavam molhados e abertos num lindo sorriso. Wulf desceu da moto e agarrou Katie, girando-a com a felicidade de estar sozinho com ela. Katie jogou a cabeça para trás, rindo, e ele também riu, sabendo que estava sorrindo como um jovem apaixonado e se sentindo como um. Ao menos por esta noite, não haveria perigo, não haveria tensão, não haveria trabalho. Hoje, havia apenas Katie.

Ele sabia que ela estava magoada por não ter tido uma recepção, nenhum jantar feliz em família. Katie precisou dizer a seus pais sobre o casamento após o fato, um anúncio que foi recebido com lágrimas e tensão. Mas Wulf estava determinado a fazê-la se esquecer de todos os problemas. Ele a faria tão feliz que tais coisas seriam apenas mera inconveniência numa vida cheia com seu amor por ela.

Wulf a colocou no chão e eles correram para o lago, arrancando as roupas e mergulhando ao mesmo tempo na água aquecida pelo sol. Katie riu como uma endiabrada ninfa aquática enquanto espirrava água nele. Wulf mergulhou para agarrá-la pela cintura. As pedras de talgorite que adornavam seus piercings brilhavam na água e, incapaz de se segurar, ele a beijou profundamente.

Katie o abraçou e ele gemeu, loucamente excitado por ela. Katie subiu as pernas e o enlaçou pela cintura, e Wulf impulsionou os quadris entre suas coxas. Ela desfez o beijo e lambeu seu maxilar, murmurando palavras eróticas. Ele sabia pelo tom de voz e pelo toque de Katie que ela queria estar no controle e ele seria incapaz de negar.

– Leve-me para a margem – ela sussurrou com sua voz rouca. Ele obedeceu, movendo-se com passos rápidos.

Wulf a deitou gentilmente sobre os vários cobertores, depois baixou seu corpo sobre ela. Katie o agarrou e rolou, levando-o junto até ficar por cima dele.

Ela montou sobre seus quadris, sorrindo.

– Meu príncipe – ela sussurrou, acariciando seu peito com os dedos e circulando seus mamilos – Eu amo seu corpo e o prazer que você me dá.

– Katie – ele gemeu. Ela o torturava diariamente e ele adorava isso, querendo que sua atenção permanecesse focada sobre ele para sempre. A alegria que ela recebia de seu corpo era tão valiosa para Wulf quanto o prazer que ele encontrava nela.

Ela se abaixou até os seios tocarem seu peito. Movendo os quadris, Katie se ajeitou até a cabeça de seu membro se alojar na entrada molhada do corpo dela.

– Sentiu o quanto estou pronta para você? – ela sussurrou contra sua boca – O quanto você me deixa molhada só por olhar para você?

Ela começou a deslizar para baixo, envolvendo a ereção pulsante com seu sexo acolhedor.

Ele fechou os olhos quando um gemido de prazer queimou através de seu corpo. Wulf estremeceu; o amor por ela e os votos que juraram um para o outro deixavam o momento ainda mais devastador.

– Olhe para mim. – ela se ergueu, usando seu peso para se equilibrar, deixando seu sexo preso à base do pau de Wulf – Assista enquanto eu cavalgo você.

– Katie. – enquanto ele a observava sentindo as pálpebras pesadas, seus dedos se flexionavam inquietos – Você está me matando.

Ela ergueu os quadris, olhando fixamente para o lugar onde eles se uniam. Wulf também se ergueu sobre os cotovelos, e seu olhar seguiu o dela, vendo seu pau brilhando ao deslizar para fora de Katie. Ela gemeu seu nome antes de recebê-lo de volta.

– Isso é tão bom.

– Maldita. – a sensação do calor, tão quente, tão fundo dentro dela, o estava levando à loucura. Ele, um homem que já havia transado por horas sem parar, estava prestes a explodir após apenas alguns movimentos. Porque ele a amava e não possuía defesas contra ela.

E ela sabia disso. Ele podia enxergar em seus olhos.

Wulf cerrou os dentes e agarrou os cobertores. Ela o cavalgava com uma habilidade incrível e uma vagarosidade excruciante, de cabeça baixa, olhando sem parar enquanto empalava a si mesma com a ereção pulsante várias e várias vezes.

– Adoro sentir você dentro de mim. – seu tom de voz maravilhado deixou Wulf agonizantemente duro e grosso – Adoro o jeito como você me preenche.

– Eu sou feito para você. – o suor molhava seus cabelos. Ela começou a se mover sobre ele com uma paixão febril e violenta, batendo suas coxas nas dele enquanto o fodia sem se restringir – Somente para você.

– Você é meu. – ela ofegou, arranhando seu peito – Meu.

– Sim. – os músculos de Wulf flexionavam cada vez mais enquanto seu prazer crescia. Ele se tornara propriedade dela desde a primeira vez em que a viu naquela câmara de cura.

Palavras obscenas saíam da boca de Katie, aumentando sua excitação até ele não pensar em nada mais além de se derramar dentro dela.

– Katie...

– Primeiro eu.

As mãos dela se moveram do peito de Wulf até chegarem entre suas coxas. Ela começou a esfregar seu clitóris seguindo o ritmo dos quadris, e a pedra de talgorite em sua aliança começou a refletir o brilho das tochas ao redor. As ondulações começaram dentro dela, os primeiros sinais de seu prazer, e Wulf tomou o controle junto com um rosnado, rolando os dois e penetrando-a brutalmente, inchando cada vez mais, esticando-a até ela gritar seu nome pela noite do deserto.

Quando Katie desabou mole debaixo dele, Wulf diminuiu o ritmo, desfrutando das pequenas pulsações que disparavam em seu sexo saciado. Penetrando fundo e lentamente, ele foi gentil com ela, mesmo com seu prazer quase no limite.

Ela raspou a ponta dos dedos em seu joelho.

– Wulf...?

– Ainda não acabei – ele disse rispidamente, movendo os quadris enquanto a penetrava. Ela estava mais apertada depois do orgasmo. Mais quente. Mais macia.

Katie se esticou, arqueando seu corpo como se entregasse um presente. A visão dela fez o peito de Wulf se apertar.

— Sou toda sua. Nunca se esqueça disso.

Debaixo das tochas simuladas, seus olhos negros brilhavam.

— Você me capturou. — ela ronronou — Você me roubou. Nua.

— E eu faria isso de novo. — ele continuou a entrar e sair num ritmo cadenciado, penetrando com seu membro duro, esfregando os pontos dentro dela que a excitariam novamente.

— Você me prendeu em seu palácio e tomou o meu corpo. — Katie fez um beicinho — Você é um príncipe malvado que forçou seu prazer comigo.

O sorriso de Wulf era bestial. Entorpecida com endorfina, sua consorte queria brincar. Em seu estado presente, queimando de prazer e quase perdendo o controle, ele estava mais do que disposto a bancar o papel do conquistador feroz.

— Você ficou se exibindo na minha frente.

— Você me provocou a fazer isso.

— E vou provocar de novo, prisioneira — ele rosnou — Antes de terminar com você, você irá implorar para saciar a minha luxúria.

— Nunca. — ela gemeu, cruzando os braços sobre os seios para cobri-los — Nunca vou implorar. Nunca vou ceder a você. Você terá que *tomar* à força aquilo que deseja.

A imagem de Katie protegendo os seios enquanto o desafiava com seus olhos foi suficiente para atear fogo nas veias de Wulf. Ela era forte e habilidosa, capaz de lutar até a morte com ele se quisesse. Wulf amava isso nela. Amava o quanto isso adicionava ao jogo que eles jogavam. Amava quando ela usava o sexo para aproximá-los de maneiras que iam muito além da física. Fervendo com paixão e possessividade, ele penetrou-a mais forte do que pretendia. Katie ofegou.

— Por favor — ela implorou, cravando os calcanhares na areia e empurrando o corpo para longe dele. Katie se livrou de seu membro e Wulf soltou o ar asperamente dos pulmões.

— Katie. — Wulf lutou contra o desejo primal de atacar sua fêmea e foder até acalmar sua necessidade. — Eu a machuquei?

O olhar negro de Katie se fixou sobre seu pau, molhado e apontando para cima. Ele estava tão duro que as veias se destacavam enquanto pulsavam. Era brutal mesmo aos olhos de Wulf, e ele acabara de penetrá-la daquele jeito sem nenhuma gentileza.

Ela girou e começou a rastejar para longe dele, seu lindo sexo se exibindo como uma atração quase irresistível. Olhando sobre o ombro, ela deu uma piscadela.

Um gesto tranquilizador... e um óbvio desafio para ir atrás dela.

Rosnando, ele impulsionou e tentou agarrá-la. Katie fugiu se debatendo com as pernas e braços. Ele agarrou seu calcanhar e ela gritou, num som que seria mais eficaz se não estivesse rindo ao mesmo tempo.

– Você precisa aprender uma lição sobre obediência – ele disse rispidamente, puxando-a de volta – Eu sou o mestre. Seu único propósito é me manter saciado.

– Mas é impossível saciar você!

Wulf subiu por cima dela, pressionando o peito sobre suas costas. Ele mordeu sua orelha.

– Tente de novo.

Encostando seus rostos, ele agarrou os quadris dela e os levantou, posicionando Katie para tomá-la novamente. Wulf tocou a cabeça de seu pau na pequena entrada e a puxou, tirando seu equilíbrio e atingindo o fundo.

O gemido dela ecoou pela noite.

Ele se endireitou. Tirando o membro, Wulf penetrou de novo, gemendo de prazer. Nessa posição ela estava inclinada de um jeito que permitia que ele fosse mais fundo. Tão fundo até ela se estreitar numa sucção macia e quente. Seu pau estava tão encantado com aquela parte de Katie que a enchia com pequenos disparos de sêmen que ele não conseguia segurar.

– Por favor. – a voz de Katie gemeu com um prazer arrastado – Não mais.

– Mas você é minha – ele rosnou – Você mesma admitiu. Por que eu não deveria fazer o que quiser com você?

– Porque... você vai me fazer gozar.

Um som áspero e selvagem escapou de Wulf.

– Pode ter certeza disso.

Não havia nada como a sensação de Katie atingindo o clímax em seu pau, os pequenos músculos tão apertados que ele achava que sua cabeça fosse explodir de prazer.

Segurando seus quadris no ar, ele se retirou deslizando lentamente. Wulf parou na ponta, deixando a cabeça do pau esticar a boca de seu doce sexo. A expectativa era ao mesmo tempo uma tortura e o maior dos prazeres, sentindo os tremores de Katie e as súplicas ofegantes.

Ela empurrou de volta com as mãos, tentando tomá-lo novamente. Embora fosse uma mulher forte, Wulf a manteve no lugar, aumentando sua luxúria ao admirar a força do corpo dela. Não havia nada sobre ela que ele não amasse até a morte.

Segurando um gemido, ele a penetrou.

– Hum... – o rosto dela se afundou no cobertor, os olhos se fecharam, os punhos cerraram ao lado dos ombros.

Ela estava muito longe dali.

Wulf deslizou as mãos nas laterais de seu corpo e apanhou os seios. Ela ajeitou o traseiro no meio das coxas dele e reclamou:

– Não pare.

– Mas você queria que eu parasse – ele retrucou, puxando-a para mais perto e endireitando o corpo até ficar ajoelhado – Você me implorou para parar.

Ela gemeu quando ele a posicionou sobre seu colo, com as pernas viradas para trás em cada lado dos joelhos dele. Wulf levou a mão até envolver a garganta de Katie. A outra mão deslizou entre suas pernas, tocando com os dedos no local onde eles se uniam. Ele a cobriu por trás, deixando a exuberância de sua frente e a carnalidade de sua união expostos para o céu noturno. Wulf imaginou a cena: o corpo de cortesã de Katie dominado por seu corpo de guerreiro. Sua pele era tão mais morena e os cabelos tão desarrumados. As pernas dela se abriam para mostrar como seu buraco tão pequeno se esticava trêmulo ao redor do pau grosso, pesado e enfiado profundamente dentro dela.

Katie levou as mãos para trás e segurou a nuca de Wulf, arrastando os dedos por seus cabelos. Recostando-se nele, ela buscou sua boca e ele entregou o beijo que ela queria, deslizando a língua enquanto seus dedos provocavam o clitóris sensível.

– Wulf – ela sussurrou, ondulando sobre ele numa tentativa de encontrar a fricção de que necessitava – Tenha piedade.

Ele se ajeitou, friccionando a ponta da ereção no local dentro dela que a fazia tremer. Enquanto ele trabalhava seu corpo dos pés à cabeça, ela começou a se contorcer. Seu objetivo era deixar Katie louca de desejo, criando uma necessidade escaldante dentro dela que apenas Wulf podia apagar.

— Sem piedade, Katie. — sua voz estava rouca por causa do esforço para segurar seu orgasmo iminente — Eu quero você por inteiro. Tudo.

— Você já tem. Sempre teve.

— Tem certeza? — ele rolou os quadris, molhando seu pau dentro dela — Então, mostre-me.

Ela gemeu, esfregando-se nele, mas sem tirar vantagem disso. Wulf sabia o que estava fazendo, sabia o que significava para ela não ter controle algum. Para Katie, o prazer sempre fora trabalho. Algo que precisava de concentração e foco. Após aquela primeira noite na cama dela, Wulf se tornou obstinado em tirar o controle que ela possuía. Ele queria levá-la além da razão até que apenas as sensações e ele existissem. Sexo era um meio para alcançar esse objetivo; uma jornada, não um destino. A conexão entre eles era o olho do furacão que eles encaravam. Era preciso ser mais forte do que o sangue, mais valioso do que a água, mais arraigado do que a pele.

— Você sabe o que eu sinto com você? — ele murmurou sombriamente, colando os lábios na orelha dela — Sabe o quanto é apertada e lisa? O quanto é quente? Você me queima, Katie. Você me destrói. Quando eu a vi na câmara de cura, se esfregando no vidro, com seus olhos me devorando vivo, eu imaginei você desse jeito. Faminta. Indefesa. Minha. Toda minha.

— S-sua...

— Eu queria viver para você. Para poder dar aquilo que você estava pedindo. Para poder senti-la pressionada contra mim sem aquele maldito vidro entre nós.

Ofegando, ela ofereceu os lábios inchados para ele.

— Nada entre nós...

— Eu precisava sentir suas mãos sobre mim. Curando meu corpo...

— *Karisem*. — meu amor.

— Katie...

Com a língua dele em sua boca, o pau em seu sexo, os dedos habilmente esfregando entre suas pernas, Katie gozou soltando um grito de prazer. Tremendo violentamente. Lacrimejando. Ordenhando Wulf com ondulações rítmicas. Ele rosnou com uma pura satisfação masculina, abraçando-a com força.

Um lampejo percorreu as costas de Wulf até seu membro. O sêmen se agitou e ferveu até disparar de sua ereção dolorosa numa inundação feroz. Ele virou a cabeça e cravou os dentes no ombro de Katie, gemendo contra sua pele enquanto o orgasmo devastava seu corpo, brotando de um lugar dentro dele que ela havia criado. Um lugar que ela preenchia até transbordar para afogá-lo.

Wulf abaixou Katie até o chão, cobrindo-a com seu corpo, bombeando rápido e raso. Os joelhos dela se afastaram e ele fez o mesmo, penetrando com uma primitiva necessidade de marcá-la, de acasalar com ela, de se unir a ela. Seus dedos se entrelaçaram. Wulf esticou os braços dela sobre a cabeça de um jeito que ele a cobriu desde os pés até os dedos das mãos. A areia amortecia o corpo de Katie enquanto ele a fodia como um animal, selvagem em sua necessidade. Katie o seguia da mesma maneira, gozando e gozando, gemendo seu nome com cada estocada em seu corpo.

– *Katie*.

Quando seu clímax começou a se acalmar, Wulf sentiu a aliança dela arranhando seu dedo. *Ela era sua.*

– Meu. – ela ofegou, como se pudesse ouvir seus pensamentos – Você também é meu.

Ele usou a testa para acariciar o rosto de Katie.

– Seu – ele jurou – Sempre.

Além do círculo dourado das tochas, a escuridão da noite engolia todo o mundo, criando um pequeno paraíso para os dois amantes saciados na areia.

Os dedos de Wulf desenhavam pequenos círculos sobre a coxa nua de Sapphire.

– O que você está pensando?

– Estou pensando que foi uma boa ideia você ter ido atrás de mim, pois o sexo é inacreditável.

Ela riu quando ele rosnou e a puxou para mais perto.

– Você criou esse vínculo entre nós para conseguir *sexo*?

Piscando inocentemente, ela perguntou:

— E essa não é uma boa razão?

Wulf mordiscou amorosamente o lábio inferior de Sapphire.

— Pena que não é assim tão simples. Se fosse, eu teria alguma esperança de que a intensidade pudesse diminuir algum dia. Talvez se tornar mais suportável.

— Prometa que nunca irá diminuir.

— Eu já fiz muitas promessas para você e pretendo manter todas elas, incluindo esta. Eu amo você demais. Mesmo se a intensidade caísse pela metade, ainda assim seria excessivo.

Ela afastou uma mecha de cabelo negro da testa de Wulf.

— Você prometeu que cuidaria de mim.

Ele ergueu uma sobrancelha.

— E não estou cuidando?

— Você não me alimentou desde o almoço. — Sapphire exibiu um beicinho — Depois você esvaiu minhas forças com seu ataque sexual feroz.

A outra sobrancelha subiu para se juntar à primeira.

— *Meu* ataque sexual? Se me lembro corretamente, *eu* fui atacado primeiro.

Sapphire tocou em seu queixo, fingindo pensar bastante.

— Não me lembro disso.

Wulf subiu sobre ela e começou a fazer cócegas. Ele não parou mesmo quando lágrimas escaparam dos olhos e ela implorou para que parasse.

— Agora você se lembra?

— Wulf! — ela ofegou — Solte-me... Farei qualquer coisa...

Ele parou.

— Qualquer coisa?

Ela assentiu, sabendo que adoraria fazer qualquer coisa que ele pensasse.

— Não posso resistir a isso — ele disse, soltando-a com um sorriso malicioso.

Ela se apressou em se levantar.

— Seu marido malvado, abusando de mim para conseguir o que quer.

Ele se recostou nos cobertores e apoiou a cabeça com as mãos. Baixando o tom de voz, ele disse:

— Esposa, vá buscar comida.

Sapphire pousou as mãos na cintura e ele riu.

– Por favor – Wulf acrescentou com uma piscadela.

Por aquele comentário arrogante, Sapphire balançou os quadris sedutoramente enquanto se afastava, jogando um olhar divertido sobre o ombro antes de entrar na tenda.

Lá dentro, ela juntou pacotes de provisões selados e um grande jarro de vinho. Sapphire deu alguns passos lá fora antes de perceber que eles não estavam sozinhos.

Wulf apanhou um dos cobertores e se aproximou dela, cobrindo seu corpo nu. Ela notou que ele não fazia esforço algum para cobrir a própria nudez. Wulf deu um passo para o lado, revelando o visitante: um soldado que ela reconhecia do palácio.

O jovem oficial fez uma reverência.

– Perdoe minha intromissão, Vossa Alteza.

– Alguma coisa aconteceu, Tenente? – perguntou Sapphire.

Wulf envolveu os ombros dela com um braço.

– Você se lembra quando eu contei que estava iniciando conversas com Sari para tentar estabilizar a relação entre nossos países?

Ela assentiu.

– É claro que eu me lembro.

– O tenente voltou com notícias do palácio. Um emissário de Sari apareceu de surpresa esta noite com uma mensagem para o rei. Parece que Gunther está disposto a se encontrar comigo. Mas precisa ser amanhã e precisa ser nas coordenadas que ele especificou.

– É assim que esses assuntos acontecem normalmente?

– Não. Reuniões desse tipo precisam de meses de preparação. O rei passou as últimas seis semanas recusando meus convites para um encontro. Agora, ele mudou de ideia e quer me encontrar imediatamente.

Sapphire se virou debaixo de seu braço para encará-lo de frente.

– Eu não gosto disso. Não parece correto. Não quero que você vá.

Ele usou o polegar para acariciar o pescoço dela, tranquilizando-a.

– Prometo fazer o meu melhor para resolver essa disputa. O rei possui temperamento forte e irritável. Ele já mostrou sua disposição para a guerra sobre assuntos que poderiam ser facilmente mediados. Se eu não for, eu poderia exacerbar uma situação que já é volátil por princípio.

– Então, eu vou com você.

– Não. – ele cerrou os olhos – Não quero você perto dele.

– Wulfric. Você e eu estamos unidos. O que ele pode fazer?

– Não quero descobrir.

– Eu vou com você, ou você não vai.

Um sorriso relutante apareceu nos lábios dele.

– É mesmo?

– Sim.

Wulf olhou para o tenente.

– Você ouviu a Princesa Consorte. Vá para o palácio. Vou confiar em você para juntar nossos trajes formais e apetrechos. Volte aqui pela manhã com tudo que precisamos para seguir daqui até o local especificado para o encontro. Sabine o ajudará. E envie um batalhão para as coordenadas para preparar o local para nossa chegada.

O tenente fez uma reverência.

– Eu cuidarei de tudo, Vossa Alteza.

– Excelente. Boa noite, Tenente.

– Nós vamos ficar aqui? – ela perguntou quando o oficial partiu.

O olhar de Wulf era ao mesmo tempo gentil e cheio de promessas sedutoras.

– O rei não irá arruinar minha lua de mel.

– Ótimo, pois estou faminta.

– Por mim?

Ela mostrou o jarro e os pacotes de provisões.

– Primeiro a comida. Depois, você.

– Eles me avisaram sobre o casamento – ele resmungou.

Sapphire voltou para os cobertores, deixando aquele em seus ombros cair no chão. Ela o ouviu assobiando um elogio e então jogou um sorriso sobre o ombro.

– Você não viu nada ainda.

CAPÍTULO 20

Levando o binóculo até seus olhos, Sapphire vasculhou a profusão de tendas azuis alguns quilômetros ao longe e a grande quantidade de tropas logo atrás. Ela girou lentamente, movendo as lentes num largo semicírculo, estudando o terreno enquanto mentalmente mapeava as vulnerabilidades e vantagens. Ela sabia que seu pai era o responsável por escolher o local; as vantagens táticas estavam todas do lado sariano.

Ela baixou as lentes e respirou fundo, sentindo o estômago revirar. Lá estava ela, firme no lado de D'Ashier, enquanto seu amado pai fazia os preparativos para enfrentar seu marido na guerra – se isso fosse preciso. Wulfric também estava se preparando, com a quantidade de tendas denunciando sua mentalidade de guerreiro. Quando ela o deixou – alguns momentos atrás –, seu lindo rosto estava sombrio e a boca que dera tanto prazer a ela há poucas horas estava apertada com a tensão da situação.

– Isto é difícil para você, não é? – uma voz profunda murmurou ao seu lado.

Ela congelou diante da intromissão familiar, mas indesejada. Virando o rosto para seu cunhado, Sapphire retrucou:

– É claro que sim. – ela não aguentava ficar perto de Duncan, por isso Sapphire começou a se afastar.

– Espere! – ele disse – Por favor.

Parando, ela o encarou. Ambos usavam trajes *dammr* para protegê-los do sol escaldante. As pequenas faixas douradas em suas lapelas proclamavam sutilmente sua condição de membros da família real. Ela o estudou cuidadosamente, notando que seu corpo juvenil se tornara musculoso desde a última vez em que o vira. Ele ainda era menor em altura do que Wulfric, mas isso mudaria com o tempo. Sapphire podia enxergar o homem que ele se tornaria. Ele seria muito bonito, assim como Wulf. Uma pena que sua aparência seria agradável apenas no exterior.

— O que você quer, Duncan?

— Pedir desculpas.

Sapphire deu as costas novamente.

— Maldição! — ele disse rispidamente — Ouça o que eu tenho a dizer.

Os lábios dela se apertaram.

— Com quem você acha que está falando?

— Com ninguém, pois você não fica parada nem por um segundo. — ele passou as mãos nos cabelos e por um instante Duncan se pareceu com Wulf. Esse breve lampejo foi o suficiente para lembrá-la o quanto era importante que ela ao menos *tentasse* tolerar sua presença.

— Estou implorando. — ele a encarou nos olhos — Permita uma chance para eu falar.

— Estou escutando.

— Obrigado.

Duncan se virou, olhando para a paisagem igual ela havia feito, embora não pudesse enxergar o campo sariano sem a ajuda de binóculos.

— Eu sinto muito pela maneira como a tratei, Katie, e pelas coisas que falei. Eram mentiras, cada uma delas. — ele soltou a respiração numa única lufada — Eu estava com ciúmes.

— Por quê?

— Você é filha única. Você não tem ideia de como é viver na sombra de um irmão mais velho. Se fosse só isso, já seria difícil. — ele a olhou sobre o ombro, curvando os lábios ironicamente — Mas com Wulfric, é algo impossível. Ele sempre foi o melhor em tudo. Não apenas melhor do que eu, mas melhor do que a maioria dos homens. Ele não faz nada se não puder fazer com precisão.

Sapphire observou Duncan enquanto ele falava, notando os ombros levemente caídos numa postura derrotista e o toque de desespero em seus olhos. Competir com Wulf era uma tolice. Quando Wulfric enfiava algo na cabeça, nada menos do que a perfeição serviria. E este jovem garoto tentara competir com isso. Algo que Wulf, provavelmente, ainda não sabia.

Duncan voltou a olhar as intermináveis dunas.

– Desde quando meu irmão era um jovem garoto, mais jovem até do que eu, parecia óbvio para todos que ele havia nascido para governar. Nosso pai é cabeça-dura e truculento demais para ser um monarca eficaz. Ele alegremente passou a responsabilidade para Wulfric. Desse dia em diante, D'Ashier se tornou tudo para meu irmão. Ele não tinha tempo para mais nada.

– E não tinha tempo para você – ela acrescentou.

O jovem príncipe soltou uma risada irônica que não ajudou a esconder sua dor.

– Wulfric é apenas dez anos mais velho do que eu, mas ele sempre pareceu mais como um pai para mim. Eu queria que ele me ensinasse como ser mais confiante, mais talentoso com a espada, mais atraente para as mulheres... Maldição, mais como *ele*. Mas Wulf nunca tinha a energia para isso quando o dia acabava. – Duncan cruzou os braços sobre o peito – Até você aparecer.

Ele chutou a areia.

– De repente, Wulf não falava de outra coisa a não ser você. Falava sobre sua aptidão para estratégias militares, sua inteligência, sua habilidade para lutar. Ele estava tão orgulhoso de você, de um jeito que nunca foi comigo. Quando seu dia acabava, ele parecia mais energizado do que quando começava e ficava sempre ansioso para encontrar *você*, não eu.

Duncan olhou para ela sobre seu ombro.

– Odiei você por ser a pessoa com quem ele se importava. Depois, ele preferiu ficar com você e me enviou para o exército, e eu passei a odiá-lo também.

– Wulf ama você. Com certeza você sabe disso. – a imagem que ele fazia do jovem menino com um herói ocupado demais para cuidar dele era comovente, mas a antipatia de Sapphire não acabaria tão facilmente.

– Não, eu não sei disso, Katie. No passado, sim, eu sabia, mas agora eu...

Sua voz falhou e ele engoliu em seco, antes de continuar com fervor.

— Não sei. Apenas gostaria que ele jantasse comigo de vez em quando, que fosse atrás de mim igual fazia com você e conversasse *comigo* por horas. Eu desconsei minha frustração com ele em você e eu realmente sinto muito por isso. Meu comportamento foi imperdoável, mas preciso pedir pelo seu perdão mesmo assim. Eu amo meu irmão. Quero que ele seja feliz, e você o faz feliz.

— Você abusou de mim, Duncan. Você deliberadamente tentou me machucar de todas as maneiras possíveis. Você tentou me destruir. Isso não é algo que eu possa perdoar tão facilmente.

— Eu sei. — seus olhos verdes estavam arregalados e sinceros debaixo das sobrancelhas franzidas — Mas se me permitir, eu gostaria de tentar reparar o estrago que fiz. Pelo bem de Wulf, assim como o nosso.

— Por que agora? — ela perguntou secamente — O que mudou?

— Nós somos uma família. Nós vamos viver e trabalhar juntos para o resto de nossas vidas.

Sapphire esfregou o espaço entre suas sobrancelhas, lutando contra a dor de cabeça que estava rapidamente aumentando. Ainda era difícil aceitar a ideia de que ela e esse garoto petulante agora eram parentes, mas o fato era real e Wulf o amava.

Havia um grande poço de raiva e animosidade entre eles. A distância entre ela e a família real pesava muito sobre Wulf, e Sapphire sabia que se conseguisse consertar esse racha, a paz voltaria a reinar.

— Vamos começar de novo. — ela cedeu — O perdão é algo conquistado para mim, Duncan, e não apenas entregue em troca de algumas palavras de arrependimento.

— Eu vou conquistar — ele prometeu.

Sapphire assentiu.

— Então, eu darei uma chance a você.

— Você não vai junto comigo, Katie. Essa é minha decisão final.

Wulf observou o queixo de sua esposa se erguer com aquela atitude teimosa que ele tanto adorava. Wulf sorriu. Katie nunca seria domada. Era uma das razões de seu amor por ela.

– Você acha isso divertido? – ela deu as costas para ele, cerrando os punhos – Você não vai achar tão engraçado quando estiver dormindo sozinho.

O sorriso dele diminuiu. Agora, essa era uma ameaça que ele combateria imediatamente.

– Não me provoque, Katie. Tenho ótimas razões para insistir que você fique aqui.

– Talvez eu tenha ótimas razões para dormir sozinha hoje.

Wulf a puxou para mais perto. Ele encarou seu lindo rosto com aqueles espertos olhos castanhos e boca exuberante. Uma boca que fazia coisas com seu corpo que o escravizavam. Ele queria repreendê-la e ensinar a ela uma lição. Queria estabelecer com firmeza que *ele* seria o líder e *ela* o seguiria.

Mas em vez disso, ele a beijou desesperadamente.

Wulf a beijou até ela amolecer em seus braços, beijou até seu corpo curvilíneo se derreter sobre ele, beijou até seus punhos se abrirem e seus dedos mergulharem nos cabelos de Wulf, puxando-o mais perto. Ele a beijou até seu corpo doer com a excitação, até não conseguir pensar ou lembrar sobre o que estavam discutindo. Quando ele conseguiu tudo isso, Wulf afastou o rosto e a acariciou com a ponta do nariz.

– Preciso de você aqui caso algo dê errado. Você saberá o que fazer para proteger as tropas. Seria uma coisa a menos para eu me preocupar, pois eu saberia que estão em boas mãos.

– O General Petersen está aqui para isso – ela resmungou, abrindo os olhos lentamente – Mas eu ficarei. Isso foi um golpe baixo, Wulf. Você sabe que eu não consigo pensar direito ou ficar brava com você quando me beija desse jeito.

– Engraçado, eu fico bem demais – ele brincou.

Katie tentou empurrá-lo, mas ele a segurou com força.

Ela franziu as sobrancelhas.

– Não entendo por que eu não posso acompanhá-lo.

– Porque eu não confio nele. – Wulf lambeu seu lábio inferior.

– Então, não vá.

– Eu preciso ir. – ele afastou uma mecha de cabelo de seu rosto – Se ele está falando sério e eu rejeitar sua oferta, nós poderemos nunca mais ver um tratado assinado em nossas vidas. Essa disputa já dura gerações. Eu quero poupar nossos filhos disso o quanto for possível.

Ela pousou a mão sobre o coração dele. Em sua expressão, Wulf podia enxergar seu amor e preocupação por ele. Apesar da incerteza sobre o encontro, ele sentia uma profunda paz ao saber que tudo estava finalmente bem entre Katie e ele.

– Você acha que o rei ainda me quer? – ela perguntou.

– Sim. Não posso arriscar que as decisões dele sejam afetadas pelos sentimentos em relação a você.

– Você voltará ainda esta noite?

Ele roçou a boca sobre a dela, adorando a sensação de tê-la em seus braços.

– É claro. Não tenho intenção de passar nenhuma noite longe de você. As negociações não terminarão hoje, mas eu voltarei para você mesmo assim.

Ela pressionou os lábios sobre a boca dele.

– Prometa.

Wulf a ergueu do chão e a beijou profundamente.

– Eu prometo.

Wulf havia partido há horas e o sol estava começando a se pôr. Sapphire andava inquieta de um lado a outro na tenda, seu jantar permanecia intocado.

– Você precisa comer – Duncan disse de seu assento na pequena mesa de jantar.

Sapphire lançou um olhar endurecido.

– Você está se preocupando demais. – ele tentou agir casualmente. Mas falhou – Wulfric sabe exatamente o que está fazendo.

– Não é com Wulf que estou preocupada – ela parou de andar de repente – Não consigo evitar a sensação de que algo está estranho, e eu sempre confio em meus instintos.

– Eu também sinto isso. Algo não está correto. Eles já não gostavam um do outro. Quando o Rei de Sari descobrir que você se uniu a Wulfric, essa antipatia vai aumentar.

– Eu odeio isso. Eu... – ela fez uma pausa, inclinando a cabeça – Você ouviu isso?

– Ouviu o quê?

– Esse zumbido! – ela saiu da tenda refrigerada e entrou no calor do deserto. O barulho aumentou.

Girando, Sapphire vasculhou por todos os lados, tentando discernir de onde o som vinha. O volume cresceu e seu pressentimento cresceu junto. Protegendo os olhos do sol poente com as mãos, ela finalmente enxergou: uma nuvem preta se aproximava com uma rapidez ameaçadora. Ela se moveu imediatamente.

Correndo de volta para a tenda, ela passou por um assustado Duncan e apertou o botão de alarme com força. O som alto da sirene quebrou o silêncio do crepúsculo no deserto.

– O que está acontecendo? – ele gritou, apanhando o cabo de sua espada.

– Estamos sendo atacados!

Ela apanhou a proteção facial de seu traje *dammr* e cobriu o nariz e a boca antes de correr para fora da tenda para ajudar a comandar as tropas. Quando o General Petersen se apressou para se juntar a ela, Sapphire acionou a lâmina de sua espada.

A voz dele soou através do comunicador.

– *São* skipsbåts. *Provavelmente uma centena deles.*

– Sua Alteza...?

Petersen pousou sua grande mão sobre o ombro dela.

– *Eu os ouvi chegando um pouco antes de você soar o alarme. Já enviei duas tropas para extrair o Príncipe Wulfric.*

Ela assentiu, mas o medo que sentia não diminuiu. Wulf estava na tenda neutra no meio do caminho entre os dois acampamentos, mas se o Rei de Sari estava disposto a disparar esse ataque ousado, o que mais ele estaria disposto a fazer?

Sapphire não tinha mais tempo para contemplar o perigo, pois os *skips* estavam prestes a alcançá-los, voando como lagostas no ar, suas armas atirando laser em sua direção.

Por necessidade, ela ignorou os gritos dos soldados feridos e o cheiro acre de fumaça, concentrando-se em salvar a própria vida e as vidas dos homens que lutavam ao seu lado. Alguns de seus adversários vestiam uniformes sarianos, mas não a maioria, e ela entendeu que mercenários haviam sido contratados para complementar o ataque.

Lutar na areia era difícil, apesar de seu extensivo treinamento em situações como essa. Ela precisava de um *skip* se quisesse ser mais eficaz, mas todos estavam em uso. Quando um inimigo se aproximou numa velocidade de ataque moderada, ela aproveitou a oportunidade.

Sapphire se abaixou e rolou quando ele tentou cortá-la, depois golpeou com a espada quando ele passou sobre ela, cortando a linha que conectava o acelerador com o motor. A repentina perda de velocidade jogou o piloto para longe. Ele foi rapidamente capturado pelas tropas de D'Ashier, liberando-a para comandar seu *skip*.

Montando a moto voadora, Sapphire abriu o compartimento do motor e transferiu o sinal da aceleração para o guidão esquerdo, que funcionava como um freio de emergência. Testando a ligação direta, ela sorriu sombriamente quando o *skip* entrou em movimento. Acionando o guidão, ela forçou a moto a subir até o céu a toda velocidade.

Ela circulou e se aproximou da batalha pelo norte, abaixada para não servir de alvo. Estava se preparando para golpear um inimigo quando outro *skip* bateu em sua traseira, fazendo Sapphire girar descontroladamente. Sem conseguir se segurar, ela caiu na areia. Ao rolar no declive acentuado de uma duna, perdeu sua espada e seu capacete foi deslocado.

Ela praguejou quando parou lá embaixo. Seu corpo doía por causa da batida, mas a dor era atenuada pela adrenalina. Sapphire se levantou rapidamente e procurou sua arma.

— É muito bom encontrá-la de novo, Sapphire.

Ela congelou ao ouvir aquela voz familiar. Quando o homem loiro se aproximou, ela instintivamente tentou sacar a espada que não estava lá.

— Está surpresa por me ver? – seu sorriso náo chegava aos olhos – Você e eu temos negócios inacabados. Você tinha que saber que eu iria atrás de você.

Ela queria encontrar sua arma, mas sabia que seria um erro mortal se tirasse os olhos dele. Sapphire retirou o capacete para responder.

— Não aqui. Não deste jeito.

— Ninguém espera morrer quando chega a hora.

O sorriso que ela exibiu em resposta estava sombriamente determinado.

— Bom, Gordmere, isso não será um problema para você.
— É mesmo? — o mercenário tocou o cabo de sua espada.
— Você pode esperar sua morte agora mesmo. — Sapphire se jogou em sua direção.

Wulf batia os dedos sobre a mesa ridiculamente longa e encarava o rei sentado do lado oposto. Tudo no encontro era um pouco ridículo, como as duas entradas separadas, como se não pudessem entrar na tenda pela mesma porta. No momento, o monarca estava enrolando. Wulf tinha coisas mais produtivas para fazer.

Ele se levantou.
— Talvez você deva estudar melhor minha proposta sozinho — ele sugeriu.

O rei arqueou uma sobrancelha loira.
— Está com pressa, Wulfric?
— Na verdade, sim.
— Pensei que este tratado fosse de grande importância para você.
— *Todos* são importantes para mim — Wulf reiterou —, mas não é necessário que eu sente aqui enquanto você lê tudo isso.
— Talvez eu queira perguntar algo — Gunther disse com uma inocência suspeita.
— Faça anotações. Eu responderei pela manhã. — Wulf se virou em direção à saída, fazendo um gesto para seus guardas o seguirem.
— Suas maneiras precisam melhorar — o rei disse secamente.

Wulf riu.
— Vamos acabar logo com isto para podermos prosseguir...

A porta se abriu de repente e um grande contingente de guardas de D'Ashier invadiu o local. O oficial no comando, um capitão, fez uma rápida reverência antes de falar.
— O acampamento está sendo atacado, Vossa Alteza. — ele lançou um olhar venenoso para o Rei de Sari — Alguns homens vestem uniformes sarianos.

Wulf correu para a saída e viu uma fumaça preta subindo sobre o acampamento.

Katie.

– Onde está a Princesa Consorte? – ele exigiu saber.

– Ela está lutando junto com os soldados.

Não. Seu coração parou. Se algo acontecesse a Katie...

Ele encarou o rei, que estava pálido debaixo de seu bronzeado artificial.

– Seu filho da mãe! – Wulf pulou sobre a mesa – Este encontro nunca foi sobre tratados.

Ele correu em direção ao rei. Gunther se levantou e cambaleou para trás... esbarrando em Grave Erikson, que entrou correndo pela porta secundária.

– Não se aproxime mais, Vossa Alteza – o general rosnou –, ou serei forçado a impedi-lo.

Wulf parou no meio do caminho, notando a tensão no rosto do velho homem.

– Vá para Katie – Erikson ordenou enquanto agarrava fortemente o rei. Seu gesto foi muito revelador – Encontre-a. Mantenha Katie segura.

Wulf assentiu. Sem hesitar, ele se virou e correu pela mesa até a saída.

– Espere! – Gunther gritou atrás dele – Se você entregá-la de volta para mim, eu assinarei todos os tratados.

Wulf não diminuiu seus passos e em questão de momentos ele montava um *skip*, voando pelo deserto em direção à sua esposa enquanto a noite rapidamente caía.

CAPÍTULO 21

Sapphire esquivou para a esquerda quando Gordmere contra-atacou com um golpe defensivo de sua espada. O sol estava se pondo atrás dela. Com a maior fonte de luz vinda da lâmina laser do mercenário, ela não conseguia enxergar nada além de Gordmere, o que impossibilitava a busca de sua própria espada.

Ela possuía apenas uma vantagem: Sapphire podia enxergar enquanto se escondia na escuridão que se apossava de tudo ao redor.

— Por que prolongar o inevitável? – ele zombou.

Se respondesse, ela podia entregar sua posição. Se ele a quisesse morta, teria que lutar para isso.

Circulando Gordmere, Sapphire encontrou seu capacete.

O mercenário girou nos calcanhares, usando a luz da lâmina para tentar localizá-la. Seu sorriso era de pura maldade quando seus olhos se encontraram. Ele começou a avançar com uma série de golpes para todos os lados. Contorcendo-se e pulando, Sapphire conseguiu se esquivar, mas depois atingiu a base da duna atrás dela e tropeçou.

Rolando para continuar como um alvo móvel, ela se debateu contra a massa de areia que a cobriu. Enquanto Gordmere usava a elegante arma como um instrumento de força bruta atingindo o chão do deserto, Sapphire afastou o pânico ignorando o calor do laser, que podia ser sentido apenas em curta distância. Ele estava muito perto. Ela chutou cegamente e se sentiu triunfante quando acertou algo.

– Maldita!

– Cretino!

Chutando com os dois pés, os calcanhares de suas botas atingiram em cheio o queixo de Gordmere. Ela ouviu o som de seu corpo caindo no chão, depois a escuridão se completou e ele deixou a espada cair; sua lâmina foi desativada quando perdeu contato com a mão.

Ao menos agora eles estavam quase em pé de igualdade.

Os dois se jogaram na direção do cabo da espada. Gordmere caiu quase em cima de Sapphire. Ele empurrou o rosto dela na areia. Ela se debateu debaixo dele, ofegando dentro do capacete.

Ele era tão pesado, forte demais, e era um matador profissional. Ela sentiu seu peso mudar, depois o joelho cravou sobre as costas dela. Sapphire gemeu, agarrando a areia, buscando pela arma perdida.

E então, ela sentiu o cabo.

Com as últimas forças que lhe restavam, Sapphire o empurrou o suficiente para alcançar a espada com os dedos. A lâmina foi acionada, transformando a areia ao redor em vidro e surpreendendo Gordmere, que pulou para trás, libertando-a.

Sapphire rolou, brandindo a espada num arco acima dela. Gordmere berrou quando ela o acertou de raspão. Ele chutou e o cabo voou de sua mão, caindo sobre a duna, muito longe de seu alcance. Ela tentou se afastar, mas ele pulou e apanhou seu calcanhar, puxando-a de volta.

Chutando com a perna livre, ela lutou para se livrar. O calcanhar de sua bota atingiu com brutalidade repetidas vezes o topo da cabeça e o ombro de Gordmere. Mesmo assim, ele continuou sua investida, subindo sobre ela.

Sapphire se debatia para se livrar, sentindo suas forças se esvaírem diante do poder maior de seu inimigo. Se ele alcançasse o topo dela, Sapphire não sobreviveria. A cabeça dela tocou em algo duro, uma rocha ou algo assim. Gordmere a prendeu no lugar. Alcançando com as mãos, ela tirou o objeto da areia com dedos ágeis, esperando que pudesse usar aquilo como uma arma. Se conseguisse atingir a cabeça dele, então ela talvez pudesse deixá-lo inconsciente. Ou matá-lo.

Quando conseguiu cavar os dedos debaixo do objeto, ela se surpreendeu com o que encontrou.

Era o cabo de sua espada. Ou talvez fosse a espada dele, e teria sido a dela a voar sobre a duna.

De qualquer maneira, aquilo salvaria sua vida. Ela jogou o capacete para o lado.

— Eu queria interrogá-lo antes – Sapphire disse enquanto agarrava o cabo.

Gordmere montou sobre seus quadris, pairando sobre ela e rindo.

— Infelizmente – ela acionou a lâmina – vou ter que matá-lo de vez.

Sob o brilho branco do laser, ela viu o medo se registrar nos olhos dele. E então, sua cabeça voou, cortada por um rápido golpe de Sapphire.

Seu torso balançou por um momento sobre ela. O cheiro de carne queimada do ferimento cauterizado fez seu estômago se embrulhar. Ela empurrou o corpo decapitado, que caiu ao seu lado como um boneco sem vida.

Sapphire permaneceu deitada por um instante, ofegando e chorando, sentindo o medo ainda se agarrando sobre ela.

— *Madame!*

Sob a noite negra, Clarke estava invisível, mas ela reconheceria sua voz em qualquer lugar.

Sapphire se sentou com dificuldade.

— Capitão! Estou aqui.

— Você está ferida? – enquanto ele se aproximava, o som de sua voz aumentava – Eu vi o brilho de uma espada.

— Estou bem. Gordmere está morto.

— Estenda sua mão.

Ela apalpou cegamente até encontrá-lo. O capitão a ajudou a se levantar e a conduziu na direção do leve brilho de chamas visível logo após a duna.

— Precisamos levá-la de volta ao acampamento. Príncipe Wulf está louco procurando por você.

Ao ouvir isso, ela correu. Subiu a duna, seguindo o brilho laranja dos tiros no horizonte. Ela alcançou o topo e olhou para o acampamento de D'Ashier. E o que viu parecia um pesadelo.

Cada uma das tendas pegava fogo e vários *skips* abatidos cobriam o terreno, soltando uma fumaça preta que poluía o ar. Corpos se espalhavam pelo vale e gritos horríveis ecoavam pela noite.

Guerra. Ela nunca vira ao vivo dessa maneira. E nunca mais esqueceria.

Olhando para a luta lá embaixo, Sapphire notou duas espadas abrindo caminho pelo acampamento. As lâminas mortais se moviam com óbvia impaciência, e os braços que as brandiam, embora golpeando precisamente e com o mínimo de esforço, denunciavam o pânico de quem as carregava.

Wulf.

Ela desceu a duna íngreme sentindo o coração disparar. Sapphire lutava contra a mesma preocupação que sabia que Wulf estava sentindo. Apanhando uma espada das mãos de um soldado morto, acionou a lâmina sem diminuir os passos. Ela se jogou na luta com uma loucura singular, furiosa com a traição que custou vidas desnecessariamente.

Sapphire lutou em direção a Wulf, gritando seu nome pelo caminho, mas o som da batalha era ensurdecedor e ela mal podia ouvir a si mesma. Ela estava perto, apenas a alguns metros de distância, quando ele se virou e a viu.

Seu rosto estava pálido, as linhas de tensão e preocupação marcavam seus olhos e boca. Wulf corria em sua direção, com seus trajes reais esvoaçando. Seu olhar não desgrudou dela, apesar da fumaça que irritava os olhos e os faziam lacrimejar. Ela também lutava seguindo em sua direção, limpando o caminho enquanto mais mercenários fugiam e as forças de D'Ashier superavam os soldados sarianos que restavam.

Ao se aproximarem um do outro, ela vislumbrou a fúria e sede de sangue em seus olhos. Seu rosto possuía um assustador semblante atormentado e ela correu em direção a ele, pulando sobre um inimigo caído no chão.

– Wulf!

Ele desativou as lâminas um instante antes de Sapphire se jogar sobre ele. Wulf a apertou num forte abraço. Com o zumbido em seus ouvidos e o rosto pressionado em seu peito, ela precisou de um momento para perceber que os dois agora estavam na sala de transferência do palácio.

Wulf a sacudiu até seus dentes baterem uns nos outros.

– Que diabos você estava fazendo lá fora?

Sapphire piscou incrédula, sentindo a mente falhar por causa do choque dos eventos do dia. Ele a abraçou fortemente outra vez, e ela envolveu os braços em sua cintura.

– Maldição. – Wulf movia as mãos febrilmente sobre o corpo dela, procurando por ferimentos – Por que você não voltou para cá? Quando eu não consegui encontrá-la, pensei que... – sua voz falhou – Eu quase perdi a cabeça.

– Gordmere bloqueou o anel. – a voz dela estava rouca de tanto gritar.

– Eu estava enlouquecendo enquanto procurava por você!

– Eu estava atrás da duna. Gordmere está morto. – Ela encarou seu rosto, notando que ele ainda estava pálido. – Não acredito que ele arranjou tudo isso. Ele...

– Foi Gunther.

– *O quê?* Ele não ousaria começar uma guerra...

– Mas ousou. Ele sabia que você estava comigo. – Wulf exalou asperamente – Desde que você esteja segura, eu posso cuidar do resto.

A mão dela subiu para tocar em seu rosto. Quando percebeu que o toque deixou um rastro de sangue, ela soltou um grito alarmado. Sapphire se afastou, procurando por ferimentos.

Abrindo com força o fecho do traje, ela encontrou um profundo corte no lado direito de seu torso.

– Meu Deus, não!

– Não é nada. – ele tentou puxá-la para mais perto. O fato de que Sapphire resistiu facilmente desmentia suas palavras e fez seu estômago dar um nó.

– Você precisa de uma câmara de cura, meu amor.

Ele assentiu.

– Você deveria ter recuado quando foi ferido – ela o repreendeu, com a voz trêmula. Sapphire estava aterrorizada.

– Eu não podia ir embora sem você.

As mãos dela tremiam quando aplicou pressão sobre o ferimento.

– E eu não posso viver sem você.

O vermelho profundo do traje real havia escondido a quantidade de sangue perdido, mas agora ela podia ver que o sangramento era copioso. Seu traje *dammr* estava encharcado no lado direito até o joelho e a mancha crescia rapidamente. Ela fez um gesto para os guardas ao redor. Eles se apressaram para ajudá-la.

– Leve-o para a ala médica – Sapphire ordenou – Rápido.

Os guardas o conduziram em direção à porta.

– Venha comigo, Katie – Wulf disse arrastando as palavras.

– Nada poderia me manter longe.

Coberta com um suor gelado, ela o seguiu até as salas de cura. Apenas quando ele estava seguro dentro do tubo e ela verificou que os sinais vitais estavam se estabilizando, Sapphire relaxou, pousando a testa contra o vidro. Sentindo tonturas por causa do alívio, seu coração finalmente diminuiu o ritmo frenético.

Ela ouviu batidas no vidro e ergueu o olhar cheio de lágrimas. Seus olhos se cruzaram: os dele pareciam ferozes e possessivos, os dela estavam cheios de amor. Wulf tocou a palma da mão contra o vidro e ela ergueu sua mão para pressionar no lado oposto.

O momento era semelhante à primeira vez que eles se encontraram. O momento em que se apaixonaram. Sapphire podia enxergar na ternura de suas feições que Wulf também estava se lembrando disso.

Ela pressionou os lábios sobre o vidro num beijo suave.

Eu te amo, ela disse movimentando a boca e segurando o coração. A emoção que cruzou o rosto de Wulf fez seu peito se apertar. Ela o amava tanto que mal conseguia respirar.

Esta seria a última vez que ela permitiria algo assim acontecer, a última vez que chegaria tão perto de perdê-lo. Isso havia passado dos limites.

E Sapphire sabia exatamente aonde ir para colocar um fim nisso.

Ela se afastou, e Wulf, que a conhecia tão bem, entendeu qual era sua intenção. Ele sacudiu a cabeça furiosamente, com seus cabelos pretos balançando no ar pressurizado ao redor. Ela olhou em seu ferimento e observou a cicatriz se fechando. Sapphire não tinha muito tempo antes que ele fosse atrás dela. Sabendo disso, ela jogou um beijo e correu para fora da sala.

Enquanto corria para a sala de transferência, as solas de suas botas batiam rapidamente no chão de mármore. Ela passou pelos guardas e se dirigiu para o teclado para digitar as coordenadas que desejava e seu código pessoal. Entrando na cabine, esperou os quinze segundos que havia programado, depois Sapphire se teletransportou para o escritório de seu pai no palácio sariano.

O sistema Guardião do palácio ainda aceitava seu código pessoal.

Na última vez que usara a transferência até ali, Sapphire estava voltando de uma visita com sua mãe. Estava voltando para casa. Agora a razão de sua presença não era tão benigna.

Na verdade, estava ali para matar.

Grave segurava sua fúria enquanto observava seu rei andar impaciente de um lado a outro na enorme sala do trono. Muitos homens bons haviam morrido naquele dia por causa da loucura de um único homem.

— Não acredito que você enviou Wulfric atrás de Sapphire! — Gunther gritou.

— Eu não acredito que você começou uma guerra por causa dela! Você tem ideia do que fez? As vidas que serão perdidas?

O rei girou, mostrando suas feições distorcidas pela raiva.

— Você *sabia*. Sabia que eles estavam juntos, mas não disse nada para mim.

— Como eu deveria saber que você faria algo tão idiota? — Grave retrucou, sentindo o sangue ferver de frustração.

Outra guerra... isso o deixava nauseado.

— Você está passando dos limites, General. Não se esqueça de que está falando com o seu rei.

— Nunca me esquecerei disso, mas mesmo assim vou dizer o que penso. Sou apenas valioso para Sari se me dedicar completamente para sua segurança. Sem mentiras. Sem reservas.

O monarca passou a mãos sobre os cabelos loiros e suspirou cansado.

— Por que você não me disse, Grave? Por todo o tempo que ela esteve desaparecida, você sabia que ela estava com ele, não é mesmo?

— Não a princípio, mas sim, depois eu soube. Você a liberou de seu contrato. Seu direito de saber tudo sobre minha filha acabou por escolha sua.

O rei rosnou.

– Ela está com raiva de mim e magoada por eu tê-la liberado sem me despedir. Nós discutimos na última vez em que a vi. Se eu tivesse uma chance de conversar com ela, nós poderíamos resolver isso.

Grave segurou uma risada incrédula.

– Você não parece compreender a gravidade da situação, Vossa Majestade. Tudo está *acabado* entre vocês. Para sempre. Ela está apaixonada e...

– Ela não pode amar *Wulfric* – Gunther rugiu – Não é possível. Ela esteve comigo por muitos anos. Ela o conhece por apenas algumas semanas.

– *Meses.*

Os dois viraram ao mesmo tempo ao ouvirem a voz de Katie.

– Mas levou apenas um instante para eu me apaixonar por Wulf – ela disse.

Ao entrar na sala atrás da Rainha de Sari, Sapphire ofereceu um sorriso tranquilizador para seu pai. Ela segurava o cabo de sua espada com a lâmina desativada, ameaçando usá-la contra a rainha. A frente de seu traje *dammr* estava manchada de sangue, assim como suas mãos. Ela percebeu a preocupação nos olhos de seu pai e sacudiu a cabeça, silenciosamente dizendo para não se preocupar.

– Katie. – o tom de sua voz era cauteloso – Que diabos você está fazendo?

Ela ergueu o queixo.

– Estou colocando um fim nisso, papai. Agora. – seu olhar cerrado se moveu até o rei.

O monarca deu um passo para trás.

– O Príncipe Herdeiro de D'Ashier foi gravemente ferido hoje – ela disse numa voz grave e perigosa – Isso não vai acontecer de novo. Ao menos, não pelas suas mãos, Vossa Majestade.

Ela empurrou a rainha para frente.

– Diga para ele o que você fez.

A rainha cambaleou, depois recuperou o equilíbrio. Lançando um olhar incrédulo sobre o ombro, ela afastou seu cabelo prateado da frente do rosto.

– Eu não respondo às ordens de uma *mätress*!

– Você pode me chamar de "Vossa Alteza". – os lábios de Sapphire se curvaram sem humor algum – Pensando melhor, já que você foi a responsável por eu encontrar meu marido, eu lhe darei permissão de me chamar de "Princesa Consorte Katie".

O rei quase engasgou. Seu olhar moveu rapidamente entre a rainha e o general, depois voltou a pousar sobre ela.

– Do que você está falando?

Seu pai assentiu sombriamente.

– Sim, Vossa Majestade, ela está dizendo a verdade. Sobre a união e o envolvimento da rainha.

O rei deu a volta ao redor da rainha, seu rosto completamente tomado pela fúria.

– O que você fez?

O general rapidamente se colocou entre os dois.

A rainha endireitou os ombros, e uma altivez real a cobriu dos pés a cabeça.

– Você acha que eu não faria nada e bancaria a mártir para sempre?

– De que diabos você está falando? – ele se lançou em sua direção.

Grave interceptou o ataque, depois continuou segurando o rei enquanto ele se debatia para tentar alcançar sua esposa.

A postura gélida da rainha se intensificou, baixando a temperatura na sala em vários graus.

– Você é um tolo, Gunther. – ela ergueu a mão imperiosamente quando ele abriu a boca para retrucar – Ouça-me, ao menos *uma vez*. Eu possuía várias escolhas para me casar: regentes de países maiores e mais poderosos. Você pode não gostar de mim, mas eu lhe asseguro que outros homens me acham linda. Eu poderia ser uma mulher adorada. Em vez disso eu me casei com você, pois eu o queria. – seu reluzente olhar azul o analisou de cima a baixo – Você ainda é o homem mais bonito que eu já conheci. A ideia de compartilhar sua vida e sua cama me excitava tanto que eu mal podia esperar pela noite do nosso casamento.

O rei congelou, encarando sua esposa como se ela fosse uma estranha. Ela soltou uma risada fria e amarga.

– Você parece tão surpreso.

– Eu achava que você me odiava. – ele desviou os olhos – Quando eu a levei para a cama, você parecia frígida e travada. E depois, você chorou. Por que diabos nós repetiríamos aquela experiência?

– Eu era uma virgem! – os dedos da rainha se fechavam ritmicamente como se ela quisesse fazer algo violento – E você se deitou na cama esperando que eu fosse dar prazer a você como se eu fosse uma concubina! Eu sou uma *rainha* e *sua esposa*. Você deveria ter feito concessões para minha inocência. Em meu país, a virgindade é algo muito valorizado. Mas você detestou a experiência.

Gunther corou. Ele jogou um olhar de súplica para Sapphire. Ela cruzou os braços e não disse nem fez nada.

– Não olhe para ela! – o lindo rosto da rainha se contorceu com ódio e inveja. Ela circulou Sapphire, emanando veneno puro – Eu pensei que o príncipe iria *matar* você. Eu estava certa disso. Como ele poderia resistir? Você, a amante de seu inimigo e filha de Erikson. Mas em vez disso, ele se casou com você. Que idiota.

– Assim você me ofende – disse uma voz vinda da porta.

Sapphire virou e encontrou Wulf.

– Você não deveria ter vindo. É perigoso demais.

O olhar esmeralda de Wulf permaneceu grudado nela. Suas longas pernas cruzaram rapidamente a distância entre eles.

– Nós teremos uma longa conversa sobre obediência.

– Como você entrou aqui? – o rei exclamou.

Wulf riu.

– Como se alguma coisa pudesse me impedir de entrar enquanto minha esposa está aqui.

– Guardião! – Gunther gritou.

– Eu vou matá-lo tão rápido quanto um piscar de olhos – Wulf alertou com uma suavidade mortal –, e sairei daqui sem nenhum arranhão. A escolha é sua mas, se eu fosse você, eu não chamaria os guardas.

O sorriso da rainha era rancoroso. Ela olhou de novo para seu marido.

– Admito que o resultado não era o que eu esperava, mas, mesmo assim, agora ela está permanentemente fora do seu alcance.

– Você tramou mesmo a morte dela, Brenna? – o rei perguntou, claramente atordoado com a ideia.

– Você não tem noção das coisas que fiz para ganhar o seu afeto.

Ao parar ao lado de Sapphire, Wulf envolveu o braço ao redor de sua cintura. Ela sentiu a prontidão para o combate que ele escondia debaixo daquela fachada casual.

– Você poderia explicar para nós como e por que eu fui parar na casa de minha esposa? – ele perguntou.

A rainha exibiu um sorriso frágil.

– Você chegou atrasado, no meio da conversa, Príncipe Wulfric.

– Um rápido resumo é tudo que peço.

A rainha subiu graciosamente os degraus e se sentou em seu trono real.

– Depois que percebi que meu marido não tinha intenção alguma de se deitar comigo, entendi que medidas drásticas seriam necessárias. Quando as patrulhas informaram sobre uma perturbação do outro lado da fronteira em D'Ashier, eu enviei vários dos meus guardas para investigar.

– Sem o meu consentimento – o general murmurou.

– Eu sabia que você não tinha conhecimento de nada – ela disse –, e eu esperava que Gunther ficasse contente se eu lidasse sozinha com a situação. Tarin Gordmere foi capturado e...

– Você não me contou nada disso! – o rei voltou a andar impaciente de um lado a outro. Suas mãos estavam cerradas em punhos.

Brenna encolheu os ombros.

– Eu pretendia contar a você. Pensei que ficaria contente por eu ter apanhado o caçador de recompensas, principalmente porque os homens dele me ofereceram o Príncipe Wulfric em troca de sua soltura. Você havia concordado em aposentar a *karimai* de seu contrato. Eu estava animada, pensando que seria um novo começo para nós, mas depois vi o quanto você ficou perturbado quando ela foi embora e percebi que você a amava.

A rainha se recostou no trono pousando os dois braços elegantemente sobre os encostos.

– Até aquele ponto, acreditei que atrai-lo de volta para minha cama era a única coisa necessária para conquistar seu coração, mas seu amor pela *mätress* nunca permitiria que isso acontecesse. – o sorriso dela se tornou feroz – A solução apareceu na forma do Príncipe Wulfric. Ele me livraria da *mätress* e ficaria com toda a culpa por sua morte. Eu, é claro, iria confortá-lo em seu luto.

– Sua maldita mentirosa sem coração! – o rei disse rispidamente.

– Ah, não sei – Wulf disse – Foi um plano diabolicamente esperto, considerando a informação que ela possuía para trabalhar. Não consigo ficar bravo com ela, já que o resultado final foi o meu casamento.

O rei parou e seus trajes esvoaçaram ao redor de suas pernas.

– Você realmente o ama? – ele direcionou a pergunta para Sapphire.

– Sim – ela respondeu – Amo muito.

Ele estremeceu.

– Por quê?

– Quem pode dizer como essas coisas acontecem, Vossa Majestade? Simplesmente estava destinado a acontecer.

– Pensei que você estava brava comigo por libertá-la. Pensei que poderíamos superar isso e ficarmos juntos de novo. Eu te amo; nunca me ocorreu que você não sentia o mesmo.

– Houve um tempo em que eu queria amar você – ela admitiu – Mas você enxergava apenas aquilo que queria enxergar em mim e descartava o resto. – ela se apoiou em Wulf, sentindo-se exausta – Eu gostaria que nosso contrato terminasse amigavelmente. Agora, milhares de pessoas sofrerão.

– Não é nada que não possamos...

– *Nada?* – a raiva renovou suas forças – Bons homens morreram hoje e eu quase perdi meu marido.

– Eu não planejei o ataque – o rei se virou, subindo os degraus e se sentando no trono ao lado de sua rainha – Confiei os detalhes a Gordmere.

Brenna ficou boquiaberta.

– Tarin Gordmere?

– Sim. Eu contratei o caçador de recompensas para encontrar Sapphire.

– E ele me encontrou – Sapphire disse sombriamente – E quase me matou.

O horror no rosto do monarca era claramente genuíno.

– Essa nunca foi minha intenção! Gordmere deveria apenas trazê-la para mim, ilesa. Eu ordenei que se apressasse porque sabia que o Príncipe Wulfric estava com você. Eu esperava que você achasse romântico eu me dar tanto trabalho para resgatá-la. Eu não sabia nada sobre o ataque no acampamento de D'Ashier até acontecer.

– Isso é mentira! – ela acusou – Você insistiu para que a reunião acontecesse.

– Pensei que Gordmere queria encontrá-la sem causar nenhum incidente – ele protestou – Eu estava tentando distrair o Príncipe Wulfric. Foi só isso. Eu nunca a machucaria. Você tem que saber disso.

– Se você não quer machucar minha esposa, deixe-a em paz – Wulf rosnou – Esqueça que ela existe.

Gunther batia os dedos inquietamente sobre o braço do trono.

– Você diz como se isso fosse simples, como se eu não estivesse arrancando meu coração e entregando para você. Imagine tê-la em sua cama por cinco anos, depois entregá-la de volta para mim. O que *você* faria? Como se sentiria?

O peito de Wulf subia e descia rapidamente. Ele olhou para Sapphire, depois olhou ao redor do salão. Por fim, voltou a encarar o rei.

– Nós vamos embora.

Wulf agarrou o cotovelo de Katie.

– Você encontrou as respostas que estava procurando? – ele perguntou a ela.

– Eu não vou a lugar algum até tudo estar resolvido – ela encarou o rei – O que acontecerá com meu pai?

– Não se preocupe comigo – o general respondeu.

– Ele não está em perigo – o rei disse, mas o tom de sua voz deixou Sapphire desconfiada.

Grave cruzou os braços sobre o peito.

– Eu não vou liderar uma guerra por causa disto.

– Não haverá guerra. – Gunther passou a mão sobre seu cabelo desarrumado – Existem maneiras para encobrir o que aconteceu. – ele olhou para Wulf.

Wulf respirou fundo.

– Seria preciso esconder a informação do que aconteceu no deserto. Teríamos que mentir para as famílias dos soldados ou eles insistiriam em vingança.

– Mas os sobreviventes saberão – Grave argumentou – Eles não entenderão por que receberam ordens para esconder a informação. Os rumores irão se espalhar. Não podemos conter isso completamente.

Gunther fez um gesto dispensando seu comentário.

– Não temos outra escolha.

– Odeio mentir para meus homens – Grave retrucou – Eles merecem coisa melhor!

Wulf voltou seu olhar para Grave. Nenhum dos dois disse nada, mas Sapphire sentiu uma comunicação silenciosa entre eles. Mais tarde, ela questionaria Wulf sobre isso.

Após um longo momento, seu pai assentiu. Ele se aproximou dela, envolvendo-a num forte abraço.

– Venha conosco – ela sussurrou.

– Não posso. – ele beijou sua testa – Eles nunca deixariam você partir se eu não ficar. Agora, eu serei o novo trunfo deles.

– O que você fará?

– Farei o que for preciso.

Ela se ergueu na ponta dos pés e beijou seu rosto.

– Você e a mamãe não estão seguros aqui.

– Ficaremos bem. Não posso revelar mais. – ele a abraçou novamente – Mas saiba que nada ficará entre nós, Katie. Nunca.

Ela sentiu seu pai ficar tenso em seus braços e soltar a respiração entre os dentes cerrados. Alarmada, Sapphire desfez o abraço.

A mão de Wulf estava pousada sobre o ombro de seu pai.

– Peço desculpas, General – ele murmurou, inclinando a mão para Sapphire e revelando um pequeno injetor escondido entre seus dedos – Meu anel foi danificado na batalha e agora possui uma farpa afiada.

Um *nanotach*. Seu lábio inferior tremeu quando olhou para seu marido, amando-o ainda mais naquele momento do que achava que fosse possível.

– Eu cuidarei dela – Wulf prometeu.

– Acho bom mesmo. – os olhos negros de Grave estavam cheios de ameaça.

Sapphire apanhou a mão de Wulfric e o puxou em direção à porta, segurando o cabo da espada pronta para agir, se necessário.

– Foi uma noite muito agradável, mas está na hora de ir.

A rainha sorriu com pura malícia.

– Até a próxima.

CAPÍTULO 22

Wulf estava de pé na escuridão de seu quarto observando através da janela as luzes cintilantes da cidade lá embaixo. No momento, tudo parecia calmo, mas ele sabia que a ilusão era passageira. Amanhã seria um novo dia. Mais trabalho para ser feito, mais alianças a serem conquistadas.

Braços macios como cetim envolveram sua cintura um momento antes de seios exuberantes se apertarem contra suas costas. Wulf enlaçou os braços de Katie soltando um suspiro de prazer, sentindo seu membro endurecendo apenas com o toque e o aroma dela.

Sua respiração quente soprou sobre a pele de Wulf.

– Ainda precisamos encontrar a pessoa responsável por contratar Gordmere para capturá-lo. Não poderei descansar enquanto não souber quem era e o que quer com você.

– E também não podemos nunca baixar a guarda ao seu redor. O Rei de Sari é como uma criança petulante, e eu roubei seu brinquedo favorito. Ele é do tipo de pessoa que quebraria seu objeto de desejo antes de permitir que outra pessoa o possua.

Virando-se naquele abraço, Wulf encarou os olhos luminosos de Katie. Suas costas bloqueavam a luz da janela, deixando seu adorável rosto nas sombras, mas a falta de iluminação não importava. O rosto dela estava para sempre marcado em sua mente.

– Enquanto ele sentir desejo por você – Wulf continuou –, o ódio da rainha não morrerá.

– Eu me preocupo com meu pai. – sua voz quase falhou.

Wulf pousou o rosto sobre a cabeça dela e a abraçou ainda mais forte.

– Eu também. O sinal do *nanotach* está sendo monitorado, mas pela manhã você e eu precisamos encontrar um jeito melhor para protegê-lo. Saber a localização do seu pai é apenas metade da batalha, e ele irá resistir a nós pelo resto do caminho. Ele ama você, mas desconfia de mim. Ele removeria o *nanotach* se soubesse que está lá.

Katie suspirou.

– Nada de "viveram felizes para sempre", como você mesmo disse.

– Não. Provavelmente não.

Pressionando o rosto contra o coração de Wulf, ela disse:

– Eu não tenho nenhum arrependimento.

– Nem eu.

– Nenhum?

Ele sorriu em seus cabelos.

– Eu gostaria de ter pedido você em casamento antes.

– O que você vai fazer para reparar esse atraso?

Seu membro inchou entre eles. Com um sorriso safado, Wulf a ergueu do chão e a jogou nas almofadas da área de estar.

– Passarei o resto da vida dando prazer a você.

– Hum... Parece promissor – Katie ronronou, recebendo seu peso de braços abertos.

Quando Wulf se ajeitou entre as coxas abertas, seu coração se apertou com seu amor por ela.

– Você ainda não viu nada.

NOTA DA AUTORA

Algumas leitoras podem se lembrar desta história com o título *Sapphire's Worth*. Escrita em 2004, alguns breves trechos foram postados no meu site e nunca foram esquecidos – venho recebendo e-mails sobre Sapphire e Wulf pelos últimos cinco anos! Espero que vocês achem que a espera valeu a pena. Esta história foi o segundo romance que completei, e embora eu tenha escrito muitos outros desde então, este possui um lugar especial em meu coração.

Com amor,
Sylvia